LAS HERMANAS GRIMM 2

MENNA VAN PRAAG

LAS HERMANAS GRIMM 2

Planeta Internacional

Título original: *Night of Demons and Saints*

© 2022, Menna van Praag

Por acuerdo con Johnson & Alcock Ltd.

Traducción: Olivia Teroba

Diseño de portada: Planeta Arte & Diseño / SNKHDS
Ilustración de portada: SNKHDS
Fotografía de la autora: Rafal Lapszanski

Derechos reservados

© 2023, Editorial Planeta Mexicana, S.A. de C.V.
Bajo el sello editorial PLANETA M.R.
Avenida Presidente Masarik núm. 111,
Piso 2, Polanco V Sección, Miguel Hidalgo
C.P. 11560, Ciudad de México
www.planetadelibros.com.mx

Primera edición en formato epub: abril de 2023
ISBN: 978-607-39-0015-7

Primera edición impresa en México: abril de 2023
ISBN: 978-607-07-9946-4

Impreso en los talleres de Corporación de Servicios Gráficos Rojo S.A. de C.V. Progreso #10, Colonia Ixtapaluca Centro, Ixtapaluca, Estado de México, C.P. 56530.
Impreso en México - *Printed in Mexico*

Para Vicky van Praag:
Consejera, terapeuta, narradora (colaboradora en los cuentos cortos que contiene este libro), madre y amiga entrañable. No sé cómo te las arreglas para hacer y ser todas estas cosas con tanta belleza y esplendor, pero lo haces. Iluminas constantemente la vida de muchas personas, incluyendo la mía. El mundo es un lugar más brillante y mejor porque tú estás en él.

Un ruego

El corazón humano es tierno y delicado.
Se magulla y se rompe con facilidad.
Si lo tocan dedos ásperos le dejarán marcas,
las palabras crueles le imprimirán cicatrices.
Así que ten cuidado, mi amor: procura poner tu corazón
solo en las manos más amables.
Y sostén los corazones que tengas cerca
con tanta gentileza como si fuera el tuyo.

Goldie

Prólogo

Todas las almas son especiales. Hijo o hija, sea Grimm o no, la vida toca con su espíritu a cada una de sus creaciones. Pero la concepción de una hija es un hecho particularmente místico que requiere cierta influencia de la alquimia. Pues concebir a un ser que puede contener y dar vida por sí mismo requiere algo… extra.

Cada hija nace de un elemento que trae consigo sus propios poderes. Algunas nacen de la tierra: fértiles como el campo, fuertes como una roca, firmes como un roble antiguo. Otras, del fuego: explosivas como la pólvora, seductoras como la luz, feroces como una flama incontrolable. Otras más, del agua: tranquilas como un lago, implacables como una ola, insondables como el océano. Las hermanas Grimm son hijas del aire: nacidas de sueños y de oraciones, fe e imaginación, un anhelo blanco brillante y un deseo de bordes negros.

Hay cientos, posiblemente miles, de hermanas Grimm en la Tierra y Everwhere. Tú podrías ser una de ellas, aunque tal vez nunca lo sepas. Piensas que eres ordinaria. Nunca has sospechado que eres más fuerte de lo que pareces, más valiente de lo que piensas y más maravillosa de lo que te imaginas.

TRES AÑOS DESPUÉS

Una estrella caída

Había una vez una estrella que habitaba el cielo con sus seis hermanas. Brillaba con fuerza al salir la luna, dormía profundo al amanecer y era feliz. Pero un día, cayó a la Tierra.

La estrella caída estaba asustada y sola. Vagaba perdida por el desierto, andaba sin rumbo por lugares desconocidos, tratando de encontrar el camino a casa. Cada noche se sentaba bajo el cielo parpadeante y lloraba, llamando a gritos a sus hermanas. Pero como el mundo ahí abajo era caos y ruido, ellas no podían verla ni oírla, por lo que no respondían.

Tras muchas noches así, la estrella caída se quedó ronca de tanto gritar y débil por la decepción, así que dejó de llamarlas y empezó a dormir, como todos los demás. Después de haber pasado una eternidad —o algo similar— en el cielo con sus hermanas, la estrella nunca había estado sola; esto era muy desconcertante para ella. Buscó consuelo en las cosas mundanas, pero todo alivio era fugaz y solo traía a su paso una mayor soledad y desamparo.

A medida que pasaban los años, la estrella caída se sentía más y más desconectada de lo que había sido antes y de lo que había conocido, hasta que ya no pudo recordar a sus hermanas, ni siquiera su propio nombre. Hizo todo lo posible para intentar vivir en el mundo, pero seguía sintiéndose perdida y sola. Trató de hacer las cosas que veía hacer a los demás: trabajar, casarse, tener hijos…; pero, en medio de todo, sentía un dolor gris y sordo en su corazón y una desesperación sin nombre en el alma.

Finalmente, la estrella caída decidió que ya que nunca más volvería a sentir felicidad, acabaría con su vida, porque al menos entonces conocería la paz. Así que, una noche, salió al bosque a morir. Vagó a través de la oscuridad, sin miedo, buscando un árbol adecuado para colgarse.

Cuando por fin encontró uno, la estrella se sorprendió porque el viento acercó a ella fragmentos de risas y conversaciones. Siguió los sonidos con curiosidad y llegó a un claro de sauces donde estaba reunido un grupo de mujeres en círculo. La miraron y ella les devolvió la mirada.

—Bienvenida —dijo una mujer—. Por favor, únete a nosotras.

Así lo hizo. Y apenas la estrella caída se sentó con las mujeres y comenzó a charlar y reír con ellas, sintió que el dolor empezaba a apartarse de su corazón y la desesperación se alejaba de su alma.

Porque al fin había encontrado no la familia que había perdido, sino aquella que nunca imaginó que la estaba esperando: una familia de estrellas caídas.

20 de octubre
11 noches…

Goldie

—¡Vas a ir!

—No, no iré. —Teddy da un pisotón—. No voy a ir y no puedes obligarme.

—Es la escuela, Ted —dice Goldie, y después suspira—. Tienes que ir, es la ley.

Ella podría obligarlo, desde luego. Con unas cuantas palabras podría manipular los zarcillos de la planta araña que se encuentra en la estantería de la cocina, conducirlos hasta las piernas de su hermano pequeño, atar sus tobillos y llevarlo arrastrando a la escuela. Podría suspenderlo en el aire, inmóvil y mudo. Podría arrancarle todos sus pensamientos de la cabeza, cada recuerdo en su mente, para que se olvidara de todo…

—¿La ley? —se burla Teddy—. ¿Y desde cuándo te preocupa tanto la ley? Eres una ladrona y una mentirosa, y sé lo que le hiciste a papá, así que…

—¡Basta! —dice Goldie—. Basta. Todo lo que he hecho ha sido para protegernos. Nunca hice nada solo por el placer de hacerlo. —Mira el reloj—. Ahora, será mejor que te vayas, o llegarás tarde.

Teddy la observa desde el lado opuesto de la mesa de la cocina, con una mirada tan llena de odio que, por un momento, parece que está a punto de golpearla. ¿Cómo es que se volvió tan alto, se pregunta Goldie, y tan lleno de odio? Recuerda cuando su hermano era flaco como un árbol, con extremidades tan delgadas

17

que le preocupaba que se rompieran si lo abrazaba muy fuerte, porque solía abrazarla cada tarde con los brazos muy abiertos y le suplicaba que le contara «solo un cuento más» antes de acostarse, que se quedara con él hasta que se durmiera.

—Vete. —Goldie espera que su voz suene más autoritaria que como ella se percibe a sí misma—. Ahora.

Teddy duda un momento antes de tomar su mochila. Después arremete.

—¡Eres una perra y te odio!

Goldie siente crecer dentro de ella el deseo de retractarse y de rogarle que vuelva a quererla.

—Voy a comprobar con tus profesores que te hayas presentado —dice en cambio, manteniendo la firmeza en su voz—. Si te vas con Brandon, lo sabré.

—¿En serio? —Se burla él—. Y en ese caso, ¿qué harás al respecto?

Goldie contiene la respiración y exhala despacio.

—No me pongas a prueba, Teddy. ¿De acuerdo?

Él la mira y se ríe. Se ríe como si Goldie fuera la persona más ingenua y patética que hubiera tenido la desgracia de conocer. Ella lo observa. ¿Cómo ocurrió esto? ¿Cómo su querido y adorado Teddy se transformó en este monstruo insolente? ¿Todos los adolescentes son así? No, no puede creerlo. Sin embargo, sabe que la culpa de aquel comportamiento la tiene, al menos en parte, ella misma.

—Ve a tu habitación —le dice a su hermano con fastidio—. Y no salgas hasta que te comportes de forma civilizada. Podrás decirle al doctor Biddulph que llegaste tarde porque estabas aprendiendo modales.

—No tengo una maldita habitación —le responde Teddy con insolencia.

—¡No maldigas! —grita Goldie. Varias maldiciones se le atoran en la garganta y trata de calmarse. No quiere lastimarlo, no más de lo que ya lo ha hecho hasta ahora. Si tan solo pudiera volver al pasado, si todo pudiera ser como cuando Teddy era un niño, cuando eran solo ellos dos y Goldie siempre estaba ahí, con su corazón esperanzado, suave y sin romper.

—¡Voy a maldecir todo lo que quiera! —le grita él de vuelta—. Quizá si no fueras una maldita recamarera, si pudieras sacarnos de este departamento de mierda, si no fueras tan… patética, tan perdedora, te tendría algo de respeto. Pero eres todo eso y no puedes cambiar, así que…

Los ojos de Goldie se humedecen.

—Por favor, Teddy —susurra—. No sigas.

—No-me-llames-*así*. —Sisea él—. Te he dicho un millón de veces que mi nombre es Theodore.

Goldie lo mira con detenimiento. ¿A qué se refiere? De seguro ella recordaría algo así.

—¿Qué? No, tú eres Teddy o Ted. Y ninguno de esos dos es diminutivo de Theodore.

Su hermano pone los ojos en blanco.

—Te lo dije el mes pasado, en mi exposición. Ana estaba allí, pregúntale. Te lo recordé hace tres días en la cena, fue el único día que viniste a casa temprano, ¿recuerdas? Te dije que sonaba elegante y…

Él sigue hablando, pero Goldie ya no escucha. Está pensando en aquella exposición de arte del mes pasado, en la cual Teddy expuso todos sus diseños y que Ana le ayudó a organizar en aquel café de moda en Finchley, ¿cómo se llamaba? ¿Y por qué no puede recordarlo? ¿Por qué no puede recordar nada en absoluto sobre aquella noche? Se esfuerza por volver al presente.

—Si me prestaras un poco de atención, si te importara una mierda lo que hago —dice Teddy—, sabrías quién es Ford y por qué… Ana sabe. Ella al menos me escucha.

Goldie se levanta de la mesa, llena de un repentino remordimiento.

—Dímelo otra vez —le pide—. Por favor.

Él le devuelve la mirada y ella vuelve a sentir una bofetada de furia en la cara. Se pone tensa y da un paso atrás. Aprieta los labios para que no salgan las palabras crueles que se están amontonando en su lengua. Pero entonces aquellos ojos azules, que la reflejan, que ella podía contemplar durante horas cuando él era bebé, se suavizan. Está a punto de contárselo.

Goldie le ofrece una sonrisa de disculpa, esperanzada.

El puño de Teddy aprieta el tirante de su mochila y él, ahora un centímetro más alto que ella, da un paso hacia adelante e inclina la cabeza hasta que solo queda un suspiro entre ellos.

—Llegas demasiado tarde —susurra—. Otra vez llegas demasiado tarde.

Después se da la vuelta y sale del departamento dando un portazo. Goldie sigue viéndolo irse, mucho después de que se ha marchado.

Más tarde, mientras limpia el baño de la habitación veintitrés, piensa con preocupación en Teddy, en el misterio de Ford, y en lo bien que solía cuidar de su hermano cuando era feliz, cuando estaba enamorada. Todavía está enamorada, por supuesto, aunque ahora es la causa de su más profunda miseria, como antes lo fue de su mayor alegría. Así que tiene una justificación para refugiarse tan a menudo en el pasado. Aunque, a decir verdad, el pasado se le escapa constantemente, los recuerdos se encogen y se alejan cuando intenta sujetarlos, y encima no deja de tropezar con lugares desagradables, recuerdos que preferiría olvidar.

Por ejemplo, en este momento, mientras tira de la cadena y mira el agua que se arremolina, le viene a la mente el día en que el bastardo de su padrastro arrojó al retrete su amado bonsái, lo único que poseía y adoraba. El pez dorado de su hermano corrió con la misma suerte después de que su padrastro lo acusara de mirarlo con odio. Quizá debería comprarle a Teddy un nuevo pez dorado, tal vez eso lo haría feliz.

Piensa en cómo se sentía justo después de la muerte de Leo. Lo peor es que durante mucho tiempo su mente lo revivía todo, y ella estaba tan ausente como si acabara de ocurrir. El abandono que Teddy sufrió, y, si es honesta, todavía sufre, tuvo mucho que ver con aquel ensimismamiento. Si no fuera por sus hermanas, no se imagina lo que le habría pasado a él, a los dos. Durante meses, quizás años, se turnaron para venir desde Londres con comida, amor y esperanza. Goldie nunca notó lo *aliviado* que estaba Teddy cada vez que llegaban. Se lanzaba a sus brazos mientras ella se recluía en el sofá.

—¡Tía Ana! —exclamaba, o—: ¡Tía Scar! —antes de empezar a contar lo que había hecho ese día—. Vi a una mujer en el parque con unos tenis Louboutin Louis Spikes de gamuza verdes. Pero los combinó con unos *jeans* amarillos, todo mal. Le dije que el negro habría sido mucho mejor y si...

Para entonces, invariablemente, Goldie había dejado de escuchar, aunque seguía hablando:

—¿Eso hiciste? Genial —decía al final de cada anécdota, sin importar de qué tratara.

—Si ese es su estilo, está bien —dijo Scarlet, alborotando su cabello—. Cualquiera puede usar lo que quiera, Ted. No importa, siempre y cuando le guste.

—Sí, supongo. —Teddy arrugó la nariz—. Pero me gustaría que no lo hicieran, me duelen los ojos.

Scarlet se rio y lo abrazó. Él siempre fingía estar incómodo cuando sus tías lo abrazaban, pero sus quejas eran figuradas, porque nunca se apartaba.

—Te traje pescado para cenar —dijo Scarlet—. Lubina.

—Gracias —decía siempre Goldie, sin importar cuál fuera el tema en cuestión.

—No necesitamos pescado —protestó Teddy—. Tenemos seis de tus rollos de canela en el congelador. Es mi plato favorito, el mejor de todos.

—Oh, Ted. —Scarlet le besó la cabeza y después llevó las bolsas al refrigerador. Teddy la siguió como un patito—. Pero también necesitas comer comida de verdad. Hermana, mañana no puede venir Ana, así que te traje más comida preparada de M&S: salmón, ejotes, papas…. Solo tienes que calentarlos, ¿de acuerdo?

Goldie levantó la vista.

—¿Perdón?

—El pescado. El salmón, para mañana.

Goldie frunció el ceño, confundida.

—¿Qué pescado?

Scarlet cerró el refrigerador.

—¿Por qué no me quedo esta noche? Así podré prepararles un desayuno increíble.

Mientras los gritos de alegría de Teddy resuenan en su mente, Goldie vuelve a la habitación veintitrés del Hotel Clamart. Mira hacia abajo, hacia el remolino del retrete, el grueso cepillo que sostiene, el amarillo radiactivo de sus guantes Marigold. Y sabe que haría falta algo más que un pez de colores como mascota (incluso, más que una ballena azul) para conseguir el perdón de su hermano.

Liyana

«¿No piensas a veces en quién eras hace años y te preguntas qué salió mal?». Es algo que Liyana hace más a menudo de lo que debería, dado que aún no cumple los veintiún años. La vida debería ser de ensueño a esa edad, piensa, claro que sí. Pero ninguna de las hermanas es feliz, ninguna ha sido feliz desde chicas, aunque se podría decir que ni siquiera son adultas aún.

En lo que respecta a sus dos hermanas, está bastante claro lo que salió mal: los hombres. Goldie perdió a uno y Scarlet encontró a otro. Pero, como Liyana no puede culpar a los hombres de su miseria, supone que ella misma es la causa.

No puede decir con exactitud cuándo ocurrió, cuándo se perdió a sí misma. Todavía recuerda estar a la orilla de una laguna, desnuda después de nadar, las gotas cubriendo su piel oscura y sus rizos elásticos, los brazos levantados hacia el cielo, luminosa de alegría y radiante de fuerza. Es un recuerdo borroso y tenue, pero no se ha ido. Liyana recuerda cuando podía hervir el agua con la punta de los dedos, cuando podía atraer la lluvia y, si estaba disgustada, tormentas eléctricas; recuerda el chasquido de los relámpagos que iluminaban el cielo de Everwhere, eclipsando por un momento la radiante luz de la luna. Liyana se recuerda como Alicia, descubriendo las delicias mágicas del País de las Maravillas; como Lucy, hija de Eva, reina de Narnia. A los dieciocho años, pensó que su magnificencia en el País de las Maravillas la convertiría en alguien importante en la Tierra, pero todavía es una chica común y corriente. Una cáscara de sí misma: un río sin corrientes, un océano sin olas, un lago sin profundidad. Un charco superficial en la acera, que se seca con rapidez.

—Vamos, *Dagā* —dice Liyana—. Tienes que levantarte. —Su tía camina sobre la alfombra raída hasta el sofá de piel sintética, llevando consigo las migajas de media docena de galletas de queso—. Y tienes que mejorar tu dieta, solo comes galletas.

—Galletas de queso —replica Nya, con la mirada fija en el destello de la televisión—. Tienen proteínas.

—No, no tienen proteínas. —Liyana sacude las migajas de los cojines con la palma de su mano, estas dejan un rastro de grasa en la alfombra—. Necesitas verduras y pescado. Tienes que dejar de comer esa mierda, te va a matar.

Mira de reojo la botella de Chardonnay de Asda colocada en la mesita de cristal a la mitad; sabe que no es la primera del día. Nyasha bebe un trago de vino.

—Se me ocurren peores formas de morir. —Liyana suspira y se inclina para recoger las migajas de la alfombra.

—Oh, *Dagā*, qué cosas dices. No quieres morir.

Hubo un tiempo, no hace mucho, cuando su tía animaba todas las conversaciones y estaba rebosante de comentarios ingeniosos y de cualquier tipo de información inútil, como la cantidad de calorías de una ensalada de salmón escalfado Ottolenghi o qué café de Chelsea servía el más sabroso café con leche descremada. Pero hacía ya años desde que Nya se había aventurado fuera de Hackney para pisar algún lugar que no fuera un Starbucks.

—¿No? —Nya se mueve en el sofá y mete la mano en el bolsillo para sacar un paquete de cigarrillos—. La verdad, no puedo pensar en algo por qué vivir.

—¡Nya! —Liyana se levanta del suelo para arrebatarle los cigarrillos. Su tía se aleja, pero Liyana es demasiado rápida y aprieta el paquete en su puño.

—Juraste que lo habías dejado. —Nyasha se encoge de hombros.

—Empecé de nuevo.

—Voy a tirar esto en el baño.

—En el *retrete*.

A pesar de sí misma, Liyana sonríe, aliviada.

—No puedes sentirte tan miserable, si todavía me estás dando lecciones de elocución.

—No es elocución, es… No importa. No importa.

—Sí importa —dice Liyana—. La vida importa, incluso si no es la que solíamos tener.

Nyasha vuelve a mirar la televisión.

—Esto no es la vida, es… esperar la muerte. —Suspira—. Para ser sincera, no sé cómo la mitad de la población vive así; deberían practicarles la eutanasia.

Liyana mira fijamente a su tía.

—¡Nya!

—Es cierto. —Nya hace un gesto de barrer con la mano la habitación—. ¿Qué sentido tiene aguantar todo esto si no quieres? Sería lo más humano.

—Eres terrible.

—Soy honesta, Ana. —Sin mover la cabeza, Nyasha dirige la mirada hacia su sobrina—. Tú no tienes problemas. Eres joven y hermosa. Si quisieras podrías tener cientos de hombres a tus pies, dispuestos no solo a acostarse, sino a casarse contigo. Tan solo tendrías que asentir con la cabeza.

Liyana se cruza de brazos.

—*Dagã*, llevo casi cuatro años con Koko, creo que es hora de aceptar el hecho de que no me interesan los hombres.

Al menos, no le han interesado hasta ahora. Pero Liyana cree que la sexualidad es tan fluida y tan cambiante como las corrientes del mar. Por ahora le gustan las mujeres en general, y Kumiko en particular. Eso pasó desde el primer momento en que se vieron: conocer a Kumiko fue amarla. Todo en ella era hermoso. Su aspecto: pequeña y delgada, piel de porcelana, cabello de medianoche, ojos almendrados y oscuros que parecían ocupar la mitad de su cara, como una ilustración de manga. Su manera de vestir: algodón blanco, seda negra, labial rojo. Su forma de hablar, lenta y suave; había que inclinarse para escucharla. La forma en que se movía: parecía que no caminaba, sino que se deslizaba por la vida como un pez de río. La confianza que tenía en sí misma: transmitía una seguridad distinta a la de cualquier otra adolescente que Liyana hubiera conocido. Y, quizá lo más importante, la manera en que Kumiko hacía sentir a Liyana sobre sí misma: como si fuera tal como debía ser.

Nya se encoge de hombros, ignorando la afirmación de Liyana. Toma su copa de vino y bebe otro trago de Chardonnay. Liyana se acerca a la televisión y la apaga.

—¡Eh! Estaba viendo eso.

—Lo has visto mil veces. ¿Qué tal si te tiro las cartas? Quizá te anime.

—A menos que hagas un milagro y saques al Rey de Oros, lo dudo —dice Nya—. Me saldrá El Diablo, como siempre. Eso solo me seguirá empujando hacia el profundo agujero de la desesperación.

Liyana frunce el ceño, ignorando el dramatismo de su tía.

—¿A qué te refieres con que siempre te sale?

Nyasha vuelve a encogerse de hombros, como si no tuviera importancia.

—¿Has estado leyendo mis cartas?

—A veces, cuando no tengo nada mejor que hacer.

Liyana hace un esfuerzo por tranquilizarse. El tarot es su espacio sagrado, que debe permanecer intacto para no contaminarse de ninguna esencia que no sea la suya. Siente un impulso de furia creciendo dentro de ella ante la violación de su privacidad por parte de su tía. Entonces, mientras respira profundo, Liyana se da cuenta de lo que esto significa. Esperanza. Nya solo se molesta en consultar las cartas porque cree que hay una posibilidad, aunque sea diminuta, de que sus sombrías circunstancias puedan cambiar algún día.

Esa noche, Liyana baraja las cartas. Se resiste al impulso de hacer la pregunta de siempre: ¿Cuándo llegará el éxito? ¿Cuándo le responderán a un envío de sus cuentos ilustrados con un mensaje que no sea el habitual: «Gracias por darnos la oportunidad de considerar su trabajo. Nos ha parecido muy prometedor. Pero…»? Lo que quiere preguntar, pero nunca se atreve, es: ¿Me publicarán alguna vez? ¿O estoy desperdiciando mi vida intentándolo, esperando hacer realidad mi sueño, cuando el destino tiene otra cosa reservada para mí?

Con un suspiro, Liyana deja de lado sus propias dudas y miedos para centrarse en su tía. Nunca ha hecho una lectura para alguien en su ausencia. Duda que funcione, pero cree que vale la pena intentarlo. Se coló en la habitación de su tía para tomar prestado el pañuelo de seda Hermès que Nyasha tiene escondido en el fondo de su cajón de ropa interior (y cree que Liyana no lo sabe), sobre el que ahora pone las cartas. Las reparte con lentitud, murmurando una oración mientras da la vuelta a cada una: el Tres de Espadas, El Diablo, La Torre.

Liyana las mira, intentando transformar su tirada en una historia feliz. Pero no importa cómo intente darle forma, esto es una profecía de pérdida y desesperación. No se puede mejorar, no hay un giro positivo. Lo único que puede agradecer es que Nyasha no la haya visto. Liyana recoge las cartas y las pone a un lado. Luego toma el pañuelo Hermès con delicadeza, se escabulle en el dormitorio de su tía y lo mete de vuelta en el cajón. Cuando pasa por delante de la cama, detiene su caminar de puntitas para dar un suave beso en la mejilla a su tía dormida. Ella daría toda su magia para devolverle la felicidad a su tía, pero sabe que ni siquiera eso serviría. Lo único que Nyasha quiere es dinero y un hombre, y ya que Liyana no tiene acceso a ninguna de estas dos cosas, no hay mucho que pueda hacer. Excepto seguir intentando.

Cuando el reloj junto a su cama marca más de las dos, Liyana se rinde ante el insomnio y busca el cuaderno de dibujos que guarda bajo la almohada. Entonces hace lo que acostumbra cuando la invade la tristeza (o, de hecho, cualquier emoción): dibuja. Suelen ser ilustraciones de los cuentos que Goldie (quien aún no sabe qué más hacer con ellos) le envía con ese propósito. Esta noche, Liyana relee el último cuento de su hermana y se pregunta, de nuevo, qué tan autobiográfico es. Mientras, empieza a esparcir por las páginas docenas de lobos garabateados y aullantes.

La mujer lobo

Sucedía por la noche. Ella deseaba que no fuera así, quería dormir. Prefería que ocurriera a la luz del día, pero era imposible; únicamente pasaba cuando todos dormían, cuando no había nadie que la viera.

Durante el día, la mujer estaba inmersa en preparar la comida, doblar la ropa, lavar los platos sucios. Lo hacía con toda su atención, nunca eludía sus deberes. Se enorgullecía de hacer todo correctamente, aunque solo ella llevara la cuenta de todo su trabajo. Lo aprendió de su madre: «Este es tu trabajo y debes hacerlo bien. No le importará a nadie más, pero debe importarte a ti». No le había explicado por qué.

Por la noche, mientras todos dormían, la mujer corría. Se despojaba de su ropa. Sentía el fresco toque de la luz de la luna en su piel desnuda. Corría hasta caer en cuatro patas, hasta que su cuerpo liso y marrón se cubría por un suave pelaje negro. Entonces, nadie podía atraparla. Ella corría más rápido que un coche, un tren o un avión. Podía escapar del tiempo.

Correr era mejor que cualquier cosa. Más poderoso, más sensual, más exquisito. Mejor que bailar, mejor que coger, mejor que volar.

A veces se detenía para mirar a las otras mujeres. Algunas eran lobas, otras guepardos, otras aves. Las que eran aves volaban por los cielos, sobre las casas y los árboles, con sus gritos salvajes y jubilosos saliendo de la oscuridad. La mujer lobo podía sentir su alegría, pero prefería correr. Disfrutaba del golpe de sus patas en el suelo, no solo precipitándose sobre todas las cosas, sino arrojando lejos las restricciones que la limitaban a lo largo del día.

Hubiera deseado poder correr durante las horas de luz. Pero de día estaba demasiado cansada y, de todos modos, nunca tenía tiempo. Las exigencias llenaban cada hora. Había que trabajar. Había que preparar la comida, y una vez ingerida, debía lavar los platos. La ropa tenía que usarse y posteriormente lavarse. Había que dormir en la cama y, al levantarse, tenderla de nuevo.

Ella habría podido irse, por supuesto. Dejar el hogar, al marido y a los niños. Dejar la comida y la ropa y las camas sin hacer. Pasar el resto de su vida huyendo. A menudo quería hacerlo. Pero la culpa y el miedo (y el amor) la retenían.

Así que la mujer lobo se consolaba deseando, imaginando y esperando. Más que otra cosa en el mundo, deseaba ya no ser mujer, sino

28

solo loba. Quería dejar de sentirse cortada por la mitad, sin conocer la libertad, tratando de vivir dos vidas, cuando solo tenía el tiempo para una.

Scarlet

Scarlet no suele pensar en el pasado. ¿Por qué debería hacerlo, cuando el presente es perfecto? Aunque a veces se da cuenta de que extraña ciertas cosas: Cambridge, el café de su abuela, las mañanas que pasaban juntas en la calurosa cocina preparando los famosos rollos de canela del Café Núm. 33, estar de puntitas incorporando a la masa de los rollos levadura y especias, probar la masa a escondidas mientras su abuela fingía no darse cuenta. Extraña ver a sus hermanas cada noche y tener la electricidad al alcance de la mano, pero intenta no pensar en esas cosas. No importa, ella es lo suficientemente feliz sin verlas.

Y es que aunque la esterilidad cromática del departamento de su novio en Bloomsbury no es la más adecuada para cocinar con comodidad, Scarlet a menudo se desliza en la cocina para hornear un poco cuando no puede dormir. Con el aroma del azúcar llenando el aire, la grasa de la mantequilla deslizándose en sus dedos y el polvo de la harina asentándose sobre su piel, se siente satisfecha de nuevo, casi como si volviera a entrar en la cocina de su abuela: siempre cálida como un vientre, repleta de olores dulces, aunque no hubiera nada tostado en el horno, como si las paredes se hubieran empapado con el aroma de todos los rollos y pasteles horneados en los últimos cincuenta años. Después de que el calor de los rollos envuelve su cuerpo y sus hombros se relajan, inmersos en la suavidad del ambiente, ¿cómo resistirse a comer algunas de sus creaciones recién salidas del horno con una o dos tazas de té? De vez en cuando, por la mañana, tuesta el pan usando solo sus manos calientes, pero casi nunca recuerda que tiene el poder de hacerlo.

Esta noche Scarlet no está horneando, sino cocinando una cena de lujo para celebrar su aniversario, el del día en que se conocieron: hace tres años, Ezekiel Wolfe apareció por primera vez en su vida. Fue al mercado y compró dos lomos de venado. A ella en realidad no le gusta esa carne, pero Eli la disfruta mucho. Planea cocinarlos al vino tinto y acompañarlos con papas confitadas y col rizada. La entrada será *carpaccio* de ternera; el postre, *soufflé* de chocolate con sorbete de lima y coco.

Scarlet lleva semanas planeando el menú. Quizá se haya pasado un poco con la decoración (hizo mil noventa y seis corazones de origami para representar cada uno de los días que han pasado desde que se conocieron), pero está bien. Sabe que Eli le ha comprado un regalo extravagante; siempre lo hace, y como ella no dispone de los medios económicos para hacer lo mismo, le obsequia su tiempo. Scarlet tiene mucho tiempo.

Son poco más de las ocho y casi todo está listo. Eli llega a casa a las ocho y media; Scarlet pondrá el *carpaccio* en la mesa, justo antes de que él atraviese la puerta de entrada. Desde que Eli se fue a trabajar por la mañana, ella ha estado colgando y esparciendo por todo el departamento los corazones. Imaginarse su cara cuando vea todo esto la hace reír, como una niña en Nochebuena anticipando las delicias del día siguiente.

Para terminar, Scarlet se cambia de ropa y se pone el vestido de seda que compró en Selfridges. Ha estado limitando su consumo habitual de rollos de canela para poder entrar en él esta noche. Ella no compra alta costura porque los cortes nunca se acomodan a sus curvas, pero el vestido no fue barato: sin duda costó lo mismo que Goldie o Liyana ganan en una semana. Esto pesa en la conciencia de Scarlet; siempre evita hablar de finanzas con sus hermanas, aunque sabe que de todos modos están resentidas. Le gustaría poder nivelar el campo de juego, pero ¿cómo hacerlo cuando el dinero no es suyo?

El vestido es de seda verde, el color favorito de Eli. Sabiendo que aquel color se complementa con el de su cabello, Scarlet deja que sus rizos rojo oscuro se deslicen sobre sus hombros. Aunque siempre siente que necesita perder al menos medio kilo, esta noche se siente hermosa.

Pone en la mesa platos de porcelana y vasos de cristal, y desliza la botella de Boërl & Kroff Brut en el cubo de plata con hielo. A las ocho y veintinueve saca el *carpaccio* de ternera del refrigerador. Toma con disimulo un trozo para calmar el hambre que le carcome el estómago: no ha probado bocado desde el desayuno para asegurarse de que podrá consumir los tres platos y seguir respirando con el vestido puesto.

A las ocho y media, Scarlet llama a Eli. Lo hace de nuevo a las ocho cuarenta y cuatro. A las nueve y cinco, ya está dejándole mensajes de pánico y considera llamar a los hospitales locales. Se lo imagina con las extremidades rotas, tendido en el asfalto, enmarcado por un halo de sangre, víctima de un atropellamiento accidental pero letal. Por fin, en su vigesimosexta llamada, Eli contesta.

—Hola, cariño, ¿estás bien?

—¿Yo? —Scarlet, con el miedo y la furia colisionando dentro de ella, intenta no gritar—. ¿Yo? Estoy bien. ¿Qué demonios te ha pasado?

—Oh, yo… —La llamada tiene interferencia—. Lo siento, ¿me escuchas bien? Tuve que trabajar hasta tarde. Quise llamarte, pero perdí la noción del tiempo. Lo siento, cariño. —Más interferencia—. No tardaré mucho.

Scarlet mira el reloj de la cocina aunque sabe la hora exacta; ha monitoreado todos los relojes del departamento durante las últimas dos horas. Son las 10:28 p. m.

—¿En cuánto tiempo llegas?

—En media hora —dice Eli—. No más de una hora.

«Esto es una broma», piensa ella, «una broma muy elaborada que se convertirá en una gran y gloriosa sorpresa». «Por favor», piensa, «por favor, que no lo haya olvidado». Ella ha estado

31

mencionándolo por días, lo que significaría que él no la ha escuchado en absoluto.

—¿Sabes qué día es?

«Mantén la calma», se dice a sí misma. «No reclames, no grites, no lo asustes».

—¿Lunes?

—El día no. —Se le quiebra la voz—. La fecha.

Él tarda un poco más de la cuenta en responder.

—Eh, ¿20 de octubre?

—Sí. ¿Te suena?

—Eh… —Primero guarda silencio, después maldice en voz baja—. Mierda. *Mierda*. Lo siento, Scar, lo siento mucho. Hemos estado preparando una gran inauguración y un montón de adquisiciones, yo solo… me acordé y después… lo olvidé.

—Lo olvidaste.

Los ojos de Scarlet se humedecen y ella presiona la palma de su mano derecha en la cuenca del ojo derecho y luego en la del izquierdo para detener las lágrimas que resbalan por sus mejillas.

—Sí, y lo siento, pero no te preocupes, te compensaré. Iré por comida para llevar, ¿ya comiste? ¿Qué quieres? Tú eliges. Incluso te dejaré elegir la grasosa comida china de la calle Dean. —Scarlet respira profundo—. ¿Qué quieres?

«Está siendo amable», piensa ella. «Sé amable tú también».

—No importa. Lo que tú quieras.

Él hace una pausa. De pronto, lo entiende.

—Oh, mierda —dice—. No habrás hecho algo especial, ¿verdad?

Scarlet mira con los ojos borrosos hacia la mesa. Parpadea para aclarar su mirada. Una botella de champán balanceándose en el hielo derretido, los platos de *carpaccio* de ternera, las copas vacías, todo cubierto con un decepcionante olor a venado quemado.

—No, nada especial.

Eli exhala. Al fondo, se oye que alguien lo llama.

—Lo siento, cariño, tengo que irme. Te lo compensaré más tarde, ¿de acuerdo? Lo prometo.

Scarlet se queda sentada un rato mirando las huellas de su cena fallida, con ganas de que Eli vea lo que se ha perdido, lo que ha estropeado. Pero al final se levanta de la silla, se cambia el vestido por unos *jeans* y un delantal, y comienza el arduo proceso de limpiar todo rastro de la cena de lujo.

De cualquier modo, Eli vuelve más tarde de lo prometido, justo después de la medianoche, con cara de arrepentido y desechables rellenos de fideos fríos, así que a Scarlet le da tiempo de tirar cada uno de los corazones al bote de basura.

Everwhere

En ausencia de las hermanas, ella ocupa su lugar. No es difícil, ya que no ha salido de Everwhere desde hace tres años.

Bea vuela por los cielos de aquel sitio como el aire bajo el ala de un cuervo, hasta que se le ocurre convertirse en uno y así ve sus plumas negras brillar a la luz de la luna, oye sus propios graznidos, siente el viento cuando se eleva bajo las estrellas. Apenas el reloj marca las 3:33 a. m. en la Tierra, visita los sueños de niñas Grimm que aún no saben quiénes son en realidad o lo que pueden hacer. Y les habla de lo que les espera…

—Es un lugar… —les dice, y su voz es el aliento de la posibilidad rozando sus mejillas—… *un lugar de hojas que crujen y hiedra que araña, de niebla y bruma, de polvo de estrellas y luz de luna. Es un lugar que no cambia: la niebla sube y baja, entra y sale de los ríos y los lagos, pero la luna nunca se oculta y el sol nunca sale. Es un lugar nocturno cubierto por una luna llena que ilumina todo, menos las sombras que se deslizan. Es un lugar otoñal, pero con frío de invierno. Agua, piedra, musgo y árbol, todo tiene un matiz invernal; es tan blanco como si estuviera espolvoreado de nieve. Cada centímetro de* los antiguos bosques, cada una de las miles de ramas que se extienden hacia el cielo estrellado y las miles de raíces que se extienden hasta el borde de la eternidad son pálidas como el hueso.

»La entrada a este sitio está custodiada por puertas ordinarias, aunque (a menudo) adornadas que, en cierto día, a cierta hora, se transforman en algo extraordinario. Y si tienes algo de sangre Grimm, serás capaz de ver el cambio.

»Después de atravesar una de aquellas puertas, lo primero que encontrarás serán árboles. Suelen recibirte con hojas blancas que caen como lluvia, esparcen un confeti que cruje bajo tus pies cuando empiezas a recorrer el lugar, pero de pronto dejan de caer. Entonces se aferran a las ramas y musitan palabras que al principio no entiendes, sino hasta que escuchas con atención y descubres que te dicen en voz baja sus secretos.

»Pisa con cuidado las piedras húmedas, o te podrías resbalar. Pega la palma de tu mano al musgo blanquecino que cubre cada tronco y rama para estabilizarte. Quizá puedas oír el torrente de agua, una vena del río interminable que se retuerce entre los árboles, gira con los senderos y se derrama de vez en cuando en los lagos. Los ríos y los lagos son negros como la noche hasta que la luna los roza con su luz y, en respuesta, sus aguas ondulan con placer.

»Caminarás un rato antes de darte cuenta de que todo lo que te rodea está vivo. Escucharás la respiración de los árboles en el murmullo de sus hojas. Suenan felices, como gatos que ronronean. Sentirás el zumbido de la tierra bajo el suelo.

»Cuando tus ojos se adapten a la luz, verás marcas en las rocas, hojas aplastadas, resbalones en el barro: huellas. Otras han estado aquí antes y tú estás siguiendo sus pasos. Te preguntarás cuántas te habrán precedido, qué senderos tomaron, a dónde fueron y qué encontraron. Y así, seguirás caminando...

»Mientras avanzas, mantente alerta para evitar las sombras, pues son más enérgicas y mucho más peligrosas de lo que parecen. Sus susurros depredadores pueden envenenar tu mente, los efectos son tan rápidos y fatales como el arsénico. Así que, por favor, mantente en el camino, sigue a tu corazón y deja que te guíe hacia las demás, así como ellas serán guiadas hacia ti.

»Ven ya —les dice Bea—. No esperes. No te entretengas a lo largo del día ni duermas por la noche. No desperdicies lo que te han dado. Date cuenta de que ahora mismo estás viviendo una vida a medias. Debes descubrir quién eres en realidad y lo que puedes hacer. El tiempo pasa a toda velocidad y todo se acabará antes de que te des cuenta. —Bea deja lo más importante para el final; si no puede sacarlas de su letargo con súplicas y engaños, espera que un llamado a la hermandad funcione—: Se avecina una tormenta, pronto tus hermanas te van a necesitar.

21 de octubre
10 noches

Liyana

Liyana respira profundo antes de hundirse despacio bajo el agua. Después de tres años de vivir en un sucio departamento de interés social en Hackney, ha podido acostumbrarse a las paredes enmohecidas, las ratas en los pasillos, el olor a orina en los ascensores, siempre rotos, y la vista permanente de los rascacielos de hormigón; pero aún le molesta la pequeña y lúgubre tina de baño. Antes de que su tía perdiera toda su fortuna en deudas de juego, cuando todavía residían en una casa adosada de Islington, Liyana podía sumergirse por completo, al estilo de una estrella de mar, en su bañera palaciega, sin tocar los bordes de cerámica. También tenía acceso a una piscina en la azotea, donde le gustaba revivir los días de gloria de su adolescencia, fingir que todavía tenía una oportunidad en los Juegos Olímpicos. Ahora, lo más parecido a una piscina en la azotea es el agua que se filtra desde el suelo del baño del vecino al techo de su cocina. Incluso después de retorcerse y desplazarse dentro del estrecho contenedor de plástico, Liyana solo puede sumergirse por completo en posición fetal.

Su turno comienza en una hora. De ocho a ocho en el Serpentine Spa. Es una mejora respecto a apilar estanterías en Tesco, pero solo en apariencia. A veces, después de doce horas de soportar el esnobismo condescendiente de la élite del norte de Londres, anhela el simpático silencio de las cajas de cereal y el pan blanco en rodajas. Mientras se remueve en el agua, sumergiendo alternadamente

36

las rodillas y el busto, Liyana piensa en su tía allá abajo, desplomada en el sofá, viendo repeticiones de *The Antiques Roadshow* y echando de menos los exquisitos tesoros que una vez tuvo. Desde hace tres años, ella no hace otra cosa; se atiborra de galletas de queso y se ahoga en Chardonnay barato. Nyasha Chiweshe sigue instalada en su burbuja de cristal, de negación, hecha con tanto esmero. Conforme los años pasan, el vidrio se hace más grueso, así que la voz de Liyana, por muy sabias y oportunas que sean sus palabras, nunca se escucha.

Liyana se levanta. Las gotas se aferran a su cabello y a su piel, no quieren dejarla ir. Estira las piernas. *Un baño de mierda. Un trabajo de mierda. Una vida de mierda.* El dulce tono de la voz de Fiona Bruce se filtra a través de las paredes endebles y provoca en Liyana una ola de furia que cobra fuerza con rapidez. Si la tía Nya no hubiera sido tan irresponsable, no estaría en este lío. Estaría sentada en una bañera que no le acalambrara los músculos, seguiría viviendo en la casa de su familia, estaría estudiando Bellas Artes en el Slade o Ilustración en el Anglia Ruskin y viviendo en Cambridge con Kumiko, en vez de verla cada dos fines de semana. O inmersa en el mundo del arte, habría conocido a algún galerista que quisiera exponer sus ilustraciones. Lo que definitivamente no estaría haciendo es lo que *está* haciendo: ser poco productiva sin llegar a ninguna parte.

La ola de furia se calma, disminuida por la culpa, pero pronto vuelve a elevarse; ondula en el fondo de la bañera. El agua se desliza por las rodillas de Liyana mientras imagina que abofetea a su tía, que le grita tan fuerte como para romper la maldita campana de cristal y logra sacarla por fin de aquel estado catatónico. Las olas salpican a los lados de la pequeña bañera mientras Liyana se imagina tomando a su tía de las trenzas y sacudiéndola tan fuerte que la hace llorar.

El agua burbujea, tan caliente que empieza a hervir. Liyana da un grito, sale de la bañera y se desliza como una foca sobre el suelo mojado, mientras volutas de vapor emergen de la superficie del agua. Al alcanzar la toalla, Liyana siente un sollozo que le sube a la garganta. Observa cómo el agua se enfría con rapidez mientras su rabia se convierte, como siempre lo hace, en tristeza, y se pone a llorar.

—¿No crees que soy una perra?

—Claro que no —dice Kumiko—. Creo que eres completamente normal. Es su trabajo cuidar de ti, no al revés. Ella ha invertido el orden natural de las cosas, y por supuesto que estás resentida, se entiende.

—Pero ella me cuidó, Koko. Cuando yo era una niña hizo todo lo que haría una madre por mí. Pero ahora es…, no sé. —Liyana suspira—. Parece que está al borde de un ataque de nervios.

—Oh —dice Kumiko—. Eso es una mierda.

—Sí, un poco. –Un eufemismo colosal.

—Entonces, ¿qué vas a hacer?

Liyana suspira.

—No tengo idea.

Cierra los ojos para pensar en tiempos más felices, tiempos en los que Nya asistía a todas sus competiciones de natación, a todas sus clases, a todos sus conciertos. Iba a dejar a Liyana en el colegio por la mañana y pasaba por ella en la tarde. La consolaba cada vez que los niños le insinuaban o le decían directamente que regresara a África, aunque era muy probable que no pudieran encontrar a Ghana en un mapa. Estaba allí cuando Liyana perdió su primer diente, y cinco años después, cuando se rompió el ligamento de la rodilla izquierda, lo que la dejó fuera de la carrera olímpica y la sumió en una profunda depresión durante casi un año. La tía Nya se sentó junto a su cama ese verano, le traía comida, le cepillaba el cabello, le leía cuentos de hadas… Le lanzó un salvavidas al mar de la desesperación y poco a poco la sacó a la orilla. Nya le

38

compró a Liyana su primer libro de arte: *Ruskin y los prerrafaelistas*, la animó a dibujar y a soñar. Sin Nya no habría tenido la expectativa de exponer en primer lugar.

—¿Qué tren vas a tomar el viernes? —Kumiko intentaba con mucho tacto cambiar de tema—. Si llegas a tiempo para la cena, puedes alcanzarme en el Salón; el doctor Skinner me invitó a la mesa de honor.

—Eso es estupendo —dice Liyana, y aunque se alegra por el éxito académico de su novia, también está (pese a que nunca lo admitiría en voz alta) amargamente celosa—. Pero a fin de cuentas no podré ir este fin de semana; el bastardo de Justin insiste en que haga doble turno.

Cuando Kumiko guarda silencio, Liyana sabe que está en problemas. Kumiko expresa sus mayores disgustos no diciendo nada en absoluto. Después de algunos segundos, Liyana piensa que pudo haber colgado.

—¿Koko?

—Dijiste lo mismo el fin de semana pasado —le reclama—. ¿No puedes mandarlo a la mierda?

—Ojalá pudiera, amor, pero es mi jefe.

—Es un prepotente de mierda.

Liyana asiente, aunque Kumiko no puede verla.

—No lo niego. Mira, reservé el siguiente fin de semana sin ningún cambio de planes posible, ¿de acuerdo? Me diga lo que me diga, estaré allí.

—Mejor.

Ahora Liyana se queda callada. No todos tenemos unos padres maravillosos que financian la mitad de nuestras exorbitantes colegiaturas y hospedaje en el Sant John's College en Cambridge. Algunos no podemos darnos el lujo de sumergirnos en libros todo el día, de escribir ensayos sobre etimología. Algunos tenemos que soportar trabajos de mierda y gerentes aún peores.

—Sí, ahí estaré.

—Está bien —dice Kumiko—. Mira, lo siento. Te extraño, ¿sabes?

De nuevo, Liyana asiente.

—Lo sé, yo también te extraño.

Al mismo tiempo que suspira, apoya la cabeza en la pared de su habitación. En la grieta entre la pared y la cama se ve una gran mancha de humedad y una telaraña habitada por una gorda araña negra. Cierra los ojos y se imagina el rostro de su novia, su piel pálida como la luz de las estrellas, su largo y sedoso cabello negro que a menudo cae sobre su rostro y lo convierte en una media luna menguante en el cielo nocturno.

—Me gustaría estar contigo.

—A mí también me gustaría que estuvieras aquí —responde Kumiko—. Mira, tengo que irme. Te llamaré mañana, ¿sí?

Pero, antes de que Liyana pueda responder, ha colgado.

Reprimiendo sus ganas de llamarla de nuevo, Liyana desliza el celular bajo la almohada, donde choca con su *sketchbook*. Sabe que no dormirá esta noche, que se quedará despierta dibujando, otra vez. Quizás haga un dibujo para Koko y le pida a Goldie que escriba una historia para acompañarlo, una que sirva para disculparse.

Justo cuando Liyana se hunde bajo las olas, su teléfono suena para anunciar un mensaje:

«Encontré una nueva palabra para ti: "*Plitter*: jugar en el agua, hacer un lío acuático". Origen: Orkney. Me hizo pensar en mi pluviófila favorita».

Liyana exhala. El miedo de que Kumiko la deje, de que conozca a una hermosa *nerd* con quien se relacione por medio de discusiones sobre antropología lingüística, o algo así, persiste como una piedra en el lecho de un río. Pero todo está bien, se dice a sí misma. Al menos por ahora, sigue siendo amada.

Le responde:

«Me encanta y te amo».

Cierra los ojos y piensa en Kumiko, que conoce su intimidad más que nadie. Ella no solo ha tocado cada rincón del cuerpo de

Liyana, sino que también ha visto dentro de cada rincón de su mente. Kumiko sabe quién es en realidad y qué tipo de magia puede hacer, aunque rara vez hablan de ello. Y ahora que piensa en ello, también hace tiempo que no se tocan. Antes de que Liyana fuera derrotada por diversos caprichos de la vida, ella hacía reír a su novia con pequeños trucos: conjuraba fugaces nubes de lluvia en días de verano demasiado calurosos, recalentaba tazas de café frías, creaba olas en las piscinas... En tiempos más felices, Liyana había llevado sus poderes al dormitorio y Koko, embelesada, fluía como un río en Everwhere, sonreía como la luna de Everwhere.

Antes de que Kumiko dejara Londres para ir a Cambridge, se habían acostado juntas casi todas las noches. Ahora han pasado semanas, meses, desde que Liyana tuvo en sus brazos a Koko extasiada y mucho más tiempo aún desde que los ríos fluyeron y ellas se besaron apasionadamente.

Goldie

Solía ser ágil como la hiedra y fuerte como el roble, pero tres años de duelo la han reducido a un arbolito frágil, fácil de romper. Se quiebra todo el tiempo por las cosas más insignificantes. Si los privilegiados huéspedes del hotel piden que les laven las sábanas todos los días, «¿no han oído hablar de la crisis climática?». Si alguien se mete en la fila, «¿es que no tiene modales?». «¿Los predicadores de las esquinas no podrían intentar salvar la vida de las personas en lugar de sus almas? Si se preocupan tanto», quiere gritarles, «¡entonces hagan algo útil! Alimenten a los hambrientos, alberguen a los vagabundos, protejan a los débiles...; hay mucho que hacer».

Goldie hace lo que puede, pequeñas acciones para compensar el enorme desequilibrio en la balanza de la desigualdad social. Roba de los ricos y lo distribuye entre los pobres: sándwiches *gourmet*, suéteres de cachemira, billetes perdidos de diez libras. A veces, incluye a ella y a Teddy en «los pobres», pero solo cuando es absolutamente necesario. Goldie sigue robando ropa de diseño para su hermano pequeño de vez en cuando, pero no tan a menudo como antes; no porque haya desarrollado su conciencia, sino porque él suele arrojarle en la cara cualquier objeto que ella le entregue como ofrenda de paz.

Goldie espera con ansias el día en que se sienta recuperada, que haya olvidado o lo que sea necesario para que pueda dejar el pasado y vivir en el presente. Pero nada sucede, nada cambia. Sigue sumida en la pérdida, su aliento está embargado de pena, sus huesos roídos por la nostalgia. Tres años de amor insatisfecho y deseo frustrado han drenado su sangre. Se siente derrotada, siente que está muriendo en una forma lenta pero segura. A veces su corazón se enfurece, a veces está tranquilo. Pero sigue destrozado, nunca se siente entero. A veces sus pensamientos están al rojo vivo de furia, a veces son un negro agujero de dolor; otras tienen el color gris de la esperanza perdida. Pero nunca son claros, frescos y nuevos. Sus hermanas dicen que el tiempo ayudará. *El tiempo*. Pero lo único que ha hecho el tiempo es ver a Goldie, hora tras hora, siendo destrozada lentamente.

Todavía escribe de vez en cuando. No la gran novela que había planeado, sino pequeñas historias que a veces le brotan como estornudos, historias que envía a sus hermanas, a Liyana más a menudo, a quien le gusta ilustrarlas y sugiere con timidez que colaboren en una publicación. Ayer le envió un cuento a Scarlet porque pensó que le gustaría; ella respondió diciéndole que no le hiciera caso a Liyana, que no creía que sus historias fueran adecuadas para mostrarlas a alguien más. Así que aunque Goldie conserva aquel impulso creativo que aparece de vez en cuando y se derrama sobre las páginas en blanco, el plan de la gran novela hace tiempo que lo guardó en un cajón.

En vez de escribir hasta altas horas de la madrugada, Goldie visita cada noche Everwhere. Como Grimm de sangre pura, no necesita puerta, sino que viaja en el filo de sus sueños. Es de lo más sencillo: apenas cierra sus ojos, se desliza en aquel lugar entre el día y la noche, la luz y la oscuridad, un mundo y el otro, el mundo de la vigilia y el mundo de los sueños. Es lo único que puede hacer fácil y bien. A diferencia de casi todo lo demás.

Goldie tuvo buenas intenciones una vez, quería servir y sacrificarse. Y durante un tiempo, alentada por sus hermanas, lo hizo. Pero pronto se cansó de hacer cosas para otras personas. Apenas lograba pasar el día sin llorar. Mucho menos podía ser una *inspiración* para las generaciones más jóvenes; el esfuerzo que eso requería la superaba. Así que Goldie visita Everwhere no para ver a sus hermanas, ni para educar a las jóvenes o deleitar a las mayores. Va únicamente a un lugar, aquel donde vio por última vez a Leo con vida, donde siente su espíritu más fuerte.

No puede verlo, por supuesto, ni puede tocarlo. Sin embargo, a veces la sorprende su aroma: un toque de madera, musgo y sal marina en el aire brumoso. Ella inhala con fuerza para olerlo mejor y saca la lengua para saborearlo. Pero lo más importante es que en Everwhere puede escucharlo. No mantienen conversaciones, la vida de ultratumba no es tan misericordiosa. Pero, de vez en cuando, fragmentos de las últimas palabras de Leo resuenan entre los árboles y Goldie puede cerrar los ojos e imaginar que está escuchando su voz: casi puede sentir sus dedos deslizándose por su cabello. A veces, cuando las condiciones son adecuadas, cuando las nubes se deslizan sobre la luna, cuando los susurros callan, cuando la brisa se calma, Goldie puede engañarse a sí misma, creer que Leo aún vive y está con ella. Solo por un momento muy breve, pero es suficiente para mantenerla con vida hasta la próxima vez.

Goldie habita tan a menudo en sus recuerdos que puede evocar conversaciones casi al pie de la letra e imágenes con tanta claridad como si las hubiera fotografiado. Puede traer a su mente escenas con solo cerrar los ojos; entra y sale de sus recuerdos como si fueran una caja de chocolates. Hoy se dedica a recordar las primeras veces: su primera conversación, su primer beso, la *primera vez*.

Ella estaba robando un par de calcetines de seda azul de una familia francesa en la habitación trece, cuando se volvió y lo encontró de pie en la puerta. La observaba y sonreía como si ella estuviera haciendo algo maravilloso e increíble, en vez de un acto un tanto inmoral. Se adelantó y Goldie lo miró, todavía sujetando los calcetines.

Cuando estuvo a pocos centímetros, Leo se detuvo. Expectante, nervioso, tímido.

Goldie sonrió: una forma de tranquilizarlo, de invitarlo. Incluso entonces, no podía creer que hubiera funcionado. Ella lo había invocado, le había ordenado acercarse. Como la primera vez que se encontraron. A través de su fuerza de voluntad lo había conjurado a su lado. «Detente», pensó. «Sube las escaleras, gira a la izquierda. Abre la puerta de la puerta de la habitación trece. Entra y bésame».

Al ver su sonrisa, Leo colocó sus manos sobre las mejillas de Goldie, ella inclinó la cabeza para recibirlo, abrió la boca y lo dejó pasar.

La primera noche no tardó en llegar. Había pasado tanto tiempo imaginando ese momento que lo sintió por completo natural, normal, nada nuevo. Como si ya conociera cada centímetro de él, como si ella encajara perfectamente en su abrazo, anticipando lo que él diría a continuación. Era tan hermoso y tan fácil, no requería esfuerzo alguno.

—Es extraño —dijo Goldie—. Todo lo que quiero es tocarte.

Leo sonrió.

—Lo mismo digo. —Se acercó para recorrerla poco a poco con su dedo, a lo largo de su cara, siguiendo la forma de sus cejas, su nariz, sus labios—. Eres una rosa… No, eso es demasiado simple, demasiado común…, más bien, eres… una peonía.

Goldie se rio.

—Soy un narciso.

—Tonterías. Y una rosa es demasiado insulsa. Tú eres… acianos y peonías y… todo lo que quiero hacer es olerte.

—Eres insaciable —dijo Goldie, apoyando su mejilla en la palma de su mano—. Pensaría que no has estado con una mujer en cien años.

—No he estado contigo —dijo Leo—, que es lo mismo.

Goldie se rio.

—Apuesto a que estás con una mujer diferente cada noche.

Leo sonrió.

—¿Estás sugiriendo que soy una zorra?

—Creo que no he utilizado esa palabra, ¿verdad? —dijo Goldie—. Una ligera insinuación, tal vez. Pero tú eres un hombre, así que…

—No hubiéramos podido hacer todo lo que acabamos de hacer si yo no fuera…

Goldie se pellizcó la nariz y se rio.

—Me refiero a que, como hombre, con cuantas más mujeres te acuestes más semental eres, que es lo opuesto a…

—Si hubiera sabido que te sentías así respecto a la promiscuidad —dijo Leo—, me hubiera esforzado más en practicarla antes de conocerte.

— No digas tonterías. —Goldie le dio un codazo juguetón—. Ya sabes lo que quiero decir.

—Pero ¿por qué es extraño? —preguntó Leo.

—¿Qué?

—Que quieras tocarme. Pienso que es normal. —Le dirigió una sonrisa tímida—. Dadas las circunstancias.

—Sí, supongo que sí. —Goldie se encogió de hombros, todavía no estaba lista para contar la historia de su padrastro—. No lo sé.

—Dices mucho eso.

—¿Ah, sí?

Leo asintió.

—Sí.

—Oh, lo siento.

—No lo sientas —dijo—. No hay nada que lamentar.

Estar con él no suponía esfuerzo alguno. Y sin embargo, había mucho que Goldie no sabía y no esperaba, sobre todo lo que sentía al estar con él; algo que nunca había sentido antes. Ni en su vida, ni con nadie más. Tardó un tiempo en darse cuenta de lo que era. Se sentía bien. Y nada en la vida de Goldie se había sentido bien. Siempre había luchado por hacer que las cosas encajaran, parchaba agujeros, ignoraba grietas, empujaba las piezas del rompecabezas para ponerlas en su lugar. Pero con Leo no debía ser lo que no quería ser o hacer lo que no quería hacer. Ella no debía hacer nada diferente, nada especial. De hecho, no debía hacer nada en absoluto. Solo respirar. Solo ser. Y eso era suficiente.

Por eso, no es de extrañar que mientras Goldie está atrapada en la Tierra solo anhele volver a Everwhere.

Scarlet

Scarlet está sentada, sintiendo el frío de la cocina, que ahora está limpia y despejada, aséptica y brillante otra vez. Eli está durmiendo, pero ella no puede. Lo intentó durante un buen rato hasta que se rindió. Es una pena, porque sería un alivio soñarse a sí misma en Everwhere esta noche, quizá sus hermanas estén ahí. Las extraña mucho.

Mira la luna por la ventana. Su luz plateada cae como una manta sobre sus piernas metidas en el pijama de franela. Desearía poder tomarla entre sus manos y envolver con ella también sus hombros. Acomoda la taza de té en su regazo.

46

Desde luego, piensa Scarlet, en vez de dormir podría dedicarse a encontrar una puerta. Ella también es de sangre pura, así que no necesita atravesar portales, pero a veces le gusta hacerlo, el ritual le da cierta satisfacción; aunque si lo hiciera esta noche tendría que enfrentarse al frío y a la oscuridad. Además, para una mujer, caminar sola por las calles de Londres, incluso en Bloomsbury, nunca es la opción más inteligente. Scarlet no puede recordar la última vez que entró en Everwhere a través de una puerta, aunque nunca olvidará la primera vez.

Bea las había retado a todas a hacerlo, a salir de sus casas en medio de la noche y encontrar la puerta más cercana. Fue imprecisa en los detalles exactos de cómo lograrlo, tan solo les murmuró algo sobre la intuición y los «sentidos especiales». Así que cuando Scarlet, a sus ocho años, tras escabullirse de la casa mientras su abuela dormía, salió a la calle a las tres de la mañana, estaba aterrorizada por la posibilidad de fallar en aquella prueba. Pero conforme caminaba, descubrió que, a pesar de no saber a dónde iba, sabía exactamente a dónde se dirigía. Así que siguió caminando, serpenteando por las aceras y cruzando caminos hasta que se detuvo veinte minutos después en el jardín de la iglesia de Saint Mary the Great. Sabía que la primera puerta no era la adecuada, así que trepó para entrar al pequeño cementerio en ruinas. Atravesó los caminos desordenados bajo la luz de la luna. Las lápidas más nuevas estaban iluminadas y relucientes; las viejas, grises, sucias y moteadas de liquen. Por fin, llegó a una tercera puerta. Estaba cerrada y cubierta con una hiedra tan espesa que parecía no haber sido abierta en cien años.

«Es imposible que sea esta», pensó Scarlet. Sin embargo, al mismo tiempo sabía que lo era. Y en efecto, exactamente a las 3:33 de la madrugada, la luna en cuarto creciente brilló con su suave luz sobre la puerta. Y a pesar del óxido y las enredaderas, se abrió con un ligero chirrido. Scarlet dudó un momento antes de atravesar.

Ahora, por un único, sorprendente y extraño momento, Scarlet echa de menos a Bea. Una ráfaga de anhelo arde breve en su pecho y luego se desvanece. Es demasiado tarde para llamar a Goldie o a Liyana. Se pregunta qué dirían del aniversario arruinado. Sabe que a Liyana no le agrada del todo Eli, aunque Goldie es más indulgente. Piensa en la primera vez que besó a Eli, cuando él se fue, y luego, dos días después, regresó. Un alivio y una alegría tan grande brotaron de la punta de sus dedos que Scarlet sabía que estaba en problemas.

—Tú —lo increpó, mientras él cruzaba la cafetería para alcanzarla.

—¿Creíste que te besaría y huiría? —Eli sonrió. Una sonrisa llena de la promesa del fuego—. ¿Qué clase de canalla crees que soy?

—Uy. —Ella se encontró con su mirada, sintió chispas en sus propios ojos—. Sé con exactitud qué clase de canalla eres.

—Vaya, vaya. —Eli se rio—. Eres una chica ruda, ¿no?

—Es el cabello. —Ella le sostuvo la mirada—. Pero me imagino que ya lo sabes.

—En realidad… —Eli extendió la mano para rozar su mejilla con su pulgar—. Nunca había tenido el placer de conocer a una pelirroja.

Cuando su piel rozó la de ella, Scarlet sintió el repentino e inquietante deseo de que la tomara en sus brazos y la pusiera sobre la mesa más cercana. Las chispas saltaron de las puntas de sus dedos, así que escondió las manos detrás de la espalda.

Desde hace tres años piensa que Eli es el hombre más hermoso que ha conocido.

Ahora las nubes se deslizan para dejar la luna al descubierto. Su luz plateada brilla a través de la ventana sobre la taza de té que guarda entre sus manos. Scarlet observa y recuera un día lejano, con la luz de la luna atrapada en la superficie de un lago. Estaba en la orilla viendo a Liyana hacer sus trucos. Juntas proyectaban sombras cambiantes en el agua, solo interrumpidas por la corriente y la caída de las hojas. Scarlet observaba sus remolinos, como si el arroyo fuera agitado por la mano de una ninfa del agua. Cayó otra hoja. Liyana la balanceó y le dio forma, como una diosa del agua. Giró sus dedos en círculos hasta que las olas salpicaron la orilla del río.

Ahora, Scarlet apoya una palma sobre la taza de té, como si la protegiera de la luz de la luna. Mientras su mano calienta la bebida fría, intenta recordarse a sí misma en Everwhere. Bebe un sorbo. Debería volver a la cama y acurrucarse con su amado. En vez de eso, se levanta y se dirige hasta el mostrador cromado para hurgar en las latas de galletas.

Mientras toma galletas de chocolate con una mano, con la otra ordena el mostrador. Un montón de cartas se deslizan detrás de una tabla de cortar, donde debió ponerlas en algún momento del día. Revisa los sobres ignorando los recibos, y entonces encuentra una carta escrita a mano, con su nombre y su dirección en una caligrafía de tinta arremolinada.

Alcanza un cuchillo para el pan, abre el sobre y saca una sola página. Scarlet pasa la vista por las líneas escritas con rapidez. No es una carta, sino una historia. Y garabateadas en la parte superior, junto con el título, están las palabras: «Esto es para ti, hermana. Con amor, G.».

La niña buena

Había una vez una niña que creció en una familia infeliz. Sus padres peleaban todo el tiempo. Al principio, la niña se unía a ellos, dando pisotones y gritando cada vez que se enfadaba. Entonces, sus padres la castigaban, gritaban aún más fuerte y desterraban a la niña a su dormitorio. Cada vez que la encerraban en la oscuridad, ella lloraba sin control, porque temía que sus padres nunca volverían a buscarla. Pronto dejó de ser ruidosa, guardó silencio e hizo lo que ellos querían.

Cuando la niña hacía lo que sus padres querían, ellos estaban contentos y la alababan. Y la niña se dio cuenta de que no importaba lo que quisiera para sí misma: lo que más anhelaba era que sus padres la quisieran. Así que fue una buena niña e hizo lo que le decían.

La niña se convirtió en una mujer y pronto tuvo su propia familia. La mujer amaba a su marido, y aunque él también la amaba, ella temía que la dejara si hacía algo que lo molestara. Así que la mujer hizo todo lo posible para comportarse con dulzura, vestirse con elegancia, estar de acuerdo con sus opiniones y no enfadarse nunca. Como no sabía hacerlo de otra manera, la mujer se comportaba así con todos los que conocía. Asentía y sonreía en cada conversación, siempre atenta a no estar en desacuerdo ni desagradar a nadie.

Un día, la mujer estaba de compras en el mercado y vio una nueva panadería en la esquina. La panadera colocaba panes y pasteles en el escaparate, mientras cantaba para sí misma una hermosa canción. Atraída por la música y el aroma de la levadura, la mujer compró una barra de pan, mientras miraba de reojo los pasteles.

—¿Acaso el olor a pan fresco no llena tu corazón de felicidad? —le preguntó la panadera. La mujer frunció el ceño, pues no recordaba la última vez que se había sentido llena de felicidad. Pero, casi de inmediato, asintió con rapidez y sonrió.

—Sí, por supuesto.

—Te daré un pastel —dijo la panadera—. ¿Cuál es tu favorito?

—Oh, no —dijo la mujer, negando con la cabeza. Es muy amable de tu parte, pero no puedo aceptarlo.

La panadera se rio.

—Vamos, compartiré uno contigo. Elige el que quieras.

Avergonzada, la mujer quería marcharse, pero no quería ser grosera.

—No sé. Tomaré el que sea, estoy segura de que todos son deliciosos.

—Naturalmente. —La panadera volvió a reírse—. Pero eso no significa que cada uno sea de tu gusto.

La mujer, nerviosa y confundida, dio las gracias en un murmullo junto con una excusa, y se apresuró a marcharse. Más tarde, pensó en lo que había dicho la panadera y que no sabía qué la hacía feliz, fueran los pasteles o cualquier otra cosa. Nunca se había preguntado si era feliz, solo si la querían. Se había pasado toda su vida complaciendo a los demás y ya no sabía complacerse a sí misma.

Al día siguiente, volvió a visitar a la panadera. «Aquí hay alguien que sabe con exactitud lo que quiere y quién es», pensó la mujer.

—No conozco mis gustos —admitió la mujer—. No sé nada de mí misma.

—No te preocupes, tu voz ha sido ahogada durante mucho tiempo por las voces de los demás. Pero nunca es demasiado tarde para escuchar la tuya.

Las lágrimas llenaron los ojos de la mujer.

—Pero ¿cómo?

La panadera reflexionó.

—Bueno, es más difícil saber lo que quieres que lo que no, ¿qué tal si empezamos por ahí?

La panadera se puso de pie, trajo dos *croissants* frescos y los puso sobre la mesa.

—Ahora, ¿quieres té o café para acompañar?

—No me importa —dijo la mujer—. Lo que sea más fácil, lo que estés tomando.

La panadera sonrió.

—Entonces traeré un triple expreso, el más oscuro y amargo que tengo.

Por primera vez, la mujer soltó una breve carcajada.

—De acuerdo. Muy bien, té Earl Grey, por favor. Sin azúcar, con un chorrito de leche.

La panadera le guiñó un ojo.

—Suena perfecto.

Cuando el té estuvo listo, se sentó de nuevo con ella.

—Ahora, dime todas las cosas que no te gustan, lo que en realidad odias.

La mujer tomó la taza y miró el té.

—No lo sé.

—Hazlo por mí —dijo la panadera—. No hay nada tan divertido como una buena charla.

—Bueno —la mujer lo pensó—. Supongo que… no me gusta cuando mi hijo deja sus calcetines por toda la casa o cuando mi marido no me deja terminar mis frases, y… odio a mi jefe, y la contabilidad es la cosa más tediosa en el mundo, y mi suegra es un absoluto fastidio, me considera muy poca cosa para su querido hijo, y él nunca me defiende, ¡a veces me hace sentir furiosa! —Se tapó la boca con la mano—. Lo siento, no me lo esperaba. Apuesto a que piensas que soy una persona espantosa.

Pero la panadera sonrió.

—No, creo que eres una mujer confiable y honesta. Creo que eres una mujer que se conoce a sí misma. Creo que eres el tipo de mujer que me gustaría que fuera mi amiga.

—¿En serio?

—Sí. —La panadera mordisqueó un pedazo de *croissant*—. Ahora, si dejas de hacer cosas y de estar con gente que odias, empezarás a tener espacio para encontrar cosas y personas que ames.

Esa noche, la mujer volvió a casa con su familia. Intentó decir lo que sentía y lo que quería. Al principio, no tuvo ningún efecto. Le dijo a su marido que no apreciaba su condescendencia. Él se mostró incrédulo. Le pidió a su hijo que recogiera sus calcetines. Él la ignoró. Sin embargo, aunque estaba asustada, se arriesgó a sufrir el descontento y la desaprobación de los demás. Y para su sorpresa, muchas personas, no solo la panadera, seguían siendo amigas suyas incluso cuando no estaban de acuerdo; incluso cuando ella decía «no». Y en esos momentos, la mujer supo por fin, por primera vez en su vida, lo que se siente ser de verdad y por completo amada.

Scarlet lee la historia, la vuelve a leer, y luego la repasa una tercera vez. Frunce el ceño, preguntándose qué es lo que Goldie trata de decirle. ¿Se supone que ella es esa mujer que no se conoce a sí misma, que no conoce su lugar en el mundo y está demasiado asustada para descubrirlo porque le aterroriza conocer y enunciar sus propios deseos? Si es así, su hermana está equivocada. Goldie podrá pensar que Scarlet vive una vida vacía e insatisfecha, pero ¿qué sabe ella? Scarlet no tiene ambiciones, no quiere lo que Goldie quiere, es feliz como es. El futuro es perfecto como ella lo imagina: matrimonio, bebés y… Pero un recuerdo la asalta. ¿De qué se trata?

Scarlet toma otra galleta y mordisquea el borde redondo.

Algo está desincronizado, torcido. Algo falta.

¿Cuántos días han pasado desde la última vez que sangró?

Everwhere

Bea no fue una buena persona, tampoco considerada ni amable. Era sincera y a menudo cruel. Por supuesto que sentía amor, pero ahora se arrepiente de cómo trató a sus seres queridos. A modo de compensación, pasará una eternidad al servicio de sus hermanas.

—*Ven a Everwhere y entrarás en un claro* —les dice esta noche—, *donde las piedras conducen a una gruesa alfombra de musgo que se hunde agradablemente bajo tus pies. Das un paso adelante y el musgo vuelve a brotar. Te detienes y miras los árboles que flanquean este espacio oculto, tan apretados que sus ramas podrían estar entrelazadas. Miras hacia arriba y ves un dosel de ramas y hojas tan densas que el cielo ya no es visible. Y sin embargo, mientras te adentras en la oscuridad, todo se vuelve más luminoso: las sombras se disuelven, los sonidos se acallan, el aire se calma. Poco a poco, la niebla retrocede y la bruma se disipa. Las venas de las hojas brillan a la luz plateada de la luna.*

»Notas que tú también te sientes más ligera. Empiezas a darte cuenta de que cada uno de tus sentidos es más agudo. Ves el rastro de las

sombras mientras se alejan, olfateas el humo de la hoguera quemando turba y leña, oyes la llamada de un pájaro a la distancia y sabes, sin saber cómo, que es un cuervo. El batir de sus alas perturba el aire mientras levanta el vuelo. Alcanzas a tocar el árbol más cercano y te das cuenta de que las yemas de tus dedos trazan los surcos en la corteza antes de hacer contacto con el tronco. Tienes el sabor del rocío en tu lengua aunque no has abierto la boca: tierra húmeda y sal.

»Te sientes despejada. Descubres que sabes las respuestas a preguntas que te has planteado durante semanas, tienes soluciones a problemas que te atormentan desde hace meses. Te sientes tranquila. La ansiedad que habías estado alimentando se desmorona y se disuelve en polvo. Te sientes satisfecha. Las heridas violentas se suavizan y se desvanecen, sin dejar cicatrices por dentro ni por fuera. Te pones de pie y respiras el aire de la luna, lenta y constantemente, hasta que ya no sabes qué es aliento y qué es aire. Hasta que ya no sientes dónde terminas tú y dónde empieza el bosque…

22 de octubre
9 noches

Goldie

Después de terminar de lavar los platos y perder un poco de tiempo fregando los azulejos descascarados que hay sobre el fregadero, Goldie se queda de pie en la cocina preguntándose qué hacer a continuación. Mira el reloj: las 8:34, es demasiado pronto para acostarse. Piensa en Teddy: no ha venido a cenar a casa y no contesta el teléfono. Espera que esté bien. Otra noche sin novedad se extiende ante ella, pero no siente energía para leer un libro ni ver la televisión. De cualquier modo, ¿qué sentido tiene? Se siente tan aletargada que bien podría estar inconsciente. Y entonces, cuando empieza a caminar por la alfombra de la sala para desplomarse en el sofá, siente que se aparece como la comezón en la nariz antes del estornudo: una historia que sale a la superficie.

Goldie se lanza al sofá, toma un cuaderno de la mesa de cristal y una pluma, y empieza a escribir.

El paladín

Había una vez un estudiante de literatura que anhelaba ser poeta. La lectura de poesía le producía una gran alegría, pero el intento de componer le causaba un gran sufrimiento. Sin embargo, era lo que más deseaba hacer. Si pudiera escribir frases tan bellas como las que leía, sería feliz. No obstante, cada vez que se apartaba de las disertaciones académicas y trataba de escribir palabras que se alejaban de los rigores de la mente y se adentraban en el corazón, tropezaba.

El estudiante lloraba de frustración sobre sus páginas garabateadas, una frase tras otra borrada porque no alcanzaba la exquisita altura de expresión sincera a la que aspiraba. Un día, cuando estaba a punto de caer en un pozo de desesperación, el estudiante pidió consejo a su maestro.

—Quizá no seas poeta —le dijo su profesor—. Quizá seas tan solo un estudiante y debes aceptarlo. Al fin y al cabo, muy pocas personas tienen ese talento, y si tú fueras una de ellas seguro serías capaz de escribir frases de gran belleza y verdad.

Esta afirmación hizo que el estudiante cayera de golpe en el pozo de desesperación donde se había tambaleado. Dejó de escribir por completo.

Después de hundirse en la miseria y en la desdicha, se levantó y salió del pozo, dejando atrás su desilusión y, con ella, su esperanza. La enterró tan profundo que ya no podía sentir ninguna de las dos.

El estudiante encontró trabajo como empleado y se casó con una mujer a la que amaba. Durante un tiempo, si bien no era feliz, estaba satisfecho con su suerte.

Un día, su mujer limpiaba los clósets cuando encontró los viejos cuadernos del empleado, repletos de garabatos y páginas tachadas. Se los mostró a su marido y le pidió que le explicara.

Él guardó silencio, invadido por una gran melancolía, de modo que su mujer no tardó en arrepentirse de su pregunta.

—Quise ser poeta —susurró—. Hace mucho tiempo. Pero no pude.

—Es difícil —dijo ella, conmovida por su dolor—. Sin embargo, toda habilidad requiere práctica. ¿Por qué dejaste de intentarlo?

—Porque creía que de haber sido un verdadero poeta mis palabras fluirían por sí solas.

—Quizá —respondió ella—. O tal vez haya otra razón.

Esa noche el empleado no pudo dormir, y cuando lo hizo, tuvo sueños extraños e inquietos. Soñó con su padre, quien había muerto hacía mucho tiempo; con su estudio a puerta cerrada; con las lecciones que escuchaba sentado en su regazo; con la mirada atónita del hombre al que respetaba y reverenciaba mientras hablaba de tantos temas y podía responder a todas las preguntas que le hacía su hijo. Soñó que estaba ahí de nuevo, de niño, llamando a la puerta de roble, sujetando en su pegajoso puño un papel garabateado con su letra infantil. Su padre lo tomó con curiosidad.

—Es un poema, papá —dijo el niño—. Lo he escrito para ti.

Su padre ojeó la página y se la devolvió.

—Dáselo a tu madre —le respondió—. Es más bien para ella.

Y ahí estaba el niño por segunda vez, con su frágil ternura, presentando a su padre otro poema. Esta vez lo mira apenas de reojo.

—¿Uno más?

La tercera visita fue la definitiva.

—Hijo, no tienes ningún don para el lenguaje —dijo su padre, mientras rompía la hoja con desesperación—. Me gustaría que dejaras de avergonzarme y avergonzarte con estos esfuerzos.

Al oír esto, el niño se puso a llorar, intentando detener las lágrimas antes de que cayeran.

—A nadie le gustan los llorones —dijo su padre—. Si no puedes soportar una pequeña crítica, nunca llegarás a nada.

El empleado se despertó sudando. Su mujer, que estaba a su lado, también se despertó. Él le contó su sueño.

—Ahora entiendo —dijo—. No fue mi ineptitud lo que me detuvo, sino mi vergüenza. En cuanto puse mi pluma en la página, me persiguió el eco de su voz.

Su esposa, que era sabia y comprendía que vendrían más sueños como ese, asintió, le dio un beso y se durmió de nuevo.

La noche siguiente, el empleado volvió a soñarse siendo un niño. Estaba en el estudio de su padre, pero su padre no estaba allí. En su lugar, una criatura con orejas puntiagudas y los dedos de los pies torcidos ocupaba la silla de cuero con respaldo alto.

—¿Quién eres? —preguntó el niño.

La criatura se cruzó de brazos.

—Soy tu paladín.

El niño frunció el ceño.

—¿Qué es eso?

El paladín puso los ojos en blanco ante la ignorancia del niño.

—Tu campeón, tu protector, tu salvador.

—¡Ah! —El chico sonrió—. Estás aquí para protegerme de mi padre.

La criatura aplaudió con sus pequeñas manos.

—Por fin lo entiendes.

El niño frunció el ceño.

—No pareces un protector —dijo—. Suenas como él.

—Exactamente. —El paladín se sentó más recto—. Ahora estás empezando a entenderlo. Estoy aquí para recordarte todos los días sus palabras.

—Pero ¿por qué haces eso? —El chico sintió que su labio inferior temblaba—. Si quieres protegerme, ¿por qué no puedes ser más amable?

La criatura pareció confundida por un momento.

—No estoy seguro, es la única manera que conozco.

El niño se quedó pensando.

—Supongo que… Pero cuando haces eso, cuando repites las cosas que dice mi padre, me duele.

Ahora fue el turno del paladín de fruncir el ceño.

—No, pero… —Se detuvo, rascándose una oreja puntiaguda—. Seguro que duele más cuando otros dicen esas cosas que cuando lo hago yo.

El oficinista se despertó con las palabras del paladín aún resonando en sus oídos. Al principio se sintió enfadado por el hecho de que su yo infantil hubiera inventado esta criatura para atormentarlo en privado, para escapar de ser atormentado públicamente. Luego, el empleado se dio cuenta de que aunque la criatura lo había hecho sufrir, solo trataba de ayudar.

—Ahora tengo curiosidad —susurró, para no despertar a su mujer— de ver cuáles serán mis palabras cuando no esté escuchando el eco de la voz de mi padre en mi cabeza.

Entonces, por primera vez desde que era un niño pequeño, el poeta se sentó a escribir.

Goldie se queda mirando la historia durante mucho tiempo después de terminar. No había pensado en esa palabra, «paladín», desde que la aprendió de Kumiko (esa encantadora fuente de conocimiento léxico), y no se había dado cuenta de que la recordaba hasta ahora. Tampoco había recordado a su padrastro desde hacía mucho tiempo. Las lágrimas le humedecen los ojos. Esta historia, lo sabe, no es para ninguna de sus hermanas, sino para sí misma, aunque no tiene idea de qué se supone que deba hacer con ella. Finalmente, con un suspiro, Goldie apoya la cabeza contra el sofá y cierra los ojos.

Esta noche, las condiciones son las adecuadas: la presencia del espíritu de Leo será fuerte. Goldie solo tiene que esperar. Está sentada en el claro donde murió su amante, sobre un tocón de árbol cubierto de hiedra, acolchado con musgo. Se sienta con las piernas cruzadas, los pies descalzos. Cierra los ojos para evocar la insoportable imagen de la última vez que lo vio: atado al gran roble en el centro del círculo de árboles, empequeñecido y dominado. El árbol al que estaba atado, en el que fue sacrificado. Aunque ahora no hay rastro de eso.

El árbol está cubierto de maleza, rodeado de gruesas enredaderas de hiedra, largos zarcillos que se retuercen por el tronco, enlazando las ramas, arrancando ramitas y cubriéndolas enteras. Solo han pasado unas pocas noches desde que Goldie lo visitó, desde que deshizo el crecimiento, pero todo se ha transformado desde entonces. El cambio es tan lento en la Tierra, tan rápido en Everwhere. Se siente como si el lugar quisiera borrar la memoria de Leo para envolver su tumba hasta que el árbol haya desaparecido y el claro sea indistinguible de cualquier otro. Y así, cada vez que lo visita, Goldie debe empezar a descubrirlo de nuevo. Como si estuviera de pie junto a su ataúd y levantara la tapa.

Respira profundo tres veces, y con cada exhalación, la niebla retrocede un poco, hasta que tiene una visión más clara. Levanta los brazos por encima de la cabeza como si buscara la luna. Sostiene el aire, junta las manos sin dejar que se toquen, hasta que sus dedos empiezan a temblar. Rápidamente, encuentran su propio ritmo, golpes entrecortados que tocan una sonata de piano que ella no puede oír ni ver.

Después de unos momentos, Goldie abre los ojos para ver la hiedra desenrollarse despacio, retrayendo sus tentáculos, desenvolviendo cada rama, deslizándose hacia el suelo hasta que el tronco queda libre. Ahora el árbol puede respirar. Ahora Goldie puede ver los largos azotes en la corteza, marcados por el látigo de su padre. La huella de la muerte de Leo.

Lleva las manos a su regazo de nuevo y espera. El aire brumoso se deposita en forma de gotas en su piel; se las quita de encima y caen a lo largo del puente de su pie izquierdo y ella piensa en la columna vertebral de Leo: la constelación de cicatrices, cómo una vez las acarició con tanta ternura, cómo nunca tendrá la oportunidad de volver a tocarlo.

Una ráfaga de viento azota el claro, trayendo aroma de salvia y sal marina. Goldie respira profundo, y por primera vez en días, sonríe. No falta mucho. El susurro de las hojas cae en silencio. Pronto oirá su voz. En un minuto o dos, las nubes se deslizarán y descubrirán la luna. En la oscuridad, ella sentirá su tacto, y durante unos gloriosos minutos, podrá fingir que están juntos de nuevo.

El corazón de Goldie se acelera, los vellos de sus brazos se erizan y sonríe, demasiado mareada por la expectación como para contenerla.

Siente su voz antes de oír sus palabras, el primer eco que se escucha en el aire. Cierra los ojos.

—*Goldie, yo...*

Abre los ojos. No es la voz de Leo.

Su decepción es tan pesada y ruidosa, que tarda un momento en darse cuenta de a quién pertenece la voz.

—¿Bea?

—Hola, hermana. —Las palabras de Bea son transportadas por el aroma de las hogueras y el carbón—. Ha pasado mucho tiempo.

Es un largo suspiro antes de que Goldie responda.

—Tres años.

—¿Me perdonas? —pregunta Bea.

—A veces.

Las nubes ahora cubren la luna, dejan el claro en la oscuridad. Goldie parpadea para evitar las lágrimas.

—Siento no ser él —dice Bea, escuchando los pensamientos de su hermana—. Siento no poder...

—Pero ¿por qué? —Las lágrimas caen—. ¿Por qué... por qué puedo hablar contigo y no con él?

El suspiro de Bea empuja las nubes más allá de la luna y la luz plateada llena el claro una vez más, proyectando largas sombras desde los árboles.

—No lo sé —admite—. Quizá porque las hermanas son más fuertes que los soldados o porque este lugar es más habitable para nosotras que para ellos. No lo sé.

Goldie suspira. Las hojas del gran roble crujen en respuesta.

—Pero... ¿por qué me hablas ahora? —pregunta—. Han pasado tres años. Nunca has...

—No creí que quisieras escucharme —dice Bea—. No después de... Aun así, nunca he tenido nada que decir que quieras escuchar. Hasta ahora.

—No lo entiendo —dice Goldie, una vez que Bea se ha explicado—. ¿Cómo es posible?

La risa de Bea es el crujido de las ramas bajo los pies.

—Todo lo que puedes hacer, todo lo que has visto, ¿y todavía tienes una idea tan limitada de lo que es posible…?

—Sí, pero…

Los pensamientos de Goldie se confunden.

—Pero ¿una resurrección? Seguro es…

—Imposible.

—Exacto.

—En cualquier circunstancia ordinaria, por supuesto. Y por lo regular está más allá de tus fuerzas, pero no en una noche especial: esa noche serás tan fuerte, hábil y poderosa como para hacer cualquier cosa.

Goldie levanta los ojos hacia la copa del gran roble. Desearía poder ver a su hermana; es demasiado extraño recibir información imposible de una fuente invisible. Mientras piensa eso, un pájaro desciende en picada desde una rama del gran roble. Se posa sobre una roca blanca cerca de los pies de Goldie. Ella mira al pájaro, un cuervo negro con una sola pluma blanca en su ala izquierda. El cuervo ladea la cabeza.

—¿Mejor así?

A su pesar, Goldie ríe.

—Es bastante surrealista, pero sí, supongo que está bien.

—Genial —dice el cuervo—. Entonces déjame explicarte.

—Sigo pensando que estás loca —Goldie cruza los brazos sobre su pecho y se inclina hacia adelante—. Pero continúa.

El cuervo parece encogerse de hombros.

—No importa lo que pienses, solo importa lo que es verdad.

Goldie resopla, aunque no puede negarlo.

—Entonces —dice, todavía sospechando—. ¿Qué dices que debo hacer?

—Tendrás el poder de traer a Leo de vuelta —dice el cuervo— la noche en que cumplas veintiún años.

—¿Por qué esa noche?

El cuervo agita sus alas como un eminente profesor de Cambridge que se pone su bata negra.

—De los 525 600 minutos de este año, solo hay uno que importa. Puede pasar en sesenta rápidos segundos o durar una eternidad, dependiendo de si estás en la Tierra o en Everwhere. Es el momento de la medianoche, cuando los relojes dan las doce, cuando octubre se convierte en noviembre, cuando el otoño en invierno y la víspera de Todos los Santos en el Día de Todos los Santos. Ese minuto es el momento en que cumples los veintiún años, el momento en que tu poder alcanzará su cenit y cualquier cosa, buena o mala, será posible.

Goldie observa al pájaro, su sabia hermana, mientras las últimas palabras del discurso se pierden en el aire brumoso. Y en el silencio, se imagina mirando los ojos de Leo de nuevo, tomando sus manos, tocando sus labios. Más tarde, dirá que lo ha pensado, que preguntó sobre los detalles para asegurarse de que no era demasiado inmoral. Pero en realidad, no lo hizo.

—Entonces —pregunta el cuervo—, ¿qué es lo que…?

—Sí —dice Goldie—. Lo haré. Lo que tenga que hacer, lo haré.

Liyana

Liyana se hunde, resbala como una piedra hasta el fondo de la piscina. Con languidez, cruza las piernas y cierra los ojos, imagina que está sentada en la arena con el agua salada empapando su piel. Un día, se promete, vivirá junto a la playa. No le importa cuál, con agua caliente o fría, siempre que el mar esté a poca distancia. Aunque, últimamente, se pregunta si Loch Leven sería el lugar ideal para vivir. Desde la primavera, cuando hicieron una escapada de fin de semana juntas a Escocia, ha estado fantaseando con conseguir un trabajo en el hotel de la isla; un puesto de tiempo completo, lo que significa que tendría que quedarse en el lugar. Se imagina despertando temprano para correr sobre los guijarros y zambullirse en el lago antes de que alguien se diera cuenta de que se ha ido. Liyana está segura de que bañarse en el lago no está permitido, pero eso no importa, ya que iría sola de todos modos. El encanto de salir a escondidas muy temprano o muy tarde para darse un baño clandestino es tan fuerte que cuando Liyana lo piensa lo suficiente, esté donde esté y lo que sea que esté haciendo, podría jurar que tiene los dedos de los pies mojados y debe mirar hacia abajo para comprobar que no se ha metido descalza en un charco, incluso cuando lleva zapatos.

Si no tuviera que cuidar a Nya, estaría en un tren hacia Escocia sin pensarlo dos veces. Por supuesto, extrañaría ver a sus hermanas casi todos los días, pero podrían reunirse cada noche en Everwhere, así que eso aligeraría un poco su soledad. Varias veces, en los últimos días, Liyana ha intentado tocar el tema de la reubicación con su tía, le ha sugerido que un traslado al norte podría ser beneficioso para ellas. Sin embargo, la rapidez con la que Nya cierra la conversación deja claro que, a pesar de sus circunstancias, no quiere ni oír hablar de abandonar Londres. «Puede que viva en un diminuto y mohoso departamento en Hackney, pero Londres sigue siendo el centro de todo y la única manera de irme es en un ataúd. Así que será mejor que te asegures de haber clavado bien la tapa». Liyana deja escapar un lento suspiro, abre los ojos para ver la fila de burbujas que sube a la superficie y estalla. Todavía tiene suficiente aliento en sus pulmones. Si Justin no la interrumpiera, podría quedarse durante horas. Llegó temprano esa mañana y como el *spa* no abre sino hasta las ocho, Liyana espera tener al menos una larga y tranquila hora bajo el agua. Necesita olvidar, fingir que la tía Nya no se hunde más y más en la rápida arena de la depresión, fingir que no se acaba de pelear con Kumiko, fingir que no pasa nada.

Así que se queda debajo, estira las piernas para deslizarse por el fondo de la piscina, arrastrando sus dedos en círculos sobre los azulejos de cerámica azul oscuro. Un día le gustaría tener un baño decorado así, aunque sin duda costará una fortuna, junto con una bañera aún más ancha y profunda que la que tenía la tía Nya antes de caer en la bancarrota. Liyana nada con pereza, imagina que tiene una cola de sirena, que Kumiko también es una sirena y que están flotando juntas en Loch Leven, desnudas bajo un cielo iluminado por la luna. Aunque allí no serían sirenas sino selkies, las focas de la tradición irlandesa y escocesa que fluyen por el lago, con el agua resbaladiza en su piel aceitosa; se transformarían en chicas al llegar a la orilla.

—¡Liyanaaaa!

Liyana levanta la vista para ver a su supervisor, Justin, caminar por el borde de la piscina hacia ella, sus sandalias chapotean en los dispares y poco profundos charcos de agua esparcidos en su camino. Nada hacia él y, cuando está a su altura, se levanta. Su mirada se detiene y ella cruza los brazos sobre sus pechos. Es el único aspecto del trabajo en el agua que no le gusta: ser exhibida en traje de baño. Mientras está en la piscina, protegida por un velo translúcido pero parpadeante, lo olvida. No obstante, en cuanto el aire toca su piel, lo odia. Justin da un paso adelante, reduce la distancia entre ellos, la acorrala. Si ella da un paso atrás, chocará con el agua. Sin bajar la mirada, Liyana mueve la cabeza, dispersando las gotas de agua como un perrito tembloroso. Justin da un paso atrás. Frunce el ceño, pero no mostrará ninguna debilidad con sus quejas.

—¿Cómo puedo ayudarte?

—Necesito que trabajes el fin de semana de Halloween —dice Justin—. Vamos a dar una fiesta de disfraces. Disfraz obligatorio.

—No puedo —responde Liyana—. Ya estoy trabajando este fin de semana. Además, es mi cumpleaños, tengo algo que hacer.

Justin suspira.

—Es tiempo y medio, doble paga después de medianoche.

Liyana piensa en su tía y en lo bien que le vendrían los ingresos extra, y luego se acuerda de Kumiko.

—No puedo.

—¡Oh, vamos, Ana! Te necesitamos, necesito todas las manos en la cubierta.

Liyana sacude la cabeza con menos fuerza.

—Lo siento, no puedo.

—No seas difícil, Ana. —Justin suspira—. No me hagas ponerme autoritario.

Liyana respira profundo. Odia hacerlo, pero debe hacerlo.

—Solo estoy contratada para trabajar un fin de semana al mes —dice, con los ojos puestos en sus pies descalzos—, y ya he cumplido mi cuota este mes.

No tiene que levantar la vista para saber que él está apretando su mandíbula y sus puños. Si hay algo que su supervisor odia es que le digan «no».

—Está bien, pero será mejor que no llegues tarde el sábado.

—No lo haré —dice Liyana.

Nunca ha llegado tarde en su vida.

—Y no esperes acabar antes —añade—. Estamos celebrando una fiesta en la piscina para los VIP. Quiero que la mayor parte del personal esté aquí para que ellos se diviertan tanto como sea posible y es probable que la fiesta se prolongue hasta la mañana.

—Sí, bien —dice Liyana, reprimiendo un suspiro—. Estaré allí.

—Estupendo. —Le echa otra mirada de arriba abajo—. Y ponte algo bonito, ¿quieres?

Liyana, que sabe con exactitud a qué se refiere, no responde.

Scarlet

¿Cómo va a decírselo?

Este no era el plan, ni de ella ni de él. Se suponía que primero se casarían y luego disfrutarían mucho tiempo juntos, tomando vacaciones de vez en cuando, antes de tener por fin hijos en un futuro vago y lejano, años más tarde. Ella no tiene aún veintiún

66

años. Necesita hacer algo con su vida, antes de entregar su cuerpo, gran parte de su tiempo y la mayor parte de su equilibrio emocional para dedicarse al bienestar de otra persona. Qué debería ser ese algo, Scarlet no tiene ni idea. A diferencia de Liyana, no tiene ningún deseo ardiente de crear o algo que lograr; solo quiere sentirse realizada, pero no está segura de qué encenderá ese sentimiento. Estar con Eli lo hace, así que no hay duda de que estar con él y con su bebé será aún mejor.

Scarlet no ha dormido por pensar en ello. Las preguntas acerca de lo que debería hacer y de qué manera dan vueltas como aviones sobre una ciudad donde nunca descienden, sus largas estelas de humo manchan el aire y nublan su mente para que no pueda guiarlos a tierra. Debería llamar a sus hermanas, necesita consejo, otras perspectivas. Pero algo retiene a Scarlet, la sensación de que sabe lo que dirán y cómo reaccionarán: no serían precisamente gritos encantados de «felicidades» entre abrazos jubilosos. Y esa es la única forma en que Scarlet quiere que se reciba cualquier noticia de un embarazo. No puede soportar la humillación de la compasión. Si esto va a suceder —y cuando la luz del amanecer se filtra por las rendijas de las cortinas, ella se siente bastante segura—, entonces será un acontecimiento feliz, ni más ni menos.

Durante el desayuno de aquella mañana, Scarlet no dijo nada. Guardó el secreto, como palabras encerradas en su boca que sabían dulces como jarabe de oro mientras no eran pronunciadas. Una vez liberadas, una vez escuchadas, ignoraba qué sabor tendrían. En la boca de Eli podrían volverse amargas como el vinagre.

Esa noche, durante la cena, no dijo nada. Eli llegó tarde, como ya era su costumbre. Así que le guardó la comida (pollo asado con papas y ejotes) envuelta en papel de aluminio en el horno y la sirvió después de las diez, cuando por fin entró al departamento con un suspiro. Scarlet se había quedado dormida en el sofá viendo *The Great British Bake Off* y se despertó sobresaltada al oír el portazo.

Ahora está sentada frente a él en la mesa redonda de roble con una taza de té de menta entre las manos, mientras Eli se sirve su segundo vaso de vino tinto y mordisquea un ejote.

—¿No tienes hambre?

—Lo siento. —Eli levanta la vista, avergonzado—. Ya comí.

—¿Por qué no me lo dijiste?

—No quería herir tus sentimientos.

—Deberías haber llamado.

—Me olvidé.

Se traga el ejote.

—Lo siento.

—No pasa nada.

Scarlet se encoge de hombros, desea que de verdad todo estuviera bien, que nada le importara. Siente una repentina ola de fatiga, como si una densa niebla gris la hubiera envuelto y estuviera presionando su cuerpo para empujarla hacia abajo. Deja la taza de té sobre la mesa y se frota las sienes.

—¿Estás bien?

—Sí —responde—. Solo cansada.

Y triste. Detrás del agotamiento llega una gran ráfaga de tristeza negra como el carbón, que le invade el pecho y se instala, dificultando su respiración.

Eli asiente sin interrogarla, hurgando sin entusiasmo en una pequeña papa.

De pronto, a Scarlet le parece de lo peor que acepte su patética excusa, que no quiera profundizar, que no quiera *verla*. Ella necesita ser vista.

—Estoy embarazada.

Las palabras vuelan como pájaros que escapan de una jaula abierta con descuido, antes de que Scarlet se dé cuenta de que ha hablado.

Eli deja caer el tenedor. Se estrella en el plato con un estruendo agudo. Los dos se quedan mirando, sin decir nada. Por fin, Eli levanta la vista.

—¿Estás…? ¿Estás contenta? —pregunta.

Scarlet asiente y se percata de que hasta ese momento no sabía si lo estaba o no.

—Lo estoy. ¿Y tú?

—Yo… yo… —Eli se tambalea—. Dame un momento, yo…, es mucho que procesar.

Scarlet asiente de nuevo. Se enrosca un rizo de cabello alrededor de su dedo mientras espera. El contraste del rojo es agudo contra su piel pálida; tira hasta que le arde el cuero cabelludo y su piel se sonroja con el desplazamiento de la sangre.

—Sí, estoy feliz.

Scarlet suelta el rizo y se levanta.

—¿Tú lo estás?

La cara de Eli, que suele ser tan seria, se convierte en una sonrisa.

—Lo estoy.

—¿Sí? —Se muestra tímida, apenas se atreve a creerlo—. ¿De verdad?

—¡Sí! —Eli es audaz, se baja de la silla y la toma en brazos antes de que ella pueda respirar. Aprieta a Scarlet con fuerza; ella se ríe, él la besa y su risa se eleva junto con su espíritu, para seguir el camino de los pájaros que se han escapado hasta el techo y a través de la ventana abierta al aire.

—Te amo, Scarlet —susurra Eli en su cuello—. Te amo, te amo, te amo.

Y justo cuando ella piensa que no es posible ser más feliz que esto, él toma sus dos manos en las suyas, la mira a los ojos y le dice:

—¿Quieres casarte conmigo, Scarlet Thorne?

—Soy tan feliz, no puedo creer que se me permita ser tan feliz.

—Bueno, así es. —Eli se ríe—. Y me alegro. Al menos, me alegro si tiene algo que ver conmigo.

Scarlet sonríe.

—Tiene todo que ver contigo.

Llevaba tiempo esperando la propuesta. Cada cumpleaños, aniversario, Navidad y San Valentín, esperaba que le regalara una cajita que solo podía contener una cosa. Y ahora, por fin, ha sucedido. Sin el anillo, pero eso no importa. Todavía no.

—Ah, ¿sí? —Eli tira de Scarlet hacia su regazo, las manos se deslizan desde su cintura hasta su cabello—. Cuéntame más.

—¿No son ya suficientes elogios? —dice Scarlet—. No creo que haya pasado tanto tiempo desde que te dije cuánto te amo.

—Han pasado al menos… —Eli finge comprobar su reloj a través de los gruesos rizos de su cabello— tres minutos. Creo que ya es hora de que lo repitas.

—¿Tres minutos enteros? —Scarlet se ríe—. Eso es un escándalo. No pensé que fuera tan negligente. —Le besa la frente a Eli—. Entonces déjame decirte que te amo. —Le besa la nariz—. Mucho, mucho, mucho. —Le besa la boca—. Mucho.

Eli se ríe.

—Eso está mejor.

Scarlet apoya la cabeza en su hombro, su mejilla descansa en su camisa de algodón.

—Tengo el marido más *sexy* de todo el…

—Espera —dice Eli—. Todavía no estamos casados.

—Lo sé —murmura Scarlet en su cuello—. Pero es como si ya lo estuviéramos, ¿no crees? —Ella cierra los ojos—. No puedo imaginarme más casada que esto, ¿y tú?

Eli se ríe.

—No tengo ni idea, nunca he estado casado. —Se inclina para frotarle con suavidad el vientre—. De todos modos, ¿qué es el matrimonio comparado con la paternidad? De hecho…

Scarlet abre los ojos.

—¿Qué?

Eli se encoge de hombros.

—Nada.

—¿Qué? —Scarlet levanta la cabeza de su hombro—. ¿Qué?

—No lo sé —dice él—. Es solo que… esto vincula más que los anillos de oro y los votos, ¿no crees?

Scarlet se sienta y se echa hacia atrás.

—No crea que puede hablar de esto a la ligera, señor Wolfe. Usted preguntó y dije que sí. Así que ahora lo haremos bien. Vestido blanco, no me importa si es hipócrita. Iglesia. Flores… Pastel de tres pisos. Ensalada de camarones. El señor y la señora Wolfe. Felices para siempre.

—¿Señora Wolfe? —Eli pone los ojos en blanco—. ¿De verdad? Creí que eras feminista.

Scarlet se encoge de hombros. Es feminista. Al menos, ella siempre ha pensado que lo es. Pero quiere esto. Quiere estar unida a una familia por escrito, en su propio nombre. Y si va a perder su identidad en el proceso, entonces es un precio que está dispuesta a pagar.

—Bueno —Scarlet titubea ahora—, a menos que quieras ser el señor Thorne.

Eli se ríe, como si aquella sugerencia no se pudiera tomar en serio.

—O podríamos juntar los apellidos…

—Puedes hacer lo que quieras, querida. —La besa de nuevo—. Pero yo soy feliz tal y como soy ahora.

Scarlet asiente. ¿Qué otra opción tiene? ¿Por qué se espera que la mujer se doblegue por el bien de la familia? ¿Por qué tantas mujeres toman el apellido de su marido y tan pocos hombres el de su mujer? Una declaración de desigualdad y falta de respeto, aún más irritante porque son las mujeres quienes dan a luz a los bebés; deberían ser ellas las que otorguen sus nombres a sus hijos, en lugar de los padres con sus funciones limitadas al momento de la concepción. Scarlet abre la boca y la cierra de nuevo, dejando de lado esto para que no interfiera con su felicidad.

Porque *es* feliz, más feliz que nunca. Ella ama a Eli y ama su vida juntos. Con todo y que hay ciertas cosas que Scarlet no le cuenta. Como el hecho de que sueña con Everwhere todas las noches, o que tiene llamas en la punta de los dedos y puede prender fuego a cualquier cosa en un instante, o que cuando presiona la palma de la mano en su vientre recibe una leve descarga eléctrica.

Everwhere

Esta noche Bea, en forma de cuervo, vuelve a visitar los sueños de sus hermanas, contándoles la historia de cómo aquellas con un poco de sangre Grimm pueden atravesar las puertas de Everwhere.

—*No necesitas saber a dónde vas, porque tus instintos te guiarán por el camino. Solo debes estar fuera en las calles de tu ciudad a primera hora de la madrugada, y siempre que te des el tiempo suficiente para un poco de vagabundeo sin rumbo fijo, encontrarás lo que estás buscando.*

»*El momento es importante: debe ser la noche del primer cuarto menguante y debes llegar a la puerta antes de las 3:33 a. m. En algún momento lo sentirás: un cambio en el aire. Entonces, la próxima puerta que veas será la indicada. Puede no parecer nada especial, aunque normalmente las puertas de Everwhere son antiguas y están adornadas. Algunas son puertas importantes, otras por completo ordinarias. Quizá la puerta sea la entrada al Museo Británico o al Jardín Botánico de Brooklyn, tal vez al cementerio de Père Lachaise, en París, o a la Universidad de Kioto, en Japón, o tal vez solo se abra a un parque o a un patio privado. Sea cual sea el lugar donde se encuentre, la sensación será la misma y tú lo sabrás.*

»*Lo que debes hacer, en ese minuto y a esa hora, mientras la luna se asoma por detrás de las nubes para proyectar su luz plateada sobre*

72

los adornos de hierro o los remates de acero, es presionar la puerta con la punta de los dedos y darle un pequeño empujón. Y se abrirá, como si te hubiera estado esperando.

»Eres especial —susurra Bea—. Puedes unirte a nosotras. Camina a través de una puerta, si lo deseas. La experiencia te dará una agradable sensación de teatralidad. Pero si prefieres no hacerlo, entonces ven en tus sueños, establece la intención antes de dormirte y listo. Tan fácil como eso.

23 de octubre
8 noches

Goldie

Ahora solo piensa en traerlo de vuelta. *¿En verdad será posible?*

Goldie piensa en todas las cosas que alguna vez creyó imposibles: la telepatía, la proyección astral, devolver a la vida plantas marchitas. Cuando tenía ocho años, su maldito padrastro tiró su amado bonsái por el inodoro. Ella lo sacó del agua, se sentó en el borde de la bañera, tomó en sus palmas el árbol mojado, despojado de tierra y de hojas. Poco a poco, sus manos se calentaron y luego, de repente, Goldie sintió una sacudida, como si el árbol hubiera comenzado a latir. Acarició cada rama, cada raíz; le susurró palabras de ánimo para que volviera al reino de los vivos. Tres días después, la primera hoja brotó, un botón de brillante e insistente verde. Una pequeña imposibilidad hecha posible.

Entonces, ¿podría tener razón Bea? ¿Puede en realidad traer a Leo de vuelta? Quizás. Aunque, por supuesto, resucitar un bonsái es una cosa, y resucitar un espíritu es otra.

Esta noche deja a Teddy dormido. En su silencio, vuelve a ser el niño que Goldie ama: amable, dulce e inocente. Ella se sueña a sí misma en Everwhere. Esta noche espera que sus hermanas no aparezcan; intenta desterrarlas de sus pensamientos, cuida de no llamarlas o convocarlas sin darse cuenta. No puede permitir que ellas interrumpan cuando le revele a Leo el plan. Por supuesto, no sabe si él será capaz de oírla, pero tal vez lo haga.

«Solo tenemos que esperar unas cuantas noches, mi amor, hasta que cumpla veintiuno, cuando seré capaz de conjurar la fuerza necesaria para hacer algo tan incincreíble».

Durante las últimas veinticuatro horas, Goldie apenas ha dormido. Pasó cada minuto investigando textos antiguos, rituales paganos, los poderes de las hermanas Grimm del pasado y del presente. Escuchó los murmullos de las hojas de Everwhere, el parloteo de las criaturas nocturnas que hablan de cosas desconocidas, la profunda sabiduría y las oscuras promesas de los demonios que acechan en las sombras. Observó las plumas de los mirlos que se cruzaban en su camino, esperando que el reloj llegara a las 3:33 de la mañana. Estuvo atenta a todas las señales que apuntaban a direcciones invisibles y a posibilidades inimaginables.

Goldie se toma su tiempo para recorrer el camino hacia el claro. Pisa con cuidado las piedras resbaladizas, deja que sus pies se hundan en el musgo, extiende las yemas de los dedos sobre los nudos y las espirales de cada árbol, roza las hojas y escucha sus susurros. Mira la sombra plateada de la luna que brilla a lo largo del río que fluye tranquilo. Goldie se obliga a estar inactiva y a la espera, aunque quiere apresurarse, correr, saltar por encima de las rocas y los árboles caídos, volar hacia su destino, ignorar todo a lo largo del camino. Pero esa no es la forma correcta de hacer algo tan importante, hay que darle la debida reverencia y gravedad. Así que caminará cuando quiera correr, prestará atención a cada hoja cuando quiera apartarla, respirará profundo cuando apenas y puede respirar de la emoción.

La paciencia de Goldie se ve recompensada cuando por fin entra en el claro. Sus sentidos se agudizan, como si pudiera oír una hoja al otro lado de Everwhere, o el eco de la voz de Leo antes de que se estremezca en el aire. Siente su aliento en la niebla esta noche, su tacto en la luz de la luna. Goldie cruza despacio el claro hacia su asiento. Pasa la mano por el tocón del árbol, y con un giro de sus dedos acaricia el musgo, lo ablanda. Y entonces cambia de opinión, ya que junto al tronco hay una roca plana que esta noche le parece más adecuada para sentarse.

Al agacharse, Goldie hace rodar la roca sobre la alfombra de hiedra y musgo, la empuja contra el tronco del árbol de Leo. El gesto es quizás un poco morboso, porque esta piedra blanqueada que ahora descansa en el lugar donde murió es, en efecto, su lápida. Sin embargo, a Goldie no le importa, solo quiere estar tan cerca de él como sea posible.

Respira profundo tres veces.

—Voy a salvarte —susurra—. En ocho días, cuando esté más fuerte, te devolveré la vida.

Espera el eco de la voz de Leo en la brisa. Espera una señal que le muestre que él está aquí, que de alguna manera la escucha, que de alguna manera lo *sabe*. Pero su esperanza no se encuentra con ninguna voz amistosa. Por un momento cruel, Goldie teme que todo sea para nada, que solo esté llena de esperanza e imaginación, que Leo se haya ido para siempre, que nunca lo vuelva a ver de nuevo. Entonces recuerda su plan y su poder y deja a un lado su duda.

—Te resucitaré —dice Goldie rompiendo el silencio que la rodea—. Estaremos juntos de nuevo.

Liyana

En la parpadeante luz fluorescente de la habitación del hospital, Liyana trata de apartar de su mente lo que ha visto, pero no puede. Cada vez que logra distraerse por un momento, vuelve al accidente: una botella de vino a la mitad sobre la mesa, la tía Nya tropezando desde el sofá hasta caer al suelo, el vaso rodando por la alfombra, las pastillas derramándose del frasco oculto bajo su brazo, el frasco rompiéndose, el vidrio cortando y haciendo sangrar la mejilla ya hinchada tras golpearse con el borde de la mesa al caer.

Liyana está sentada a pocos metros de la cama donde Nya duerme con el estómago revuelto, la respiración entrecortada, su piel oscura manchada bajo las luces, su cabello desordenado y sin cepillar. Liyana no soporta mirar, no solo por la pena que evoca la visión, sino porque siente vergüenza: sabe que su tía no toleraría estar expuesta con ese aspecto.

Hace años, como esposa rica, Nya gastó pequeñas fortunas en tratamientos faciales y salones, *spas* y gimnasios. Fue cliente de la doctora Suha Kersh, cirujana de París y *artista extraordinaria* del bótox. No dejaba que nada que no fuera cachemira o seda la vistiera, y hubiera preferido morir antes de salir a la calle sin el rostro cubierto de maquillaje.

Liyana desearía poder vestir a su tía durmiente, sacarle el horrible camisón rosa del hospital y ponerle su pijama de seda. Liyana ve lo delgada que está Nya, su largo cuerpo apenas es un bulto bajo las sábanas. Por supuesto, su tía siempre ha sido delgada, como la mayoría de las esposas de clase media alta de Londres, pero nunca había cruzado la línea de lo esquelético. ¿Cuánto tiempo ha tenido este aspecto?, se pregunta. Y ¿cómo no se dio cuenta antes?

Liyana se limpia los ojos. Intenta mantener la boca cerrada, pero la culpa sigue filtrándose por sus labios cada vez que respira. El sabor es amargo, como si llenara sus pulmones de humo. Desearía que Kumiko estuviera aquí, tomando su mano y sosteniendo su mirada para que Liyana pudiera evitar mirar a su tía. Su novia conversaría con ella para alejar los pensamientos de Liyana, que ahora se unen como cadenas para degollarla. Liyana sabe que si llamara a Koko, aunque fuera a las dos de la mañana, ella vendría. Y no es porque no quiera molestarla que duda sobre comunicarse con ella. Hay una razón más profunda que no entiende ni quiere en este momento averiguar. En vez de ello, intenta quedarse dormida.

Finalmente, los pensamientos de Liyana se asientan y su respiración se hace más pesada, hasta que el sueño misericordioso apaga las parpadeantes luces fluorescentes, saca a Liyana de la habitación del hospital y la lleva a Everwhere. Cuando pisa la piedra y el musgo, abre los ojos para contemplar la amistosa e inamovible luna y los árboles que se extienden hacia el cielo. Siente el aire brumoso que suaviza su piel reseca y comienza a buscar a sus hermanas.

Cuando se buscan en Everwhere, las hermanas utilizan la brújula de sus instintos para encontrar el claro, el tronco de árbol caído o la roca donde la otra se sienta y espera. Esta noche, Liyana sigue una de las muchas vertientes de los ríos que corren sin parar y se retuercen entre los árboles, giran con los caminos, serpentean por el paisaje infinito que se extiende hasta horizontes nunca vistos. Mientras camina, Liyana escucha el relajante torrente de agua. El pulso de su sangre se sincroniza hasta que los latidos de su corazón se acompasan y siente una nueva sensación de paz en su cuerpo.

No pasa mucho tiempo antes de que Liyana sea conducida lejos del río, hacia un círculo de sauces. A regañadientes, sigue su instinto. La niebla es baja y Liyana solo puede distinguir la forma de una mujer de pie junto a una cortina de hojas que roza con los dedos de un lado a otro, como lo haría Liyana deleitándose bajo una cascada.

«Debe ser Goldie», piensa. Pero cuando Liyana se acerca, se da cuenta de que no es ninguna de sus hermanas, sino una desconocida.

Cuando Liyana está a unos metros de distancia, la mujer se vuelve y exclama:

—¡Lili, por fin!

Liyana se aleja de la mujer que, con los brazos extendidos y una sonrisa, se para de puntitas como si estuviera a punto de lanzarse sobre Liyana y no soltarla. La mujer es baja y regordeta, con la piel del color de las profundidades del océano y cabello del color y la textura de la pelusa del diente de león. Un recuerdo tira de la mente de Liyana. Frunce el ceño, tratando de recordar.

—¿Quién eres tú?

—¡Oh, Lili!, ¿no me digas que no reconoces a tu propia tía?

Liyana piensa en Nya, la única tía que conoce, inconsciente en la cama del hospital. La que, como todo el mundo, la llama «Ana». Nadie la llama «Lili».

—¿Mi tía?

—Tu otra tía. —La desconocida no deja de sonreír—. Tu tía secreta.

Liyana frunce el ceño.

—¿Mi tía secreta? —La mujer asiente con la cabeza y deja caer los brazos a los lados.

—De la que tu madre nunca te contó porque temía que te corrompiera. Prefirió fingir que yo estaba muerta.

Liyana se siente perturbada por una corriente de confusión.

—¿Muerta?

La mujer agita la mano con desprecio.

—Oh, todo eso es agua que ha corrido, mi pequeña ninfa. Ella me prohibió contactarte, encontrarte aquí, hasta que cumplieras veintiuno. —Le guiña un ojo—. Pero ¿qué son unos días entre la familia?

Liyana observa a su tía secreta.

—No entiendo…, ¿cómo es que tú…?

—Oh, los porqués no están ni aquí ni allá. —La tía hace un gesto con la mano para descartar esas preguntas—. Ya sabes cómo era tu madre, sin duda sospechaba que sería una mala influencia para ti con mis pésimos modales. —Se ríe—. Pero el cómo es bastante fácil. Soy como tú.

Liyana frunce el ceño.

—¿Eres una Grimm?

La mujer aplaude, como si Liyana acabara de hacer un truco de magia.

—Lo soy, mi pequeña sirena, sí que lo soy. Y ahora… ven y dale un abrazo a tu tía Sisi.

Liyana se queda atrás; luego, cuando la mujer vuelve a ensanchar sus brazos, da un paso inseguro hacia adelante. Esto es suficiente para que su tía secreta se precipite hacia delante con una rapidez que contradice su tamaño y envuelva a Liyana en un largo y profundo abrazo. Al principio, Liyana está rígida, con los brazos a los lados, luego se ablanda y deja escapar un pequeño suspiro. Ahora se acuerda de esto. Un abrazo de la tía Sisi es el más suave, el que más levanta el espíritu, el que más calienta el alma que cualquier otro abrazo jamás dado por un ser humano. Liyana se aferra y se hunde doblando las rodillas, se encoge para acurrucarse mejor en el acogedor pecho de su tía. Vuelve a tener cinco años y las propiedades mágicas del abrazo se filtran lentamente en su cuerpo, en su sangre y en sus huesos, hasta que se encuentra bien.

—Verte es dulce como el azúcar, Lili —susurra la tía Sisi—. Llevo mucho tiempo esperando este momento.

Liyana abre la boca para hablar, pero está tan emocionada que, en cambio, besa el cuello de su tía. Su tía vuelve a soltar una risita, que suena, piensa Liyana, como un manantial de agua dulce que brota del suelo. Por fin, la tía Sisi suelta a Liyana y retrocede para observarla y hacer una evaluación de pies a cabeza.

—Dios, ¡qué delgada estás! —resopla Sisi—. ¿Quién te ha alimentado?

—Estoy bien, *Dagā*. —Liyana sonríe—. Es que nado mucho, no puedo comer lo suficiente como para engordar.

Sisi mira a su sobrina como si nunca hubiera oído hablar de tal cosa.

—Si comieras mi comida, tendrías carne en los huesos. ¿Recuerdas cómo te daba de comer arroz *waakye* los domingos después de la iglesia? Eso te pondría en forma muy pronto, y le daría a esa bonita amiga tuya un poco más de ti para sujetar.

Liyana observa a su tía.

—Oh, por favor. —Sisi agita la mano de nuevo—. Sé quién eres. Lo sé todo sobre ti. —Se acerca a un tronco caído y se sienta, exhalando de alivio. Luego palmea el espacio a su lado—. ¿Crees que no te he estado observando todos estos años? A decir verdad, es probable que te conozca mejor de lo que tú te conoces a ti misma. Ahora, siéntate.

Liyana pasa por encima del musgo y la piedra para sentarse junto a su tía en el tronco. Sisi se revuelve, acomoda un trasero que es tan grande y suave como su pecho, se pone cómoda; luego saca un termo de una bolsa que lleva en la cadera y que Liyana no había notado antes. Su tía desenrosca el termo y luego vierte un poco de líquido en la tapa. La acerca a su sobrina.

Liyana mira la bebida.

—¿Qué es?

—¿Crees que intento envenenarte? —La tía Sisi ríe—. No te preocupes, no te hará diminuta—. Vamos, bebe.

Liyana toma un sorbo indeciso, luego otro, antes de pasarse el resto de un solo trago. Sostiene la taza vacía.

—Está delicioso, ¿qué tiene?

La tía Sisi pone los ojos en blanco.

—¿Has olvidado el *sobolo*? —Liyana se encoge de hombros, disculpándose—. Veo que mi hermana no solo ha perdido el sentido común, ya discutiremos cómo resolverlo más tarde, sino que también se fue y olvidó de dónde viene. —Sisi suspira—. No me extraña que estés tan delgada, Lili. No te ha enseñado nada.

—Eso no es cierto —protesta Liyana, pensando en la pobre Nya en la cama del hospital—. Ella me cuidó bien, solo que… ella es… ¿Puedo tomar un poco más? —Señala el frasco con la cabeza—. Está delicioso.

La tía Sisi mira a su sobrina como para decirle que no es ingenua, pero tampoco reacia a los pequeños halagos.

—Son hojas de hibisco —dice— en infusión con jugo de jengibre y piña. Le añado un poco de lima al mío, pero no se lo digas a nadie.

Le sirve otro trago de jugo, llena de nuevo el vaso. Liyana lo bebe con avidez y se limpia la boca con el dorso de la mano.

—Tu secreto está a salvo conmigo, *Dagã*.

Sisi le entrega el termo, riendo.

—Vamos, tómatelo todo, no te quedes con ganas de más. —Se remueve en el tronco del árbol, luego mira al cielo. Un cuervo grazna en lo alto—. Pero basta de charla por ahora. Tengo mucho que enseñarte y no tenemos tiempo.

Liyana da otro sorbo al *sobolo*.

—¿Tiempo para qué?

La tía Sisi frunce el ceño, al parecer sorprendida por la pregunta.

—Para detener a tu hermana, por supuesto.

Liyana imita el gesto de su tía.

—¿Qué hermana?

—La que devuelve la vida a las cosas, la que tiene la mente puesta en la resurrección.

Sisi toma la mano libre de Liyana y la aprieta con fuerza. Las nubes se deslizan sobre la luna y eclipsan su luz. Liyana siente que se estremece.

—Se avecina una tormenta, niña, y tú eres la única que puede contenerla.

Scarlet

—¡Goldie!

Scarlet se apresura a cruzar el claro para alcanzar a su hermana.

—Esperaba encontrarte aquí esta noche.

Goldie abre los ojos y pierde la sonrisa.

—Hola, hermana —dice Scarlet—. Estuve tratando de localizarte y no podía…, no podía sentir si estabas aquí o no. Mi radar no funciona últimamente. Yo… —Se detiene—. ¿Interrumpo algo?

Goldie se traga su irritación y sacude la cabeza.

—No.

Se baja de la roca.

—Me asusté, eso es todo.

Scarlet sonríe, con una cara tan brillante de placer que casi eclipsa el brillo de la luna que las cubre.

—¿Qué estás haciendo?

—Nada —dice Goldie, mirando al suelo.

Scarlet lo deja pasar y vuelve a sonreír. Está llena de alegría radiante, sin mancha de nada. Goldie la mira. Por un segundo, se queda sin palabras.

—Estás embarazada. —Scarlet sonríe, no necesita preguntar cómo lo sabe su hermana—. ¡Maldita sea! —tartamudea Goldie—. ¡Esto es…!

—Maravilloso, ¿verdad? —Scarlet sigue sonriendo—. Todavía no puedo creerlo.

—¿Lo habías planeado?

—No. —Scarlet se lleva las manos a la barriga—. Un feliz accidente.

Parece, por un momento, que la luna brilla más y forma un halo sobre su cabello: los rizos llenos y esponjosos, el rojo oscuro casi anaranjado por la luz. «Está iluminada desde dentro», piensa Goldie.

—Maldita sea —suspira Goldie—. Maldita sea. No sé qué… quiero decir, ¡felicidades!

Sigue una pausa un tanto incómoda mientras Goldie se pregunta si debería abrazar a su hermana, pero el momento pasa.

—Hola, chicas. —Goldie y Scarlet se vuelven para ver a Liyana, que camina hacia ellas con los brazos a los lados, casi marchando, como si fuera un soldado entrando en la batalla.

—¡Ana! —exclama Scarlet—. Estás aquí.

—Sí, estoy aquí. —Liyana lleva la mirada de Goldie a Scarlet, como si acabara de interrumpir una reunión furtiva.

—¿Qué pasa?

—Scarlet…

—¡Carajo! —la interrumpe Liyana—. ¡Estás embarazada! ¿Cómo…?

Scarlet sonríe.

—No viste esto en tus cartas, ¿verdad?

—No —Liyana frunce el ceño—. No lo vi venir. Y… ¿es algo bueno o malo?

Scarlet frunce también el ceño.

—Algo bueno, por supuesto.

—Ah, genial. *Mazel tov* y todo eso —dice Liyana—. Pero… no está tan bien, ¿o sí? Es decir, eres prácticamente una adolescente, no has hecho…, ¿esto es lo que quieres más que nada en el mundo, ser una madre?

—La maternidad no significa que no pueda hacer otras cosas —dice Scarlet con frialdad—. No estamos en los años cincuenta.

—¿De verdad? —Liyana levanta una ceja—. No sabía que tú, viviendo como la pequeña *hausfrau*…

—Cállate —suelta Scarlet—. Estás celosa porque tengo un prometido que me ama y quiere que formemos una familia juntos, algo que tú no puedes hacer sin un poco de esperma y una jeringa de pavo.

—¡Y doy gracias a Dios por eso! —dice Liyana—. Gracias a Dios que no necesito llenarme de píldoras ni jugar con mis partes sagradas para asegurarme de no caer en esta particular catástrofe.

Las chispas se encienden en las yemas de los dedos de Scarlet.

—Bueno, no es un desastre para mí. Todo lo contrario, así que…

Liyana levanta una ceja.

—¿No crees que estás siendo un poco arrogante al querer procrear, dado el estado del mundo?, ¿no crees que es un poco egoísta? Tener hijos es lo peor que se puede hacer por el medio ambiente y lo sabes.

Pequeñas chispas crepitan en el aire, algunas rodean las manos de Scarlet.

—Oigan —dice Goldie, interponiéndose entre ellas—, ¿por qué no cambiamos de tema?

Liyana mira a Goldie.

—¿Y de qué vamos a hablar?

Goldie se encoge de hombros.

—No lo sé. Algo menos polémico.

—Así que crees que está bien, ¿no? —Liyana hace crujir sus nudillos; en lo alto, el aire se estremece con un trueno—. Que finja ser como los demás, que siga ignorando sus poderes y su potencial. ¿Es así como vas a criar a tu hija, Scar? Que aprenda a no ser nadie, a renunciar a todo por un hombre, a…

—Hablé con Bea —dice Goldie, más fuerte de lo que pretendía.

Liyana y Scarlet se vuelven hacia ella.

Los truenos se calman y las nubes se despejan.

—¿Qué?

La electricidad se apaga.

—¿Cómo?

—Estuve aquí la otra noche —dice Goldie—. Y ella me habló a mí.

—¿De verdad? —Liyana se cruza de brazos y entrecierra los ojos, como si sugiriera que Goldie podría estarlo inventando—. ¿Qué te dijo?

—Eh… —Goldie se inclina para recoger una pequeña piedra redonda a sus pies y, tras ponerse de nuevo de pie, la frota entre el dedo y el pulgar—. Bueno…, me dijo que estaba bien, en paz, y…

—¿Qué más? —insiste Liyana—. ¿Qué más te dijo?

—¿Qué pasa con Leo? —dice Scarlet—. Si los dos están aquí… —Mira al cielo oscuro y a la luna inamovible—, ¿ella puede hablar con él?

—No. —Goldie niega con la cabeza, con la voz pesada—. No, y él tampoco puede contactarse conmigo. Solo pueden hacerlo las Grimm muertas cuyos espíritus viven aquí.

—Oh —dice Scarlet—. Lo siento.

Goldie asiente con tristeza. Pero Liyana se da cuenta, no mira a su hermana a los ojos.

—¿Está aquí ahora? —pregunta Scarlet, mirando hacia un lado y otro como si el fantasma de Bea estuviera sentado detrás de ella en la rama de un árbol.

—No lo sé —dice Goldie—. Supongo que debe estar aquí. Pero no creo que podamos invocarla, supongo que vendrá cuando quiera.

—La muerte no la hizo menos terca entonces —dice Liyana—. No me sorprende.

—No. —Goldie frota la piedra, pensativa—. Supongo que no. Pero ella es diferente ahora. Es más amable, más suave, más…

Scarlet se inclina hacia delante.

—¿Cómo?

Y así, Goldie les cuenta todo lo que puede sobre su hermana perdida. Omite cualquier dato incriminatorio, cuenta algunas pequeñas mentiras en la historia para darle más sabor. Y con eso, todo lo demás se olvida.

Everwhere

El cuervo se posa en una rama del gran roble, agita sus plumas y ladea la cabeza. Dirige su mirada a las tres mujeres que están abajo. Bea no había previsto la efervescencia de emociones y las opiniones encontradas entre ellas; tal vez deba intervenir para tapar las grietas antes de que se conviertan en agujeros. Porque si las tres hermanas no están unidas la noche en que cumplan veintiún años, cuando Goldie intente la resurrección, los efectos podrían ser catastróficos. Bea puede ver futuros probables serpenteando como ríos que se retuercen bajo la tierra; muchos se convierten en torrentes y terminan en tempestades y tsunamis. Es tal y como dijo Sisi: se avecina una tormenta y no es posible detenerla, pero puede ser contenida.

24 de octubre
7 noches

Liyana

Liyana se despierta con un sobresalto. Por un momento está confundida, no entiende dónde se encuentra. Parpadea ante las luces fluorescentes. Toma una bocanada de aire viciado y desinfectado, y hace una mueca de dolor al estirar su cuello rígido. Entonces mira a su tía tumbada en la cama, envuelta de blanco, con la cabeza inclinada hacia atrás en la almohada, los ojos cerrados y los brazos estirados a los lados.

Liyana no quiere estar allí. Preferiría estar en la cama de Kumiko, rodeada en su abrazo, los miembros de ambas entrelazados hasta volverse una gloriosa criatura de múltiples extremidades. Una inmortal, una diosa intocable: Kali, Durga, Lakshmi, en lugar de una chica ineficaz e incapaz de conseguir nada, ya sea publicar, complacer a su novia o inspirar en su tía las ganas de vivir.

Liyana mira el reloj de plástico de la pared que marca cada interminable segundo. Tic, tac, tic... ¿Por qué, se pregunta, el tiempo se vuelve tan lento después de medianoche? En especial las horas entre las dos y las cuatro de la madrugada. Cuando está en Everwhere nunca es así, pero sí en la Tierra. Por eso, en este mundo, Liyana odia estar en un hospital, donde el tiempo pasa aún más lento. Prefiere, en definitiva, pasar las horas con Kumiko.

Por fortuna, Liyana tiene mucho con que distraerse. Piensa en su tía Sisi, en el secreto que le han ocultado todos estos años. Piensa en lo que le dijo que debe hacer para evitar que la resurrección

87

de Leo desestabilice la delicada simetría entre el bien y el mal en Everwhere. «Hay demonios acechando en las sombras y la oscuridad listos para surgir de la tierra», dijo la tía Sisi. «Un acto como ese acarrea el peligro de inclinar la balanza, sobre todo por el sacrificio». Pese a las preguntas de Liyana, Sisi no se dejó presionar para contarle detalles de este sacrificio, tan solo murmuró crípticamente «lo sabrás en su momento».

Y entonces Sisi la llevó al lago.

Caminaron un rato, aunque podría haber sido más tiempo, dado el extraño paso del tiempo en aquel lugar, pero entonces llegaron a un pequeño y denso bosque de abedules plateados desconocidos para ella. Y, más allá, al lago más grande que Liyana había visto, ni en la Tierra ni en Everwhere.

—¡Dios mío! —dijo, resoplando—. Es… ¡increíble!

Mientras Liyana miraba con la boca abierta, la tía Sisi se quitó los zapatos y se acercó a la orilla del agua.

—Te he traído aquí para que te bendiga Mami Wata —dijo—. Como lo hice cuando eras una niña.

Con la mirada fija en la gran extensión de líquido plateado por la luz de la luna, Liyana se quitó los zapatos para caminar descalza por los bancos de musgo y piedra hasta ponerse al lado de su tía.

—¿Quién es Mami Wata?

Sisi soltó un bufido corto y burlón.

—Es la diosa del agua, por supuesto. Otorga muchas cosas a sus seguidoras: curación, fertilidad, creatividad y riqueza. ¿Te parece bien?

Liyana esbozó una sonrisa irónica.

—Sí, todas excepto la fertilidad. No necesito eso.

—Eso dices ahora, niña. —La tía Sisi se quitó el vestido y lo dejó caer a sus pies—. Pero un día podrías cambiar de opinión.

Liyana, un poco asustada por la repentina desnudez de su tía, tardó un momento en responder.

—¿Tú cambiaste de opinión?

—*Touché*. —La risa de la tía Sisi se extendió por su amplia carne—. Eres muy lista, ¿verdad? No, no lo hice. Y nunca me arrepentí. Pero, ahora, te tengo a ti.

—No exactamente. —Liyana metió un dedo del pie en el agua, disfrutando del escalofrío—. No has sido en realidad una presencia activa en mi vida.

—Es cierto —admitió Sisi—, pero siempre te he estado observando.

Con una agilidad que desmentía su edad y su estatura, Sisi bajó de un salto la orilla y se metió en el lago con un efervescente chapoteo. Se volvió hacia su sobrina, sonriendo.

—¿Qué estás esperando? Vamos.

Tras encogerse de hombros, Liyana se quitó la ropa y nadó al lado de su tía. Una al lado de la otra, Liyana se sumergió hasta el vientre, Sisi hasta los pechos. Una repentina emoción de anticipación estremeció a Liyana, y envió ondas a través de las aguas plateadas. Tenía ganas de zambullirse, de empujar bajo la superficie hasta que sus dedos rozaran el lodo, y sus pies se deslizaran por el lecho turbio. Quería nadar hasta quedar exhausta, hasta que le dolieran los pulmones, las piernas, y la piel estuviera moteada y gris.

Liyana cerró los ojos, hundió las manos en el agua y tiró de ellas despacio hacia delante y hacia atrás, rodeando sus piernas, sintiendo el tremendo poder del lago que subía a través de las yemas de sus dedos.

—Tengo un regalo para ti. —La voz de la tía Sisi interrumpió los pensamientos de Liyana como una piedra que se desliza por un estanque.

Liyana levantó la vista.

—¿Perdón?

En lugar de responder, Sisi metió la mano en el fondo de su pecho para extraer un collar. Se lo mostró.

—Llévalo al cuello.

Liyana extendió la mano para tomar el amuleto: una pequeña mujer esculpida en madera. Lo sujetó con ternura entre sus manos húmedas, pasando sus dedos a lo largo de la correa de cuero antes de desatar el broche y volverlo a cerrar alrededor de su cuello. Sostuvo la talla de madera, acariciando a la mujer, sus fuertes y gruesas extremidades, las curvas de la serpiente que se enroscaban en su cintura y en sus brazos.

—Es tu talismán o, mejor dicho, tu «mujer-talismán». —Sisi sonrió—. Ha sido bendecida por una sacerdotisa vudú en las aguas del lago Volta. Ahora tú puedes invocar el poder de Mami Wata para ayudarte a crear y conjurar, o puedes invocar su protección, como quieras…

Liyana asintió. Ya podía sentir su pulso y su respiración acelerados, como si la pequeña estatua fuera una miniluna artificial que controlara el flujo y el reflujo de sus emociones, el pulso de su sangre. Comenzó a pensar en lo que podría hacer con ella, en la perfección con la que podría manipular los elementos, aprovechando los poderes de la deidad. Sonrió.

—Ahora, el ritual.

Liyana miró a su tía con el ceño fruncido.

—¿Qué ritual?

—Te sumergirás en el lago y yo invocaré el conjuro, y luego…

Liyana frunció el ceño.

—¿Qué conjuro?

—Oh, no es gran cosa. —Sisi se encogió de hombros—. Te lo enseñaré después…

—Pero…, no hablo ewe —dijo Liyana—. Mi madre no me dejó. Quiero aprender, pero solo puedo recordar algunas palabras y mi acento es vergonzoso.

—No te preocupes por eso. —Sisi agitó una mano húmeda en el aire, desechando sus argumentos casi tan pronto como fueron pronunciados—. De todos modos, esta es una lengua más antigua que el ewe. Viene desde antes de que las palabras se grabaran en rocas y las historias fueran leídas en el fuego bajo la luz de la luna. Serás capaz de aprenderla bien. Ahora, deja de dar excusas y acuéstate.

—¿Aquí? ¿Ahora? —Liyana sostuvo su talismán de forma protectora—. Pero se empapará.

La tía Sisi se rio de nuevo, su cuerpo tembloroso envió ondas al agua.

—Está hecha de madera, flotará. Además, le encanta mojarse. Nada la complace más.

—¡Oh! —dijo Liyana, sumergiéndose antes de que se le escaparan las palabras, de modo que el «a mí también» burbujeó y saltó a la superficie por encima de la nube ondulante de su cabello, antes de que desapareciera. Luego se levantó de nuevo y se extendió como una estrella de mar en la superficie del lago, su piel oscura brillaba bajo la luz inamovible de la luna. Mami Wata yacía entre los pechos de Liyana, y parecía sonreír.

La tía Sisi tomó una bocanada de aire y se inclinó hacia el agua. Su cabello blanco se alargó como hebras de algas mientras se acercaba a recoger un trozo de barro del sedimento, luego se levantó de nuevo y con su dedo índice dibujó un pequeño círculo de tierra en la frente de Liyana.

—*Ina kiran albarka da kariya ga Mami Wata.* Invoco la bendición y protección de Mami Wata —entonó la tía Sisi—. Pido a la diosa que preste su fuerza y sus poderes a mi sobrina… *Duk lokacin da ta bukaci su. Na gode.* Ofrezco mi sangre como compensación por este regalo.

Se inclinó de nuevo hacia el lago, curvada como una coma. Miró hacia el agua y buscó rápidamente con sus dedos en el barro antes de sacar un pedernal a la superficie. Sin detenerse, Sisi deslizó el filo de la piedra a lo largo de la línea del corazón de su palma izquierda, apretando y soltando el puño para que las gotas de sangre cayeran con rapidez al agua.

Liyana abrió los ojos y giró la cabeza. Si estaba sorprendida por el charco de sangre, su cara no lo mostraba.

—*Jinin jinni na jinni, iko na iko* —continuó la tía Sisi—: *Ina rokon kakanninsu su shiga tare da ni don neman kariya ga wannan 'yar, wannan yaro na ruwan sama, wannan 'yar 'uwar Grimm.* Pido a los ancestros que se unan a mí, que protejan a esta niña de la lluvia, esta hermana Grimm.

Como si hubiera sido invocada, Liyana estiró los brazos y las piernas y giró su cuerpo para que los dedos de sus pies se encontraran con el barro en el lecho del lago. Luego se incorporó, erguida y alta, con su halo de rizos sueltos. Su piel brillaba como si estuviera cubierta de joyas. Levantó los brazos hacia el cielo, alzó la cabeza para sonreír al cielo. De pie, metida hasta la cintura en el lago, sin instrucciones de su tía, Liyana juntó las manos para rezar. Murmuró una oración de agradecimiento y bendiciones, como si ella también tuviera dones y magias que dispensar, como si ella también fuera una diosa del agua.

Goldie

Siete noches. Siete noches hasta que vuelva a tocar a Leo. Esta idea es tan irreal que va más allá de toda imaginación. Lo cual es extraño, ya que Goldie ha pasado cada minuto consciente de los últimos tres años tratando de hacer exactamente eso, de empujar su memoria para reconstruir todos los detalles, para torcer su imaginación hasta sus límites más creativos, sacar a Leo del polvo y darle forma otra vez. Se ha acostumbrado tanto a estos esfuerzos que son casi tan automáticos como el pensamiento o la respiración. Y sin embargo, ahora sus pensamientos y su respiración se han estancado.

Bea aún no le ha revelado todos los detalles de lo que debe hacer, y aunque solo faltan siete noches, Goldie no se atreve a preguntar. En vez de eso, trata de sumergirse en lo mundano de la vida, de la acción, y olvidar. Aunque, por supuesto, es imposible. Intenta distraerse con otros pensamientos: piensa en su hermana

Scarlet y en cómo desprecia el trabajo de Goldie cuando le dice que es inteligente y debería hacer algo mejor. Es una vieja discusión que han llevado de un lado a otro como una pelota de tenis maltratada durante años. Goldie sabe que Scarlet tiene razón, en teoría, pero siente que su hermana debería ser más indulgente con el hecho de que ella quedó incapacitada por la muerte de Leo. Durante mucho tiempo apenas pudo molestarse en cepillarse el cabello por la mañana; mucho menos podía recomponerse lo suficiente como para encontrar un nuevo trabajo. Scarlet debería saber la verdadera razón por la que se queda en el hotel, limpiando las dudosas manchas de las sábanas de los desconocidos: ¿qué mejor trabajo podría encontrar cuando no tiene una sola cualificación a su nombre? Además, piensa que Scarlet no ha hecho nada remotamente espectacular con su propia vida y no está en condiciones de alardear. Cualquier idiota puede quedar embarazada. Liyana, que tiene un trabajo poco espectacular, no juzga a Goldie en ese aspecto, pero le pide de vez en cuando que escriban un libro o una novela gráfica juntas. Pero, aunque Goldie disfruta o, mejor dicho, se ve invadida de vez en cuando por la idea de escribir historias, convertirlas en un proyecto o una publicación se siente… demasiado.

Goldie está fregando el inodoro de porcelana de la habitación cuando suena su celular. Busca a tientas en el bolsillo de su delantal para contestar. No reconoce el número.

—¿Hola?

—¿Señorita Clayton?

—Sí.

—¿Es la señorita Clayton que vive en el 89 de Cockrell Road?

—Sí —dice Goldie, repentinamente nerviosa—. «Teddy», piensa. El corazón le late con fuerza, las palmas de las manos se llenan de sudor. «Algo le ha pasado a Teddy».

—¿Es usted la hermana de un señor Theodore Clayton con la misma dirección?

—Sí, sí —dice Goldie—. ¿Qué...? ¿Está bien?

—No, señorita Clayton. Acaban de detenerlo por robar en una tienda.

Durante un largo segundo, Goldie no dice nada.

—¿Señorita Clayton?

—Sí, estoy aquí. Sí, ya voy. ¿Dónde está?

—Retenido en la comisaría de Parkside. Si quisiera...

—Te dejarán ir con una advertencia. —Goldie se sienta con las piernas cruzadas en el suelo de hormigón de la celda de Teddy, sentado en un banco de metal mientras mira sus zapatos rayados y no dice nada—. Porque es tu primera infracción.

Teddy permanece en silencio.

—¿No tienes nada que decir?

Se encoge de hombros.

—¡Por favor, Teddy! —Goldie golpea su mano contra el suelo con tanta fuerza que duele. Él levanta la vista—. ¿Crees que esto es una maldita broma? Es la policía. Si tienes antecedentes penales nunca conseguirás trabajo.

Sin embargo, Teddy no dice nada. Goldie espera un momento, entonces se incorpora. Se acerca a su hermano y le sujeta la barbilla, obligándolo a levantar la vista.

—¿Lo entiendes?

Él se aparta. Ella no lo suelta.

—Déjame.

—Arruinarás el resto de tu vida —dice Goldie—. ¿No te das cuenta?

Teddy suspira y pone los ojos en blanco. Sin pensarlo, Goldie retira la mano y le da una bofetada. Él la mira con asombro. Ella le devuelve la mirada, igual de sorprendida.

—¿Qué mierda? —grita Teddy—. No puedes hacer eso. Te denunciaré. Llamaré a servicios sociales.

Goldie siente el escozor de las lágrimas. Quiere llorar, suplicar su perdón, abrazarlo como cuando era un bebé. Pero sabe que no puede mostrar ninguna debilidad ahora.

—Adelante —dice, reprimiendo sus sollozos—. Estás en el lugar correcto.

Teddy entrecierra los ojos, su mirada pasa de la cara de ella a la puerta, calculando si habla en serio. Goldie lo observa. Sus ojos se vuelven hacia el suelo. Goldie exhala.

—No puedes hacer esto, Ted —dice, ahora consoladora—. No puedes seguir robando. Te harás…

—¿Por qué no? —Teddy patea los pies contra el banco—. ¿Por qué no puedo?

Goldie frunce el ceño.

—¿Qué? Por todas las razones que acabo de…

—Sí —dice Teddy—. Pero eso no te detuvo, ¿verdad?

Goldie parpadea, tratando de mantener la compostura mientras busca en su mente respuestas, excusas, negaciones o, a falta de todo eso, una defensa.

—¿Qué? —Se burla—. ¿Crees que soy idiota? ¿Crees que no lo sé?

Ahora Goldie está en silencio, mirando sus zapatos.

—No puedes permitirte mi ropa ni los gastos de la escuela. ¿Cómo puede una limpiadora de hotel comprar tenis Boss? ¿Y camisetas Moschino? —Teddy se cruza de brazos, hinchando el pecho—. Has estado robando porquerías desde que nací.

Sin embargo, Goldie es incapaz de hablar. Porque ¿qué podría decir? ¿Cuál es su defensa? ¿Que está bien robar, siempre que no te atrapen?

Scarlet

De pequeña, Scarlet juró que cuando tuviera una niña la mimaría mucho, le daría todo lo que pidiera y lo que no. A sus ocho años, Scarlet no estaba segura de cómo conseguir una hija, pero si su propia madre, que no parecía querer una, lo había logrado, entonces seguro no era muy difícil. Y una vez que Scarlet hubiera resuelto los detalles, haría todo lo posible para que su propia hija (pues sabía que sería una niña) creciera bajo un manto de devoción, casi asfixiada por sentirse demasiado amada.

De niña, Scarlet no tenía manto, ni siquiera un paño, y se vio obligada a aferrarse a los ocasionales retazos maternos, rasgados tejidos de casi-afecto. Scarlet nunca entendió por qué su madre no sentía por ella lo que se suponía que las madres sienten, pero sabía que cuando fuera madre sería diferente. Se abalanzaría sobre su hija, la cuidaría, acariciaría sus suaves mechones de cabello rojo, sus mejillas regordetas, sus apretados puños. Scarlet adoraría a su hija desde el principio, antes de que hiciera algo para ganárselo, aun cuando todo lo que Red (como se llamaría) supiera hacer fuera llorar.

Scarlet pensaba a menudo en cómo se sentiría ser amada sin ninguna razón, sin tratar de esforzarse en ser agradable, sin tener que dar lo que no se quiere, con la seguridad de que te aman por ser tú misma. Con su hija, Scarlet se propuso demostrar que el amor incondicional es posible. En realidad, quería demostrarse a sí misma que la defectuosa era su madre y no ella.

Scarlet mira a Eli, que está sentado a su lado en el sofá escribiendo correos electrónicos en su teléfono. A Scarlet le irrita que lo haga mientras ven películas juntos; ella quiere que preste toda su atención a la película, como si estuviera en el cine. Le parece una falta de respeto no hacerlo, tanto para ella como para los cineastas, aunque Scarlet no puede explicar exactamente por qué, por eso no dice nada.

—¿Has pensado en nombres? —pregunta Scarlet.

—¿Nombres para qué? —dice Eli, sin levantar la vista.

Scarlet lo mira, con la cabeza inclinada sobre la pantalla, preguntándose cómo es posible que no entienda de inmediato lo que está diciendo, que no esté pensando constantemente en esto, como ella. Scarlet se sonroja de asombro y admiración por lo que está sucediendo en su cuerpo casi todo el tiempo.

—El bebé, por supuesto.

Ahora Eli levanta la vista y Scarlet se da cuenta, por el momento de confusión, que lo había olvidado por completo.

—Sí, sí, lo siento —dice—. Pensé, estaba pensando en…

Él se interrumpe, dejando a aquella existencia hipotética sin nombrar.

—Pero ¿no crees que es un poco pronto para eso? Quiero decir, acabamos de descubrirlo. Seguro ahora mismo es del tamaño de un chícharo, y de todas formas…

—¿Qué?

—Bueno… —Eli se encoge de hombros—. ¿No deberíamos esperar a que pasen tres meses? ¿No es eso lo que hace la mayoría de la gente?

—Sí, supongo. —Scarlet se deja caer en los cojines—. Pero es que…, si no se lo decimos a nadie, ¿cuál es el problema?

Piensa en sus hermanas, pero como no conocen en persona a Eli, hay pocas posibilidades de que se lo digan.

—Está bien —dice Eli—. Si te hace feliz.

Scarlet está a punto de objetar cuando él tira de su pie en su regazo y empieza a frotarle los dedos. Cuando presiona su pulgar en la planta del pie de Scarlet, ella da un pequeño gemido de placer.

—Oh, sí, por favor. Sí, justo ahí. No pares, nunca pares.

—No estoy muy seguro de que dejar mi trabajo para convertirme en tu masajista de tiempo completo sea una estrategia profesional inteligente. —Eli se ríe—. Pero depende totalmente de ti.

—Entonces, ¿hablamos de posibles nombres?

Eli deja de masajear, la mira y dice:

—Ya pensaste en uno, ¿no?

Scarlet se encoge de hombros. Eli sonríe.

—Muy bien, entonces, ¿cuál es?

Scarlet guarda silencio durante un rato.

—Red. —Eli lo considera con el ceño fruncido, mientras Scarlet siente su corazón latiendo demasiado rápido.

—¿Red? —dice— ¿No es un poco… superficial? ¿Qué tal algo más tradicional?

—¿Cómo qué? —pregunta Scarlet, su voz sale más aguda de lo que hubiera querido—. ¿Isabel Windsor o Príncipe Jorge?

Eli se ríe.

—No exactamente. Pero ¿qué hay de malo en, no sé, Charlotte, Kate, Emma, Frances, Lucy…?

—Espera —interrumpe Scarlet—. Si esto se está convirtiendo en una lista de todas las mujeres con las que te has acostado, puedes ya tachar esos nombres, ¿sí?

Eli parece avergonzado.

—Muy bien entonces, ¿qué tal Annabelle? Es dulce, ¿no? También podría ser Bella o Ana. O Arabella, es bonito.

Scarlet se encoge de hombros.

—Si te gustan ese tipo de cosas.

—¿A ti no?

—No me molestan.

Scarlet mueve los dedos de los pies, presionándolos contra los dedos de Eli, y les da un sutil empujón.

—Simplemente no significan nada para mí, eso es todo.

—Bueno, eso está muy bien —dice Eli—. Pero, aunque Blue pueda parecer…

—Red —dice Scarlet—. No es azul, es… así me hubiera gustado que me llamara mi madre.

Eli se queda callado.

—Oh. Bueno, eso es diferente. ¿Por qué no dijiste…?

En el brazo del sofá, su teléfono empieza a vibrar. Eli lo mira. Duda. Luego lo toma y se levanta.

—Lo siento, tengo que responder esta llamada.

—No lo hagas —dice Scarlet—. ¿No puedes devolverla más tarde?

—Solo tardaré un minuto —dice Eli, mientras sale a grandes zancadas de la habitación.

—No —murmura Scarlet, con los ojos llenos de lágrimas.

Él no tardará un minuto, ella lo sabe. Nunca lo hace. Eli es todo negocios, ya sea que las llamadas lleguen tarde, noche o a primera hora de la mañana, siempre contesta y siempre lleva cada conversación hasta el final. A veces, Scarlet capta alguna frase suelta, a veces incluso escucha a escondidas, y a veces sospecha que Ezequiel Wolfe le guarda secretos. Sobre qué, no tiene ni idea, pero se pregunta si él podría estar involucrado en cosas que no son del todo legales. Espera que no, pero no pregunta. Quizás ella solo piensa que él le oculta secretos porque ella le oculta muchos a él.

¿Es correcto —se pregunta Scarlet a veces— que le diga tan poco sobre sí misma, sobre lo que le importa? ¿No decir ciertas cosas no es lo mismo que mentir? Bueno, ella le dice muchas verdades, pero no *la* verdad. Lo cual está bien, ¿o no? Es auténtica con él, le entrega su corazón total y completamente. Tan solo se separa a sí misma en dos partes y las presenta por separado. Su *yo* Grimm está en Everwhere con sus hermanas y su *yo* no Grimm con Eli. Scarlet no niega las cosas. Por supuesto, eso es bastante fácil, ya que Eli no tiene ni la más vaga noción de quién es Scarlet ni de lo que puede hacer. ¿Y qué pasaría si lo supiera? Esta es una pregunta a la que Scarlet ha dedicado mucho tiempo. Ella sabe que él estaría asombrado y quizás horrorizado. Por eso todavía no se lo ha dicho. Porque Scarlet tiene miedo de que, si Eli sabe quién es ella en realidad, deje de amarla.

Everwhere

El cuervo se sienta en su rama favorita, de vez en cuando ladea la cabeza para mirar al suelo y comprobar el estado de las cosas.

Debajo de Bea se reúnen las niñas, esperando que hable, que les enseñe lo que necesitan aprender. Algunas noches solo acude media docena; otras, más de un centenar de hijas del aire, de la tierra, del agua y del fuego. Para muchas es la primera vez, otras llevan meses, incluso años, asistiendo a las reuniones. Para las que son nuevas, Bea se centrará en la inspiración y la motivación; les enseñará los fundamentos de sus habilidades, les demostrará el potencial de sus puntos fuertes. En cuanto a las que ya dominan los fundamentos, Bea debe hablarles de lo que quizá no quieran oír: ahora es el momento de entrar en temas más complicados, de revelar secretos que ha estado eludiendo para no asustar a nadie. Es esencial darles miedo, porque no hay mayor supresor de fuerza y poder que ese. Sin embargo, Bea debe hablar de las sombras, debe decir a sus hermanas que Everwhere no es simplemente un refugio seguro de autoempoderamiento, sino que contiene oscuridad que es mejor evitar si una espera mantener la fuerza y la cordura.

Y así, Bea habla de la primera vez que tropezó con la oscuridad y de lo que a ellas podría ocurrirles. Eriza las plumas, rodea la rama con sus patas de garra y luego dirige sus ojos brillantes a la multitud. Su voz es la brisa que agita las hojas.

—*Everwhere es un lugar de encanto y poder, pero también contiene peligros. Hay que estar siempre en guardia, atenta a las señales de advertencia. Los sonidos de las hojas que crujen, el agua que corre o el canto de los pájaros son el matiz de los encantos de Everwhere; pero cuando oigas susurros en las sombras, ten cuidado.*

»*Son voces suaves, bajas. No son humanas. No escuches. Cuando digan tu nombre será un anzuelo en tu boca, tirando de ti. Tropezarás hacia las sombras, como un pez enganchado en un sedal. Pronto el anzuelo se retorcerá, rasgará tu mejilla mientras las palabras se hacen más oscuras. Se burlarán y te mortificarán diciendo cosas que nunca quisiste escuchar, que nunca quisiste creer en verdad. El miedo y la desesperación surgirán en ti, correrán por tu sangre, obstruirán tu corazón. Te sujetarás el pecho cuando empiece a contraerse; harás un esfuerzo por respirar, pero el aire será gas mostaza. Tu respiración se convertirá en jadeos, hasta que no llegue.*

Tras emitir su advertencia, Bea es asaltada con mil preguntas, algunas a gritos, otras en chillidos o susurros. Pide silencio y luego invita a cada hermana a levantar la mano y, una por una, responde. Al final, se dirige a todas:

—*No podemos vencer a las sombras. Son parte del tejido de Everwhere, como la hidra voraz y la luna. Pero les enseñaré la fuerza de la mente para que puedan resistir mejor, en caso de que sientan que se desvían. Algo que siempre deben recordar: permanezcan alertas porque la mente humana es tan frágil que todo el tiempo se tambalea al borde de la desesperación, es vulnerable a la manipulación, así que por favor no piensen que no les puede pasar a ustedes, porque es cuando les sucederá.*

25 de octubre
6 noches

Liyana

Liyana se siente diferente. Más fuerte, más alta, más sólida; como si dentro de su vientre circulara la fuerza de una ola que se acumula. Esta diferencia se siente corporal, visible, como si al entrar a un cuarto abarrotado la gente fuera a volverse para mirarla, tal vez incluso con expresiones de asombro. Todavía lleva la talla de Mami Wata; no se la quitará.

Tras despertar de su sueño, Liyana está sentada de nuevo junto a la cama de hospital de su tía. Cuando una enfermera se asoma tras la cortina, Liyana cierra los ojos y finge estar dormida. Quiere preguntar: «¿No debería mi tía estar ya despierta? ¿Significa esto que va a morir?». Pero, a pesar de su fuerza, Liyana prefiere no arriesgarse a tener una respuesta que no quiere escuchar. La enfermera se apresura a tomar la presión sanguínea de Nya. Envuelve el plástico en su brazo, lo bombea y entrecierra los ojos para ver el monitor que emite sus agudos y estáticos pitidos, antes de que se desinfle y la enfermera separe las correas de velcro. Liyana se resiste a estremecerse ante el sonido.

Cuando la enfermera vuelve a salir, Liyana busca su teléfono. Primero envía un mensaje a Kumiko:

«Te necesito».

Luego llama a Goldie.

Goldie señala el talismán que cuelga del cuello de Liyana.

—¿Qué es eso?

La mano de Liyana se dirige a la figura de madera; sus dedos rozan la longitud de la serpiente enroscada en la cintura de la mujer, que sube por su brazo derecho.

—Mami Wata. La diosa vudú del mar, los océanos, los ríos, el agua.

—Oh —dice Goldie—. No sabía eso; entonces, ¿quién es la diosa de la tierra?

—No lo sé. Le preguntaré a la tía Sisi. —Liyana mira de reojo a su hermana, y luego se vuelve hacia el río. A petición de Liyana, se trasladaron a Everwhere, ya que es el lugar adecuado para tratar asuntos relacionados con una resurrección, y tiene la conveniencia de ser mucho más fácil para que ambas puedan llegar, y mucho más rápido que viajar entre Londres y Cambridge—. ¿Te apetece un baño? ¿O remar?

Goldie sacude la cabeza.

—No, gracias.

Liyana mira a su hermana con seriedad.

—Deberías aprender a nadar, ¿sabes? Puedo enseñarte.

—Quizá —dice Goldie—. Un día.

—Con eso quieres decir que nunca.

Liyana se quita la camisa y la deja en el suelo, luego se quita los pantalones y la ropa interior, antes de deslizarse desnuda por la fangosa orilla del río y sumergirse en el agua. Mami Wata, colgada de la cuerda que rodea el cuello de Liyana, parece sonreír. Cuando se sumerge, su halo de cabello sigue flotando por encima de la superficie mientras ella se hunde. El corazón de Goldie se agita al ver que Liyana no regresa, aunque sabe que su hermana está bien, que es la nadadora más fuerte del mundo, que puede aguantar la respiración durante una eternidad, que puede manipular el agua con la punta de los dedos. Aun así, Goldie no exhala sino hasta que Liyana vuelve.

Liyana sale del agua con un grito de alegría que llama la atención de Goldie. Liyana la mira de manera tan inquisitiva que Goldie empieza a preguntarse por las sospechas de su hermana. Entonces Liyana se sumerge de nuevo, levanta los pies con un chapoteo que la hace deslizarse por el lecho del río, tan cerca que los juncos entrelazan los dedos de sus pies y el barro deja su marca en sus rodillas.

Mientras Liyana nada, se sacude todos los problemas que han estado ensuciando su piel porosa, cada preocupación que ha envuelto con sus tentáculos sus pensamientos claros y azules. Abre los ojos y en el agua oscura solo ve la noche infinita, sin límites. No puede ver a Nya en su cama; no puede ver a Kumiko en su escritorio; no puede ver a Goldie de pie en la orilla: todo está bellamente vacío y libre. Mientras Liyana nada, el suave tacto del agua la mantiene a salvo, flotando sin peso como un bebé en el vientre materno. No puede sentir dónde acaba ella y dónde empieza el agua, no puede sentir sus estúpidos límites humanos, porque aquí no tiene límites, aquí es libre.

Solo cuando Liyana siente que Goldie se impacienta, cuando siente la atención de su hermana rozando la superficie del río como una red de pesca, por fin se arrastra a la superficie y se separa del río. Se aferra a las raíces retorcidas de un sauce y sube despacio el terraplén como una escaladora, fija sus ojos en las raíces que serpentean por el suelo, las ramas de los árboles que se sumergen en la corriente, que se arremolina alrededor de las hojas. A veces la fuerza del agua logra arrebatarles una hoja.

Liyana se sacude el agua como un perro antes de encontrar su ropa. Mientras abotona su camisa, Liyana mira de reojo a Goldie, para considerar si debe ser directa o sutil. Toca a Mami Wata y da un paso adelante.

—Sé lo que estás pensando.

Goldie levanta la vista.

—¿Qué?

—Dije —dice Liyana, como si su hermana tuviera problemas de audición y poco sentido común—: Sé-lo-que-estás-pensando. Sé lo que quieres hacer.

Goldie estudia el suelo, finge estar particularmente interesada en un zarcillo de hiedra que, al tocarlo, se desliza entre el musgo y las piedras como una serpiente.

—¿Y en qué estoy pensando?

Liyana no dice nada, pero espera a que Goldie la mire. Espera tanto tiempo que una nube de niebla comienza a aparecer.

—Así que… ¿vas a decírmelo?

—¿Decirte qué? —Liyana se cruza de brazos—. ¿Tiene que ser así?

—Sinceramente —dice Goldie—, no sé de qué estás hablando.

Liyana respira profundo, exhala despacio y mira a Goldie como si fuera su propia hija caprichosa que ha estado fumando un poco de hierba a escondidas.

Al arrancar otro mechón de hiedra, Goldie suspira y arranca una hoja.

—¿Cómo lo sabes?

Liyana se encoge de hombros y dobla las piernas para sentarse. Goldie piensa que la tía Sisi se lo dijo, pero no lo menciona.

—Soy la que tiene poderes telepáticos, ¿no?

—Quizás —Ahora Goldie mira a Liyana—. Pero hay algo que no me estás diciendo.

—Tú eres la que habla. —Liyana se levanta para estirar sus dedos a través de la fina niebla—. Y no vas a distraerme tan fácilmente.

—Y supongo… —Goldie desgarra la hoja y hace girar las partes divididas entre su dedo índice y el pulgar— …que vas a tratar de detenerme.

Liyana arranca su propia hoja del suelo, observa sus venas verdosas contra su piel lisa y oscura. Es como si sostuviera la mano de su hermana.

—No creo… —Liyana desenvuelve sus palabras despacio, con cuidado— …que pueda persuadirte de que es una idea terriblemente peligrosa, jugar con la magia de esa manera. —Del aire levanta una bola y empieza a hacerla rodar entre sus manos, como si estuviera dando forma a una masa—. Supongo que no tiene sentido tratar de hacerte entrar en razón.

Goldie sacude la cabeza.

—Ya decía yo que no. —Liyana deja escapar un largo suspiro, su aliento corta y divide la niebla—. Bueno, entonces parece que no tengo más remedio que ayudarte.

Despacio, con determinación, Goldie mueve sus dedos, dibujando formas en el aire hasta que una enredadera de hiedra comienza a desarraigarse del suelo, arrastrándose libre y elevándose como la cola de un escorpión.

—¿Cómo me ayudarás?

—Todavía no lo sé —dice Liyana—. Estoy trabajando en ello. Pero puedes empezar con esto…

Mientras Liyana le muestra a su hermana el encantamiento que la tía Sisi le enseñó, se pregunta si en realidad Goldie guarda un secreto más grande que la resurrección, porque el aire todavía se siente espeso y empañado de verdades ocultas, y su hermana sigue sin mirarla a los ojos.

Goldie

Goldie está sentada en la encimera de la cocina mirando una mosca muerta, mientras piensa en la vez que resucitó su bonsái. Junto a la mosca hay un trozo de papel arrugado con las instrucciones de Liyana. Lo más importante: la oración a Mami Wata.

—No puede ser tan diferente de una planta —dice Goldie—. ¿No es así?

La verdad es que no se siente convencida. Mira a la mosca con escepticismo. Muerta. No simplemente aturdida o dormida. ¿Las moscas duermen? Nunca ha visto una quieta por mucho tiempo. Siempre revolotean de una superficie a otra. Goldie le da un golpe tentativo con su uña. De cerca la mosca es extrañamente hermosa: el brillo iridiscente en su cuerpo como seda azul-verdosa, las alas tan delicadas que parece imposible que pudieran levantar al pequeño insecto en el aire. Pero ha pasado tanto tiempo desde que sacó un brote verde del suelo, que Goldie se pregunta qué tan fácil sería, si pudiera… Después de otra media hora de cuestionar sus propias habilidades, de caer en una espiral de inevitable desesperación, Goldie recuerda su historia, «El Paladín». ¿Qué había escrito? La historia vuelve a su memoria: «Tengo curiosidad por saber cuáles serán mis palabras cuando no escuche el eco de la voz de mi padre en mi cabeza».

Goldie se sienta un poco más recta y respira profundo. «Todo bien», piensa. «Basta de dudas. No te digas a ti misma que no puedes hacerlo cuando ni siquiera lo has intentado».

Toma el papel, entrecierra los ojos para mirar los garabatos de Liyana y comienza a leer, con timidez, en voz alta:

—*Ina rokon albarkunku, Mami Wata* —dice Goldie, intentando recordar la forma en que Liyana pronunció las palabras—. *Rike hannuna kamar yadda na kawo wannan dan kadan daga sauran rayuwa.*

Siguiendo las instrucciones, se imagina la mosca viva, zumbando de un lugar a otro, sin detenerse nunca, siempre insatisfecha, en una búsqueda perpetua de su propio santo grial. Esto, al menos, será más fácil con Leo, ya que puede imaginárselo por completo, aunque tendrá el reto extra de no tener su cuerpo enfrente para hacerlo. Con cautela, Goldie toma la mosca muerta entre el dedo y el pulgar, cuidando de no dañar sus delicadas alas, y la coloca en su palma abierta.

Un clamor de pensamientos despectivos la inunda cuando los finos pelos de la mosca rozan su piel: en su mente resuenan burlas que le hablan de imposibilidades, arrogancia y locura. Con gran esfuerzo, Goldie las aleja. Porque ahora no puede permitirse el lujo de desanimarse o de dejarse llevar; debe permitirse solo la posibilidad del éxito. Es la única oportunidad que tiene.

Minutos después, Goldie está tan concentrada en la mosca muerta que no oye el chasquido de la puerta principal ni a su hermano entrar al departamento; no siente que la mira desde el otro lado de la habitación.

—*Ina rokon albarkunku, Mami Wata* —repite Goldie, imaginando que la mosca revolotea por la habitación. Después ahueca una mano sobre la otra y siente cómo un calor regenerador comienza a filtrarse desde su piel hasta el espacio entre ellas, donde la mosca yace inerte—. *Rike hannuna kamar yadda na kawo wannan dan kadan daga sauran rayuwa. Ina rokon albarkunku, Mami Wata. Rike hannuna kamar yadda na kawo wannan dan kadan daga sauran rayuwa.*

Nada.

Goldie sigue cantando. Echa un vistazo a las seis patas dobladas que se extienden en el aire. Sus palabras, desinfladas por la decepción, se hunden en un tono más apagado.

Y todavía, nada.

Resistiendo el impulso de echar otro vistazo, canta.

De repente, entre la curva protectora de sus manos hay un movimiento repentino, el cosquilleo de las seis finas patas, el parpadeo de unas alas cada vez más frenéticas, un zumbido incesante que araña el silencio. Sonriendo, Goldie abre sus manos para liberar al insecto resucitado, el estallido de su risa acompaña su vuelo. La mosca levanta sus alas para elevarse como un *jet* en miniatura a través de la cocina. Ella la ve volar y siente una oleada de esperanza que se eleva con su vuelo.

—¿Qué fue eso?

Goldie se vuelve para ver a Teddy, que la mira curioso, incrédulo.

—¿Qué? —Goldie está igual de aturdida que él—. ¿Qué fue qué?

—¿Qué le hiciste a esa mosca?

—Nada. —Goldie se remueve en su asiento—. Solo estaba atrapada. Iba a aplastarla. Cambié de opinión y la dejé ir.

Teddy estrecha los ojos.

—Estaba muerta.

Goldie frunce el ceño, como si eso fuera absurdo.

—Por supuesto que no.

—Yo la vi.

—No la viste.

—Sí, la vi.

Teddy da un paso adelante, cruza la alfombra y se detiene en el borde de la cocina, con los dedos de los pies bordeando el linóleo.

—Sé que estaba muerta porque la maté esta mañana, con ese periódico.

Señala con la cabeza el *Daily Mirror* desplegado en la encimera.

—Entonces, ¿por qué la dejaste aquí? —dice Goldie, con una oleada de pánico detrás de sus palabras—. ¿Por qué no la tiraste?

La mirada de su hermano cambia de la intriga al enojo. Observa a Goldie como si acabara de tropezar con la escena de un crimen y, al ver el cuerpo postrado en el suelo de su sala, el asesino lo hubiera reprendido por no quitarse los zapatos en la puerta. Se cruza de brazos.

—¿De qué estás hablando?

Goldie se encoge de hombros.

—Sabía que me estabas ocultando algunos secretos. —Teddy deja caer su mochila en el linóleo con un ruido sordo y se apoya en el mostrador. Tiene el cuello de la camisa levantado. Goldie resiste el impulso de bajarlo—. No creía que fueran de este tamaño.

Goldie ve algo en los ojos de su hermano, bordeando su furioso desprecio habitual: admiración. Su hermano adolescente, que no se deja impresionar por nada en absoluto, está impresionado con ella.

—Eres una bruja.

—No lo soy.

—Sí, lo eres —dice, con una sonrisa en la cara. Goldie no puede recordar la última vez que lo vio tan encantado, y menos con ella.

—No —dice ella, dudando—. No lo soy.

—Entonces, ¿qué eres?

Goldie baraja sus opciones: seguir intentando convencerlo de que la mosca no estaba en realidad muerta, inventar algo que suene a ciencia, decirle que debe estar imaginando cosas, desviar la conversación para reprenderlo por el robo en la tienda o por su probable ausentismo escolar y consumo de drogas, pero la tentación de decirle la verdad, de que sea feliz y esté orgulloso de ella, de repente es bastante abrumadora.

—No soy una bruja —dice—. Soy una Grimm.

Scarlet

Algo va mal. Scarlet no está del todo segura de qué, pero la sensación está todo el día en su vientre como una náusea; llama su atención, la aleja de cada cosa mundana en la que intenta sumergirse: fregar la cocina, pasar la aspiradora por las alfombras, ir a Daylesford a comprar deliciosas y carísimas galletas de tinta de calamar mientras mira con anhelo los quesos azules prohibidos. La persigue mientras recorre la casa para organizar y reordenar las cosas que ya se han organizado y reordenado. Esa sensación de algún error ineludible se asienta como un sapo en cuclillas, con los ojos brillando por encima de la maleza del estanque.

Finalmente, Scarlet se rinde en su intento de ignorar esos bulbosos ojos parpadeantes y decide asomarse a la despiadada oscuridad y averiguar qué es. Lo que significa que debe visitar Everwhere. La idea de que tal vez Bea pueda decirle algo se ha instalado desde la hora de la comida, cuando empezó a oír al sapo que se agitaba en el barro, amenazando con salir del estanque. Después de todo, los muertos no están atados por los límites del espacio y el tiempo, seguro pueden ver todo.

A medianoche, el sapo emite largos cánticos guturales y Scarlet está tan desesperada por silenciarlo que no puede esperar a que Eli regrese a casa. Tampoco le importan los posibles peligros que acechan en las oscuras calles de Londres. ¿Por qué deberían importarle? Scarlet puede electrocutar a un hombre a cien pasos, si lo considera oportuno. No tiene nada que temer. Así, a las doce y media, Scarlet sale del departamento.

Mientras camina, trata de no preocuparse por dónde podría estar Eli: bajo un autobús o en la cama de alguien o, más probablemente, creando otro plan de *marketing* para mejorar la supremacía global de Starbucks. En vez de eso, se concentra en el tintineo de sus pasos, de sus tacones sobre el pavimento. Por supuesto, Scarlet no necesita ir a una puerta, pero esta noche quiere hacerlo. Ella sabe, aunque no lo admite del todo, que es una estratagema para retrasar la verdad que podría serle revelada. Porque, aunque la impulsa la necesidad de saber, también está aterrorizada por las consecuencias de este conocimiento.

La puerta más cercana está a la vuelta de la esquina, pero Scarlet no irá allí. Se alejará más, hará desvíos innecesarios, se deslizará por calles secundarias y callejones sin salida, todo mientras se acerca a su puerta favorita: aquella que está en los terrenos del Museo Británico. Si fuera directamente, tomando la ruta más rápida, sería un paseo de veinte minutos, pero Scarlet es experta en estirar el tiempo, en hacer que un trabajo de treinta minutos se convierta en uno de tres horas. Como mujer sin propósito ni empleo, ha dominado el arte de procrastinar y dar vueltas.

Mientras camina, Scarlet piensa en cuentos de hadas. En las historias que algún día le leerá a su hija. Piensa en aquellos que amaba cuando era niña y en los que odiaba. *Caperucita Roja*, como es de esperar, era su favorito; *Hansel y Gretel*, los más odiados. No podía soportar que la bruja engordara a Hansel, ni las jaulas y el brillo del horno. La bruja le hacía pensar en su abuela, que también amaba los dulces y horneaba pan de jengibre, pero era el alma más amable y adorable del mundo. Fue quien la salvó y la crio. Scarlet quería mantener a estas dos personas, la bruja y su abuela, tan alejadas en su mente como pudiera. Pero, aun así, la historia se había grabado en su memoria y no podía borrarla.

Ahora, mientras avanza, Scarlet piensa en aquellos gemelos capturados, mientras sigue su propio camino marcado por el brillo de las farolas, sus propias migas de pan doradas a la luz de la luna, mientras pasa junto a ventanas oscuras y puertas silenciosas. Cuando el reloj se acerca a las tres y media, Scarlet vira en dirección a su puerta favorita, que está en la entrada de un jardín privado cerca de la iglesia de San Pancracio. Está cerrada, por supuesto, y parece impenetrable, a menos que se escale, pero Scarlet sabe que no es así.

Y efectivamente, a las 3:33 a. m., la luz de la luna la cubre y Scarlet simplemente la empuja para abrirla. No pisa la suave y verde hierba, sino tierno musgo blanco, y el aire no está despejado, sino que está cargado de niebla. Scarlet no está segura de cuál es la mejor manera de invocar a su hermana fallecida. Goldie no le explicó nada, así que quizá Bea solo llegue sin ser llamada. Posiblemente, como en cualquier invocación, los elementos deben estar alineados de forma correcta; el único problema es que Scarlet no sabe cuáles son dichos elementos o cómo alinearlos. Lo que la deja con un solo recurso: su intuición.

Scarlet sigue el camino ya marcado durante un tiempo, luego se desvía hacia un grupo de árboles. Pisa piedras, musgo y ramitas resbaladizas con líquenes, hasta que llega a un abedul plateado muerto, que marca el centro de un claro. Scarlet mira las ramas agrietadas y desprovistas de hojas, el tronco quebradizo y seco. Y de repente, sabe qué hacer. La invocación que Bea seguro aprecia más debe tener dramatismo y estilo.

Scarlet se acerca al árbol con las manos extendidas y las palmas hacia el cielo. Las chispas surgen de las puntas de sus dedos y, sin que tenga que dar un paso más o acercarse a la raíz más lejana, dos arcos de fuego salen de sus manos y cortan el centro del tronco. Al instante, la corteza seca se enciende y en pocos minutos el árbol es una columna de fuego. Ella se aparta para observar su faro y sonríe, satisfecha. Mira al cielo, sin saber qué esperar. Luego se queda observando el fuego durante un tiempo que parece tan largo que, a pesar de la belleza de las llamas y del calor que emiten, casi se da la vuelta y se va. Pero justo cuando piensa que todo ha sido en vano, oye el grito de un pájaro y mira hacia arriba.

Desde las ramas más altas de un roble cercano, un cuervo bate sus alas para volar con rapidez, y se desliza en las corrientes de aire caliente. Scarlet sigue su vuelo hasta que el pájaro se posa en una rama del árbol en llamas.

—Yo… yo… —Scarlet había preparado un discurso, pero ahora sus palabras son cenizas.

—*Me has convocado y ahora no puedes hablar.*

Scarlet asiente, con la garganta seca. Traga saliva.

—Quiero…

—*Sé lo que quieres.*

Scarlet no se sorprende. Las hermanas pueden escuchar los pensamientos de las otras en vida, no hay razón para que no puedan hacerlo en la muerte.

—*Puedo decírtelo, pero no querrás oírlo.*

Scarlet lo piensa. ¿Debería regresar? ¿Debería pretender que no sabe lo que sabe? ¿Debería cerrar los ojos y esperar lo mejor? Scarlet observa el fuego.

—Quiero saber.

—*Muy bien.* —El cuervo bate sus alas, avivando las llamas—. *Te quemará. Te marcará. Romperá tu corazón.*

Scarlet atrapa las palabras mientras caen, cada frase es un ancla de plomo que la arrastra hacia abajo, tirando de ella hacia el suelo en la sofocante oscuridad. Y entonces, cuando no parece posible descender más, la voz del cuervo vuelve.

—*Y no darás a luz a tu bebé.*

Scarlet mira hacia arriba. Eso no puede ser.

—No, yo no…

No sabe qué decir, cómo negociar para insistir en que eso debe ser falso. Pero no hay manera, porque Scarlet sabe que su hermana le está diciendo la verdad, está tan segura de ello como de sí misma. ¿Cuándo ocurrirá? ¿Cuándo se producirá el aborto? Scarlet quiere gritar, quiere caer de rodillas y aullar. Pero está paralizada, congelada. Se lleva las manos al vientre, imagina la muerte escondida en su interior, intenta cobrar fuerzas, prepararse para el flujo de sangre que acecha sin ser visto, como un cáncer que se multiplica con rapidez. Ahora debe esperar que llegue el diluvio que hará realidad este cruel anuncio.

—¿Cuándo? —Scarlet intenta recomponerse—. ¿Cómo?

Pero Bea no dice nada más.

Everwhere

—¿Cuándo va a pasar?

—Justo después de las tres y media. —Goldie mira hacia el cielo oscuro. No hay estrellas esta noche, hay demasiadas nubes, la luna solo muestra una parte de sí misma.

—¿Por qué tenemos que esperar hasta entonces? —pregunta Teddy.

—No lo sé —responde Goldie, porque no lo sabe. Están frente a la puerta del Jardín Botánico, fríos e impacientes, intentando ocultarse de cualquiera que los mire. Diez minutos antes, un coche de policía sonaba por la carretera principal y Goldie temió que se detuvieran para arrestar a su hermano de nuevo.

Están aquí porque Teddy quiere pruebas. Se despertó a las dos en punto para exigirlas. Quiere al menos una prueba más, porque la resurrección de una mosca no es suficiente. Goldie pasó la tarde mostrándole lo que puede hacer con plantas. Hizo brotar hojas frescas de su bonsái, hizo brotar hojas de hierba del suelo y las envolvió alrededor de sus tobillos hasta que él, riendo, rogó que lo liberara. Para entonces, ya no tenía dudas, pero seguía queriendo saber más. Cuando cometió el error de hablarle de las puertas no dejó de insistir sino hasta que la convenció de mostrárselas.

No podrá pasar, por supuesto. Ella le explicó eso. En unos minutos él se quedará de pie, solo, en la entrada empedrada de los jardines, mirando el espacio, la extensión de aire vacío a su paso. Pero con dicho truco de prestidigitación por fin estará seguro. Sabrá que ella dice la verdad sobre todo esto.

—Son las tres y treinta y dos —dice Teddy.

—De acuerdo.

Goldie se acerca a la puerta, coloca sus dedos alrededor de un sólido remate de hierro forjado. Le da una pequeña sacudida para mostrarle a su hermano que está cerrada, que no tiene trucos en la manga. Al minuto siguiente, la luna parece brillar un poco más y resplandece a través de la puerta, como si el metal hubiera sido cepillado con azogue.

En ese momento, Goldie empuja la puerta y esta se abre. Mira a su hermano y sonríe.

—Aquí vamos —dice, y atraviesa la puerta. Cuando sus pies se hunden en el suave musgo, Goldie sabe que Teddy está ahora de pie sobre el empedrado, y se pregunta a dónde se ha ido y cómo cerrar la puerta de los jardines de nuevo. Seguro está haciéndose muchas preguntas acerca de la hermana a la que antes despreció, pero que ahora, a partir de este momento, será por mucho el elemento más fascinante de su, por otra parte, prosaica vida.

Goldie está a punto de volver. No quiere dejar a su hermano solo por mucho tiempo en la calle, a las primeras horas de la mañana.

Pero algo le llama la atención: un movimiento en las sombras, un graznido apagado.

Se acerca con timidez, sin querer molestar o asustar a la criatura, ya que no sabe qué tan lastimado está aquel pájaro. Al principio es difícil distinguir su forma, las líneas del cuerpo y el ala rota, ya que el cuervo es aún más oscuro que las sombras. En un arrebato de pánico, piensa que podría ser Bea, pero luego se da cuenta de que no es posible, ya que su hermana no es en realidad un cuervo, sino que solo manifiesta su espíritu como uno cuando lo desea. Y este pájaro no es un espectro. Es pequeño, pero tan real como ella. Goldie se para sobre esa figura que aletea, preguntándose qué hacer. ¿Podría decidirse a poner fin a su miseria (con la ayuda de una roca) en lugar de dejar que sufra una muerte miserable y prolongada? Entonces hace una pausa, ya que un nuevo pensamiento la asalta: «He devuelto la vida a una mosca; ¿por qué no intentar curar el ala de un cuervo?». El hecho de haberse ganado por fin la admiración de su hermano inyectó en Goldie una pizca de audacia. Y con seguridad curar un cuerpo roto es una habilidad apropiada, más fácil incluso que la resurrección. Sería un acto de bondad, al menos intentarlo. Y, sin duda, la práctica le hará bien.

En un rápido movimiento, Goldie se arrodilla junto al frenético pájaro, sujeta su cuerpo tan suavemente como puede. Lo abraza con una mano, acaricia sus plumas con la otra y susurra palabras de aliento. Sin cerrar los ojos, Goldie imagina al cuervo sobrevolando los árboles de Everwhere, cada vez más alto, para después descender en picada hasta casi posarse en un tronco caído, moteado de líquenes y con hiedra. Luego, el cuervo se eleva de nuevo y se deja llevar por las corrientes de aire, para observar los ríos retorcidos y los mantos de musgo y piedra blanqueados abajo.

—*Ina rokon albarkunku, Mami Wata* —Goldie susurra el conjuro que ya conoce de memoria, mientras un calor regenerador comienza a filtrarse despacio de sus palmas y en las plumas del cuervo—. *Rike hannuna kamar yadda na kawo wannan dan kadan daga sauran rayuwa… Ina rokon albarkunku, Mami Wata. Rike hannuna kamar yadda na kawo wannan dan kadan daga sauran rayuwa.*

Mientras habla, Goldie siente que los delgados y frágiles huesos del pájaro empiezan a curarse bajo sus dedos. Siente el pulso de su sangre, el frenético latido de su corazón. Siente el cambio como si ella misma estuviera recomponiendo el ala, meticulosamente, hueso por hueso.

—*Rike hannuna kamar yadda na kawo wannan dan kadan daga sauran rayuwa Ina rokon albarkunku, Mami Wata.*

Cuando por fin Goldie abre las manos para liberar al pájaro, no se sorprende al ver que aletea hacia el suelo y luego salta dos veces, con las alas recogidas, para posarse en una piedra cercana. La mira por un momento y luego, de repente, con un estremecimiento de plumas erizadas, despliega y extiende su manto negro y, tras un salto acelerado, emprende el vuelo.

El cuervo es tragado por las sombras y la única señal de que alguna vez estuvo allí, de que Goldie no lo imaginó todo, es una ráfaga de graznidos inmersos en el cielo de tinta.

Bea

Cada noche divide su tiempo entre estar con sus hermanas, nuevas y viejas, en Everwhere, y visitar los sueños de aquellas que nunca han estado o ya no lo visitan. A las que se han quedado atrás por ignorancia o por miedo, les cuenta otra historia para recordarles que Everwhere es su verdadero hogar; está en su sangre, y negarlo es negarse a sí mismas.

—*Al salir de las puertas se nota el cambio.* —Con habilidad, Bea teje las palabras en las imágenes parpadeantes de sus mentes inconscientes—. *Es tan sutil que, al principio, apenas lo percibes. Pero a medida que dejas atrás Everwhere, cuando el olor de las hogueras ya no persiste en tu piel, tus ojos se ajustan a la luz más nítida, los pies se apresuran sobre el hormigón y añoran el musgo, tus orejas se* agitan por el sonido de la bocina de un coche y el ladrido disonante de un perro; notas que te sientes un poco más apagada, un poco más pesada y un poco más triste. La cabeza te duele como si no hubieras dormido bien. Algo te molesta, como si hubieras recibido hace poco una mala noticia, pero no puedes recordar qué.

»Cuando te adentras en el mundo que siempre has conocido, ese lugar donde los ladrillos y el cemento son tan familiares, el cambio se siente cada vez más agudo. La satisfacción que habías sentido, la calma, la claridad, se evaporan. Un toque de tristeza presiona tu pecho hasta que parece perforar tu núcleo. De manera constante, sientes como si tu espíritu, su capacidad de alegría, cada recuerdo de tu propia risa, fueran absorbidos, como cuando las nubes absorben la luz del cielo.

»Quieres volver atrás, volver al lugar que has dejado, pero sabes que no puedes. No hay vuelta atrás, no hasta el próximo primer cuarto menguante, no hasta que las puertas se abran de nuevo. Y así, sigues caminando. Hasta que ya no notas el dolor sordo de la desilusión y la pena, ya que ahora forma parte de ti como la sangre que corre por tus venas. Y después de un tiempo, te olvidas de cómo te sentiste aquella vez. Y, por fin, olvidas que alguna vez estuviste allí.

»Sin embargo, una vez que has estado ahí, Everwhere nunca te dejará. El recuerdo, vago y nebuloso, permanecerá en el borde de tus pensamientos y no serás capaz de librarte de él. Te dará lata, te empujará, hasta que ya no puedas ignorarlo.

»Empiezas a preguntarte cuándo volverás. Ahora quieres hacerlo, pero el anhelo es superado por el miedo. Miedo a las sombras, sí, pero también miedo a lo que eres y a lo que podrías ser. Así que intentas olvidar; pero, cada vez que pasas por una puerta adornada de cierto modo, te preguntas si de llegar en la noche correcta, a la hora correcta, esa podría ser la que te lleve de vuelta a Everwhere. Sigues pasando por esas puertas, aunque sabes que no volverás en esa noche en particular, a esa hora precisa. Todavía no. Todavía estás demasiado temerosa de liberar las grandes olas de poder que yacen dormidas *dentro de ti. Y sin embargo, la cuestión de lo que podría suceder si lo ignoras por mucho tiempo es que la puerta se haya ido.*

»Por eso debes escuchar ese empujón y dejar que te guíe. No te escondas en tus miedos durante mucho tiempo, porque tienes que darte cuenta de tu verdadero ser y nosotras te necesitamos.

Cuando las hermanas se despiertan, con los ojos entreabiertos a la luz de la mañana, todavía habitando el espacio suave y lechoso cerca del sueño, justo antes de estirarse y bostezar, los hilos de sus frases habitan todavía el borde de sus mentes y se acomodan en pensamientos inesperados:

—*Eres más fuerte de lo que pareces, más valiente de lo que piensas y más maravillosa de lo que te imaginas.*

26 de octubre
5 noches

Goldie

Goldie no es ajena a la magia, por supuesto, y lo que es extraordinario para la mayoría parece ordinario para ella. Pero la sorpresa ahora, lo que parece verdadera magia, es el repentino milagro del perdón de su hermano. Ayer no podía soportarla, ayer estaba tan lleno de furia y resentimiento que apenas podía juntar tres palabras civilizadas en su presencia. Pero ahora la encuentra tan increíble, tan fascinante, que toda su furia adolescente parece haber sido olvidada. Ahora, Teddy quiere pasar tiempo con ella, quiere hablar, quiere hacer todas las preguntas, quiere quedarse despierto toda la noche visitando puertas y viendo a Goldie desaparecer a través de ellas.

Esta noche, como no tiene escuela al día siguiente, ella le permite quedarse despierto hasta medianoche y preguntar lo que quiera mientras Goldie hace todo lo posible para dar respuestas sinceras; aunque hay, por supuesto, muchas cosas que nunca le dirá.

Cuando Teddy se queda dormido, tras haber ido a su cama con protestas, Goldie decide visitar Everwhere. Necesita encontrarse con Bea de nuevo, necesita aprender cada paso para resucitar a Leo. Su hermana ha sido muy renuente a darle detalles. Suaviza los hechos con promesas, dice generalidades y le garantiza de que todo estará bien.

Esta noche, mientras camina con suavidad por un sendero de musgo blanco, pisa con delicadeza las piedras y rompe de vez en cuando una ramita pálida bajo sus pies, Goldie sabe a dónde va. No puede explicar cómo. Hace tiempo que dejó de intentar explicar los misterios de Everwhere, pero sabe que Bea la espera. Rodea, en un aparente azar, algunos senderos y pasa alrededor de arboledas y a lo largo de ríos sinuosos, hasta que por fin se detiene en un tronco caído que se encuentra al otro lado del agua y allí, en la orilla opuesta, está su hermana cuervo encaramada en una rama rota, mientras acicala sus alas.

—Llegas tarde.

—¿Cómo puedo llegar tarde —Goldie se sostiene de una rama rota y salta desde el suelo, tan fácil como si el musgo fuera un trampolín, para ponerse a horcajadas sobre el tronco— cuando no teníamos una cita?

El cuervo lanza un graznido burlón.

—¿Me esperabas entonces?

Tras alcanzar la otra orilla, Goldie salta hacia abajo, cruza el claro hasta la gran piedra, plana como un taburete, y se sienta.

—*Por supuesto.*

Después de bajar en picada de la rama, el cuervo se posa en una piedra cercana.

—Necesitaba preguntarte algunas cosas.

—*Lo sé.*

La mirada de Goldie se fija en un zarcillo de hiedra que sube por el tronco de un roble cercano. Arranca una hoja y la hace girar entre su dedo y su pulgar. El suave movimiento de la hoja tranquiliza el rápido golpe de su corazón.

—Entonces ya sabes lo que quiero preguntar.

—*Claro que sí.* —Su hermana picotea el borde de la piedra—. *Y la primera respuesta que voy a dar es esta: tienes que calmar tus nervios, recordar lo que puedes hacer y por qué lo vas a hacer.*

—Está bien. —Goldie saca hojas frescas de la enredadera de hiedra, brotes verdes brillantes y apretados que se mueven sobre sus manos con velocidad—. ¿Quieres ser un poco menos críptica?

—*Muy bien.* —El cuervo inclina la cabeza como si dirigiera su pico a Goldie—. *No es dar la vida lo que debes practicar, sino quitarla.*

Goldie se detiene y los brotes se mantienen cerrados.

—¿Qué quieres decir?

—*Bueno, por supuesto que necesitarás un cuerpo para que el espíritu de Leo entre, para resucitarlo por completo.* —Hay un brillo en el cuervo—. *¿No lo habías pensado?*

La hoja en la mano de Goldie se arruga y se marchita.

—Pero, yo… —Siente que el suelo se desplaza y se inclina, y que ella misma es lanzada hacia adelante cuando la promesa de reunirse con Leo se desvanece—. Pero no puedo…

—*Oh, no te ablandes conmigo ahora.* —Bea eriza las plumas—. *Claro que puedes.*

Goldie sacude la cabeza.

—Yo… —Se tambalea sobre algún argumento, busca palabras fuertes y sólidas, palabras que pueda blandir, que pueda usar como picos para sujetarse del borde—. No, yo…

El cuervo ladea la cabeza, inmoviliza a su hermana con una mirada despectiva.

—*Pensé que lo amabas.* —Un graznido bajo y castigador. Bea sabe que está siendo injusta, incluso cruel, pero no puede hacer nada al respecto. Ella también ha perdido un amor, el único hombre que ha amado, y no fue capaz de traerlo de vuelta. Aún no puede perdonarse lo que pasó, y la vacilación de Goldie la irrita—. *Pensaba que querías que volviera.*

Goldie sacude la cabeza.

—Sí, sí quiero.

—*Entonces, ¿por qué lloras? No hay ninguna pena aquí. Tú quieres resucitar a Leo y yo te estoy diciendo cómo.*

—Pero… no. —Goldie se inclina, con la cabeza entre las rodillas, mira el musgo blanqueado a sus pies, con la respiración entrecortada—. Así no.

—*Lo harás.* —El cuervo lanza un grito burlón—. *Si lo amas como dices, harás cualquier cosa.*

Liyana

El lobezno silbido golpea a Liyana antes de que vea quién lo ha disparado. Su supervisor, de pie detrás de la recepción, le sonríe. Ella puede decir de un vistazo que Justin está a punto de hacerle perder el tiempo.

—Vaya, vaya —dice—. Te has arreglado bien, ¿verdad?

Liyana se encoge de hombros mientras se acerca a él.

—Me dijiste que me pusiera algo elegante.

—Lo que dije fue *sexy*. —Sus ojos se pasean de arriba abajo—. Y estoy encantado de que hayas seguido mis instrucciones. Al-pie-de-la-letra.

Liyana aprieta los dientes. Un imbécil con autoridad.

—¿Dónde debería ir? ¿Arriba?

—Oh, no —dice Justin con una sonrisa—. Hemos traído el bar a nosotros. Es una fiesta en la piscina. Pasa por aquí.

«Genial», piensa Liyana, caminando por el pasillo de baldosas, «una noche de VIP gordos y mortalmente aburridos, más sus esposas bulímicas y con bótox». Se quedará dos horas, tal vez tres, cobrará y se irá. Será tedioso soportar los manoseos torpes de los maridos y la charla condescendiente de las esposas, pero lo superará.

La música palpita detrás de las puertas dobles. Pero —frunce el ceño— esas notas de bajo no son de Vivaldi ni de Miles Davis. ¿Trance? ¿Tecno? En realidad, no es lo que ella espera que los VIP de mediana edad y clase media de South Kensington escuchen. Liyana abre las puertas y se detiene.

Alrededor del borde de la piscina hay media docena de hombres jóvenes con bermudas, sujetando *shots*. Al ver a Liyana, brindan en lo alto. Un rugido de aprobación se eleva por encima del estruendo del sintetizador mientras beben sus tragos al unísono. Cuando el rugido se eleva de nuevo, Liyana se vuelve para ver a Justin atravesando las puertas detrás de ella.

—¡Guau! —brama él, al mismo tiempo que levanta los brazos como un maestro de ceremonias—. ¿Les gusta el espectáculo, chicos?

Otro rugido. Liyana sujeta el brazo de Justin, tira de él hacia abajo.

—¿Qué está pasando? —susurra.

Un coro de excitados «ohs» y «ahs» se extiende por donde están todos los hombres.

—Bueno, el otro día me enteré de algo muy interesante sobre ti. —Justin la mira con complicidad y una sonrisa maliciosa—. Conozco tu secreto.

Liyana frunce el ceño.

—¿Qué secreto?

Él se cruza de brazos y mira a su público antes de soltar el chiste.

—Un pajarito me dijo que tú, ¿cómo decirlo?, tienes una inclinación por el sexo débil.

Los hombres estallan en un aplauso espontáneo. Liyana lo fulmina con la mirada.

—¿Y por qué diablos sería eso asunto tuyo?

—Me interesa la vida de todo mi personal —dice Justin—. ¿Qué clase de gerente sería si no me importara?

—No eres un gerente —dice Liyana—. Eres un supervisor, uno de mierda.

Las risas se extienden entre los seis jóvenes, silenciadas por una mirada de Justin.

—No sé qué estás planeando esta noche. —Liyana se vuelve hacia las puertas—. Pero no voy a jugar. Ni hoy ni ningún otro día.

—Espera. —Justin sujeta el brazo de Liyana cuando ella hace un movimiento para salir—. No vas a ir a ninguna parte todavía.

—Suéltame —dice Liyana—. Ahora mismo.

—Oh, cálmate. —Justin se ríe—. No queremos tocar; solo mirar.

Liberándose, Liyana frunce el ceño.

—¿De qué diablos estás hablando?

—¡Oh, Tilly! —grita—. ¡Sal, te toca!

Los seis adolescentes se vuelven para ver a una chica de su misma edad salir despacio de detrás de un pilar de piedra blanca al otro lado de la piscina. Es alta y delgada, el cabello rubio le cae hasta la cintura y lleva un bikini de tirantes. A pesar de ella misma, de las circunstancias, del olor a sudor, cerveza y cloro, Liyana se siente atraída.

—Te gusta, ¿verdad? —Justin sonríe y suelta el brazo de Liyana—. Pensé que te gustaría.

—Vamos, Til. —Le hace un gesto para que se acerque—. No seas tímida.

—¿Qué le estás haciendo? —dice Liyana— Más te vale que no…

—Oh, no seas tan asquerosa. —Justin suspira—. No la hemos tocado. No, Tilly. —Desliza un brazo protector sobre su hombro—. Vino a pedirme consejo. Oficialmente, es la novia de Nick. —Señala con la cabeza a sus amigos y un chico alto y musculoso levanta la mano con orgullo—. Pero ella me confesó que es un poco bi-curiosa. Me preguntó si conocía a alguien con quien pudiera… experimentar.

Liyana se queda mirando a los dos.

—Y tú quieres que yo… ¿hablas en serio?

Justin se encoge de hombros.

—¿Por qué no? Le estarías haciendo al viejo Justin un favor, y no estaba bromeando sobre la doble paga. Mejor aún, no estarás charlando con los VIP de Letchy, harás… lo que más te gusta hacer.

Liyana lo mira.

—Y tú y tus compañeros están aquí para ver este encuentro, ¿verdad?

—Solo si a ustedes dos no les importa —dice Justin, como si fuera cualquier cosa—. Prometemos comportarnos lo mejor posible.

Otro rugido de borrachos se levanta tras sus palabras.

—¿En verdad quieres hacer esto? —Liyana se vuelve a Tilly, que se sonroja y se encoge de hombros—. Mierda. —Liyana sacude la cabeza—. Están jodidamente locos, todos ustedes.

Liyana se da la vuelta y camina hacia las puertas dobles. Cuando presiona el cristal, dos pares de manos sujetan sus brazos. Liyana arremete, patea y se retuerce, golpea la espinilla de un chico con su tacón y este grita.

—Liyana, por favor —dice Justin, mientras la arrastran hacia él—. Cualquiera pensaría que estamos tratando de violarte, por el maldito alboroto que estás haciendo. Y aquí estamos, esforzándonos para no dejar una sola marca en tu hermoso cuerpo.

Un chico grita y las botellas de cerveza chocan en un brindis.

—Siéntate, recupera la compostura —dice Justin, mientras Liyana es arrojada a una tumbona junto a la piscina—. Y cálmate. No será divertido si no te relajas.

—¡Suéltenme! —dice Liyana a los dos chicos que la sujetan. Miran a Justin, que asiente. La sueltan. Liyana tira de su falda hasta el final de sus muslos. Ella cruza las piernas, luego las descruza y las junta. Tilly, a quien condujeron hasta la tumbona, se sienta en el borde, por lo que hay una pulgada de aire entre ellas.

—No sean tímidas, chicas —dice Justin. Mira hacia la barra—. ¿Qué les parece un poco de champán para relajarse? —El chico que había sujetado el brazo izquierdo de Liyana se inclina y susurra al oído de Justin. Él frunce el ceño—. Vaya, parece que estos patanes se han bebido todo el champán —dice—. ¿Qué tal una Bud? Ya sé que no es lo mismo. Me disculpo. Pero los efectos serán idénticos.

Liyana se encoge de hombros. Tilly asiente. Cuando tiene una cerveza en la mano, Liyana mira hacia la piscina.

—Estaba pensando… —Le da un trago a la botella y balbucea. Justin levanta la vista de su propia bebida.

—¿Sí?

Liyana pasa saliva.

—Pensaba... ¿Por qué no se meten todos ustedes a la piscina?

Justin frunce el ceño de nuevo.

—¿Y por qué íbamos a hacer eso?

Mientras bebe otro trago, como si en realidad le importara un carajo, Liyana señala su entrepierna.

—Para preservar su pudor, para cuando las cosas empiecen a ponerse... más húmedas. Sé lo sensibles que pueden ser los chicos con sus...

A su lado, Tilly se ríe. Justin se ruboriza. Luego se encoge de hombros, como si también le importara un carajo.

—Claro, ¿por qué no? —Señala con la cabeza a sus seis compañeros que, imitando su encogimiento de hombros cada uno a su manera, proceden en fila india. Como soldados, bajan los escalones y entran en la piscina. Su teniente los observa hasta que están todos de pie, uno al lado del otro, con el agua golpeando sus pechos, riéndose y mirando fijamente a las chicas. Entonces baja despacio los escalones, con la cerveza en la mano, para unirse a ellos.

Liyana se inclina hacia Tilly, sin tocarla.

—No tienes que hacer esto —murmura—. Puedes decirles a todos que se vayan a la mierda y a sus casas.

—¡Deja de fastidiar! —grita Justin—. Dale lo que quiere.

—Nick es tu novio, ¿verdad? —susurra Liyana—. Si dices que no, él no dejará que los demás...

—Mira, no es la gran cosa —dice Tilly—. Vamos a terminar con esto de una vez, ¿de acuerdo?

Liyana la observa, con el miedo apenas disimulado en sus ojos muy abiertos, preguntándose cuántas veces Tilly ha aplicado esta lógica a la hora de tener sexo con su novio.

—¡Muévete! —grita un chico—. Mi miembro se está encogiendo del tamaño de mi dedo.

—¡Seguro no hay una gran diferencia! —bromea otro.

—¡Vete a la mierda! —dice el primer chico, mientras los demás estallan en carcajadas.

—Muy bien, entonces. —Liyana pone la palma de la mano en la mejilla de Tilly, generando un coro de gritos y vítores—. Esperemos que no se hagan daño en esa piscina, con la cara de mierda que tienen.

Cuando Liyana roza sus labios con los de Tilly, su otra mano sujeta la estatuilla de Mami Wata que cuelga de su cuello. Despacio, una corriente comienza a arremolinarse bajo los pies de los chicos. Liyana cierra los ojos mientras se forma una ola. Los chicos, alborotados por un frenesí de gritos y aullidos, no notan el cambio. La ola crece detrás de ellos, pero ninguno la siente, no hasta que se estrella sobre sus cabezas, y los empuja hacia abajo. Sus golpes y agitaciones son eclipsados por el intenso ritmo de los tambores electrónicos, por lo que Tilly no los oye. Liyana abre un ojo para observar la piscina agitada y sonríe.

«Lo suficiente para asustarlos», piensa, «lo suficiente para que se lo piensen dos veces antes de meterse en el agua de nuevo, lo suficiente como para que duden de cometer otra agresión sexual en el futuro».

Cuando por fin el agua se calma, uno a uno los chicos salen a la superficie, ya no gritando de placer, sino chapoteando de pánico. Ya no se burlan, sino que se quedan sin palabras. Justin está temblando. Nick llora. Liyana se aleja de Tilly, que mira a los chicos con la boca abierta. Liyana se levanta de la silla y se acerca al borde de la piscina.

—¿Están bien? —Mira hacia abajo y siete rostros aterrorizados la observan—. ¿Nadie se ahogó? Qué suerte, ¿no? —Hace una pausa—. Puede que la próxima vez no tengan tanta.

Entonces se da la vuelta y se aleja, despacio, con paso firme, haciendo un esfuerzo por no correr.

Scarlet
—¿Qué pasa?
—¿Qué quieres decir? —pregunta Scarlet.
Eli deja su copa de vino.

—¿Por qué te me quedas mirando?

Scarlet estudia la zanahoria trinchada en el extremo de su tenedor.

—No te estoy mirando.

—Ahora no lo haces. Pero sí lo hiciste. Has estado mirándome a escondidas todo el día. —Eli corta una papa hervida con mantequilla y se mete la mitad en la boca—. Como si pensaras que me has visto antes en algún sitio, pero no sabes dónde.

Scarlet clava su propia papa y se la pasa entera, seguida de un bocado de chícharos. Intenta pasárselo un par de veces, luego comienza a toser.

—¿Estás bien? —Eli frunce el ceño—. Bebe un poco de agua.

Scarlet le hace un gesto para que la deje. Ella intenta decir «estoy bien», pero se da cuenta de que no puede recuperar el aliento para hablar. En un movimiento, Eli empuja su silla de la mesa, se lanza a su lado y le pone la palma de la mano entre los omóplatos antes de que Scarlet se dé cuenta de que se estaba ahogando.

Segundos después, con el corazón en vilo, con un lío de saliva y ácido estomacal, Scarlet ha devuelto los chícharos a su plato. Los escupió y los vio caer por el aire en cámara lenta mientras se sujetaba al borde de la mesa y dejaba impresas las huellas de sus dedos en la madera. Durante esos segundos, los pensamientos de Scarlet consideraron la muerte, sintió el abismo de la soledad eterna abierto a sus pies.

Las lágrimas corren por sus mejillas. Scarlet se sujeta al brazo de Eli como si fuera una cuerda de salvamento, como si Ezequiel Wolfe fuera lo único que se interpusiera entre ella y la condena eterna.

—Me has salvado la vida —balbucea Scarlet, tan pronto como tiene aliento suficiente para hablar—. Yo…

—No seas tonta. —Eli se ríe, aunque el sonido es demasiado agudo—. Estás bien. No hay nada de qué preocuparse.

Él aprieta los hombros de Scarlet.

—Espera, no…

Pero Eli le da una palmadita en la espalda antes de que ella pueda impedirlo, la devuelve a su silla justo cuando ella estira la mano para tratar de atrapar sus dedos. Con este pequeño rechazo la asalta otro pensamiento: ¿los pocos segundos sin oxígeno le hicieron daño a su bebé? Scarlet presiona una palma de la mano sobre su vientre para comprobarlo. Espera a sentir una chispa de electricidad, un solo voltio.

—No hay necesidad de que esto se desperdicie —dice Eli, mientras toma con el tenedor algunos chícharos del plato de Scarlet—. Vamos, querida. Vuelve a tomar las riendas del caballo y todo eso.

Sin escucharlo, ella espera. Y entonces, gracias a Dios, lo siente. Su singular método de comunicación: una pequeña descarga eléctrica. Scarlet exhala.

—Oh, Scar, pareces una gatita asustada. Come.

Despacio, Scarlet se acomoda en la silla. Ella mira su plato, se limpia las mejillas con el dorso de la mano, sorbe sus mocos, se pasa los dedos por debajo de los ojos para borrar las inevitables manchas de rímel. ¿No va a preguntar por el bebé? ¿Ha pensado en ella? Scarlet quiere decir algo, reprenderlo. Pero su necesidad por Eli en este momento es abrumadora, a un gesto suyo correría hacia él, pondría la cabeza en su regazo y lloraría. Así que no dice nada.

Scarlet no puede comer después de esto. Empuja las papas, los chícharos, el filete de salmón salvaje alrededor del plato de porcelana de hueso en un intento de fingir apetito, pero no sirve de nada. Mientras Eli come, el corazón acelerado de Scarlet empieza a calmarse, su miedo rojo como la sangre comienza a desaparecer, su fuerza feroz alrededor del tenedor se afloja despacio. Para cuando Eli junta el cuchillo y el tenedor, la columna vertebral de Scarlet está más recta, su respiración es más fuerte, el control de sí misma vuelve gradualmente.

—He oído algo —dice.

—¿Qué cosa? —Eli se echa hacia atrás en su silla y se lleva la copa de vino a los labios.

«Te ha salvado», piensa Scarlet. «Te quiere, te ama, no te metas con eso».

—Sobre ti.

—De acuerdo —dice él—. Entonces, ¿me vas a decir qué es, o voy a adivinar?

Scarlet respira profundo.

—¿Tienes una aventura?

Eli frunce el ceño y luego se ríe. La explosión de sonido es intensa y real, arroja arena a las llamas de la ansiedad de Scarlet.

—¿Yo…? ¡Qué pregunta tan ridícula! —dice, todavía riendo—. ¿Qué te ha hecho preguntar eso? No me extraña que me hayas mirado mal todo el día, si es lo que has estado pensando. Maldita sea, Scar, eres un ganso tonto.

—¿Ganso tonto…? —Scarlet sonríe—. Esa es nueva. Y sé que es una tontería. Yo solo, yo solo…

—¿Qué? —Eli se sienta hacia adelante—. ¿Qué has estado pensando?

Scarlet se encoge de hombros.

—No lo sé, yo…

Eli abre los brazos.

—Ven aquí.

Scarlet sacude la cabeza, avergonzada. Se muerde el labio y dirige su mirada a la alfombra. Eli mueve su silla hacia atrás, abre las piernas y se da una palmadita en la rodilla izquierda.

—Ven ahora —dice, como si fuera una niña traviesa—. No me hagas ir a buscarte. No te gustarán las consecuencias.

Scarlet sonríe. Ella sabe lo que sigue a esto: profundos, húmedos besos que duran toda la noche. Con la cabeza agachada para ocultar su sonrisa, Scarlet se levanta y se acerca para sentarse en las rodillas de Eli. Esa noche, cuando Scarlet está acostada junto a

Eli, que ronca saciado, se da cuenta de que él nunca respondió la pregunta.

Everwhere

El cuervo se sienta en su rama favorita. Ladea la cabeza de vez en cuando para mirar al suelo con sus ojos brillantes. Cuando la chica entra con timidez en el claro, el cuervo baja en picada del roble y se desliza hacia el suelo.

—*¿Cómo te llamas?*

El cuervo se posa en un tronco caído a unos metros de la niña, esta apenas se inmuta ante la intrusión. Tiene unos once años, es bajita y regordeta, con rizos rubios hasta los hombros, que recuerdan a Goldie.

—Gaia —dice la niña.

El cuervo hace un rápido gesto de aprobación.

—Significa… —La chica se mira los dedos de los pies, cohibida por un momento—. Me llamaron así por la diosa griega de la Tierra.

—*¡Oh!* —El cuervo finge sorpresa, como si esto fuera nuevo para él—. *Bueno, es perfecto.*

Gaia enrosca un rizo rubio alrededor de su dedo.

—¿Qué quieres decir?

Bea siente que se le levanta el ánimo y, si fuera posible que los cuervos sonrieran, ella lo haría ahora. Esta es siempre su parte favorita.

—*No estás soñando* —su voz es el crujido de las ramas bajo los pies de Gaia—. *Has venido aquí porque eres una hermana Grimm, porque puedes hacer cosas especiales y voy a enseñarte cuáles son esas cosas.*

—¡Guau! —Gaia se ilumina y luego se pone nerviosa—. Pero ¿estás segura? Quiero decir, no soy muy buena en matemáticas y nunca obtengo un diez. Ninguno de mis profesores cree que sea especial.

El cuervo hace un gesto despectivo con la cabeza.

—*Hay mucho más en la vida que la escuela. Cuando haya terminado de enseñarte lo que puedes hacer, probablemente no te molestes en volver a la escuela.*

La chica frunce el ceño.

—Pero creo que tengo que hacerlo. Mi madre dice que es la ley.

El cuervo emite una carcajada y un graznido.

—*Supongo que sí, pero lo que te voy a enseñar será mucho más importante que cualquier cosa que aprendas en la escuela.*

Ahora Gaia ladea la cabeza igual que pájaro, se observan una a la otra con curiosidad.

—¿Qué me vas a enseñar?

El cuervo levanta una pata y da tres golpecitos con sus garras, como si contara.

—*Cómo arrancar las semillas de la tierra, cómo devolver la vida a las plantas muertas, cómo animarlas a tu antojo.*

—¿En serio? —Gaia observa al pájaro, con los ojos muy abiertos.

—*Sí.* —Al cuervo se le erizan las plumas—. *Y eso es solo para empezar.*

Gaia sonríe y aplaude. Así que se sientan juntas hasta tarde en la noche de Everwhere. Enredan lianas de hiedra para formar trenzas, se hacen bromas, hacen surgir nuevos brotes de los troncos de los árboles muertos y tratan de extender las mantas de musgo blanqueado en el suelo salpicado de piedras.

—*No es como si fuera un hombre* —dijo Bea—. *Matarías a un soldado, una estrella caída, lo has hecho antes, puedes hacerlo de nuevo.*

—Solo porque no sea un hombre —dijo Goldie, cuando por fin encuentra su voz— no significa que no sea un asesinato.

—*Oh, bueno. Él te mataría a la primera oportunidad. Probablemente ha matado a muchas de tus hermanas antes; piénsalo como un acto de justicia.*

—Ya no hay soldados en Everwhere —dijo Goldie—. Ya no estamos librando esa guerra.

—*He visto algunos que vagan por ahí de vez en cuando, del tipo que no necesitan una razón, solo lo hacen por diversión, seguro ese es el tipo de soldado que está mejor muerto. Harías un servicio a tus hermanas, las protegerías.*

Goldie frunció el ceño.

—Pero ninguna ha resultado herida, ¿verdad?

—No. —El cuervo sacó sus alas y luego las volvió a meter—. Todavía no.

Goldie se sintió avergonzada por no saber que los soldados corruptos seguían vagando por Everwhere. Debería haber estado protegiendo a sus hermanas, debería haberles enseñado, pero estaba tan absorta en su propia vida y en su propia pérdida, que ni siquiera había pensado en ello.

27 de octubre
4 noches

Goldie

Goldie arranca las sábanas sudorosas y manchadas de las camas. Las sustituye por otras limpias y crujientes, aprieta las esquinas. Se arrodilla en los suelos de mármol y friega los inodoros de porcelana. Limpia las mismas estanterías que ayer, limpia los mismos espejos. Hoy está en piloto automático, sin siquiera el corazón para robar nada, ya que todo lo que puede pensar es en lo que debe hacer: matar a un hombre para traer a otro. ¿Puede hacerlo? ¿Puede cometer un asesinato?

Goldie se detiene durante unos minutos en la habitación trece y observa unos calcetines de seda (todos de la talla de Teddy y de su color favorito: el verde azulado), pero no los toma. Y cuando encuentra esmaltes de uñas brillantes esparcidos por el suelo de la habitación diecisiete, no se embolsa ninguno. Se quedó sin deseo, toda la voluntad de interactuar con este mundo se ha ido; no quiere hacer nada más de lo que absolutamente debe hacer. A cada momento la persiguen los ecos de las palabras que Bea dijo anoche.

Envueltos en las palabras están los recuerdos de Leo, su descubrimiento de quién era y lo que había hecho. Él fue un soldado enviado a luchar contra ella, a matarla si no era lo suficientemente fuerte como para demostrar su valor. Él no eligió la guerra, sino que fue manipulado para pensar que Goldie y las de su clase eran el enemigo, pero aun así habría luchado contra ella si no la hubiera amado primero.

Hace tiempo, cuando Wilhelm Grimm vivía, cientos de soldados, esas estrellas caídas, habían patrullado los caminos repletos de musgo blanqueado y hojas a la caza de las hermanas Grimm. Lo hacían cada mes en la noche del primer cuarto menguante, después de atravesar puertas a las 3:33 a. m. desde la Tierra, hacia Everwhere. Ahora solo había unos pocos soldados rebeldes, pero Goldie sabe que solo mataría en un acto de defensa. Cualquier otra cosa sería asesinato.

Sin embargo, se pregunta: «¿Es diferente si extingues la vida de alguien que hace (o intenta hacer) un gran daño a otros? ¿No sería eso un acto benévolo oculto dentro de uno malévolo? Si al matar a uno salvara a muchos, ¿no sería algo bueno? Después de todo, nadie discutiría la idea de viajar en el tiempo para matar a Hitler y a los de su calaña».

«Pero ¿me estoy justificando?», se dice Goldie a sí misma mientras alisa las sábanas de la cama grande de la habitación catorce. Oh, cómo anhela acostarse y tomar una siesta para olvidar todo este horror y hundirse en un olvido temporal. «Después de todo, no pensaría en ello si no fuera para satisfacer mis propios fines egoístas».

Con un suspiro, Goldie se aleja de la cama y se hunde en el suelo. «¿Soy una persona terriblemente egoísta por querer traer de vuelta al amor de mi vida? Antes no lo era. ¿Qué ha pasado? Dejé la escuela para cuidar de Teddy, lo crie, le di todo, hice todo lo que pude para hacerlo feliz. Y ahora…» Deja caer la cabeza sobre sus rodillas y llora.

Las lágrimas de Goldie se detienen por el tirón de una historia en el borde de sus pensamientos. Y aunque no tiene ni la energía ni la voluntad de escribir, hace lo que se le pide y se levanta del suelo, se limpia los ojos y la nariz y se dirige al escritorio de la esquina de la habitación. Toma el bloc del hotel y empieza a escribir. Las palabras se despliegan por la página con la misma rapidez que si estuviera tomando un dictado:

Sin precio

Hubo una vez un rey que tenía todo lo que podía desear: riqueza más allá de lo imaginable, tierras que se extendían hasta cada horizonte y la victoria en cada campo de batalla. Solo le faltaba una cosa: un heredero.

Un día, por fin, su reina fue bendecida con un embarazo y el rey se alegró mucho. Sin embargo, resultó que el recién nacido no fue un heredero, sino una niña. El rey estaba disgustado por no conseguir lo que deseaba y la reina angustiada por disgustar al rey. Y, para su desgracia, culparon a su niña.

Cuando la princesa creció, aprendió de cada palabra y gesto de sus padres que ella no era como debería ser. La triste princesa se preguntaba qué había salido mal, qué había hecho para desagradar al rey y a la reina y quedarse sin su amor. No lo sabía y por eso se puso a investigar. Quizá no era lo suficientemente bonita, o inteligente, o buena, o dulce, o amable, o… Quizá no era ninguna de estas cosas, o quizás era todas ellas. La princesa no lo sabía y por eso lo intentó todo para cambiar y ganar el amor de sus padres.

Pero nada funcionó. Hiciera lo que hiciera, sus padres seguían sin quererla. Al principio no dejaba de intentarlo, indagaba diferentes maneras de hacer lo correcto, trataba de ser la mejor de todas las formas posibles para compensar lo que no era. Finalmente, se dio cuenta de que su fracaso significaba que no valía nada y solo podía hacer una cosa: escabullirse en las sombras y esperar a ser olvidada.

Así que la princesa se casó con un príncipe, un hombre que su padre había elegido, un hombre al que ella no amaba. Sin embargo, se sintió aliviada al dejar a sus padres. Pensaba que podría ser más feliz, incluso en un matrimonio infeliz, ya que no tendría que esforzarse por ganar el amor de sus padres. Ahora podía seguir adelante y ser quien quisiera ser.

Lamentablemente, la princesa pronto se dio cuenta de que estaba equivocada. Porque cada vez que intentaba hacer o ser algo, se sentía inadecuada e incapaz. Se sentía mal, se sentía inútil. Igual que cuando era niña. Nada había cambiado.

Un día, su marido la encontró sentada en el jardín llorando.

—¿Qué pasa? —le preguntó.

—¡No lo sé! —gritó ella—. Es que… no puedo hacer nada. Lo intento y fracaso. Soy inútil.

—No, no lo eres —dijo su marido.

Le tomó la mano y le prometió que la ayudaría. El príncipe fue fiel a su palabra y animó a la princesa en todos sus esfuerzos hasta que, por fin, fue la mujer más realizada, brillante y adorada de los siete reinos. La noticia de su gran éxito llegó al rey y a la reina y despertó su curiosidad, así que invitaron a la princesa a visitarlos. Alborozada y animada por la esperanza, la princesa fue a verlos. Sin embargo, pronto descubrió que los sentimientos de sus padres no habían cambiado, todavía no la querían. Ella seguía sin ser suficiente. Volvió con su marido llorando.

—¡Haga lo que haga —gritó—, sea como sea, nunca seré correcta, nunca será suficiente para que me quieran!

—No necesitas ser una persona mejor —dijo el príncipe—. Nada de lo que hagas te hará mejor de lo que ya eres.

La princesa reflexionó sobre esto, pero no le quitó la tristeza.

—No has hecho nada malo —dijo él—. El único error que cometiste fue pensar que eras tú, y no ellos, quien estaba equivocada.

La princesa también reflexionó sobre esto, pero no le creyó.

—Ser indeseado no es culpa del bebé —le dijo—. Un bebé no puede hacer nada a propósito para hacerse más o menos agradable o deseado. Esa elección corresponde a los padres, no al niño. Es muy triste, pero muchos niños no son deseados, y no hay nada que puedan hacer para cambiar eso. No importa lo buenos que sean, lo agradables, lo bonitos, lo dulces, lo inteligentes o lo exitosos. —Hizo una pausa—. De hecho, algunas de las personas más brillantes de este mundo no fueron deseadas y se sentían inútiles, por lo que pasaron su vida tratando de cambiar eso.

—¿Cómo sabes todo esto? —preguntó la princesa.

El príncipe se encogió de hombros y sonrió.

—Por experiencia personal —dijo.

—Entonces, ¿por qué nos sentimos así? —preguntó ella—. Si en realidad no es culpa nuestra, ¿por qué nos culpamos?

—Porque... —Se interrumpió, buscando la mejor manera de explicarlo—. Porque no podemos culpar a nuestros padres. Si creyéramos que la culpa es de ellos, también creeríamos que la situación es irremediable, porque no podemos controlarlos. Lo mismo ocurre con nuestros dioses. Ellos deben ser infalibles y nosotros defectuosos, ya que entonces siempre tenemos la posibilidad de cambiar, de apaciguarlos, de invocar su amor y su protección con un comportamiento correcto. Así pensamos con relación a los padres, porque nos hace sentir más seguros y nos da esperanza.

—Supongo que sí —concedió la princesa.

Por erróneo que fuera, todos esos años ella creyó que si encontraba la receta mágica ganaría su amor. Así mantenía la esperanza. Pensaba que algún día funcionaría, que algún día la amarían.

—Así es —dijo el príncipe, mientras secaba suavemente las lágrimas de la princesa con el pulgar—. La muerte de la esperanza es lo más triste de todo y soportamos casi cualquier dolor para no sentirla.

—Así que... —La princesa resopló—. Entonces, ¿cómo sobreviviste a esto?

—Tuve suerte —dijo el príncipe—. Un día me di cuenta de que no era mi culpa que mis padres no me quisieran y no había nada que pudiera hacer para cambiar eso o para complacerlos. Así que me propuse amarme a mí mismo.

La princesa suspiró.

—Ojalá pudiera hacer eso también.

—Claro que puedes —dijo el príncipe—. Sé que no es fácil, pero puedes. Comienza con darte cuenta de que te has vuelto contra ti misma, has creído en los juicios de los demás y has hecho tuyas sus opiniones y sentimientos.

La princesa suspiró, pues no sabía si podría amarse a sí misma. Pero al menos, esta vez, sabía que él decía la verdad. Y sabía que ese era el primer paso. Si seguía aceptando el juicio de sus padres, si creía que ella misma no valía nada, nunca sería feliz. Porque todas las personas necesitan amor, y dentro de nuestros propios corazones es donde se encuentra el mayor amor.

Al leer lo escrito, Goldie se pregunta para quién es esta historia. ¿Podría ser para ella misma? Quizá. Pero siente que es para otra persona.

Esa noche, Goldie se sienta frente a su hermano. Ambos comen el especial del almuerzo del hotel en caja de papel para llevar.

—Esto es bueno —dice Teddy—. Dale al nuevo cocinero mis felicitaciones. La salsa tiene la cantidad justa de chile.

Goldie asiente, aunque no lo escucha en realidad. Se comió la mitad del plato, pero no saboreó nada.

—Ted… —Él levanta la vista.

—¿Sí?

—Yo… —Respira profundo y deja el tenedor—. Necesito decirte algo. Es importante.

—De acuerdo. —No suelta su propio tenedor, sino que lo sostiene por encima de la caja de cartón.

—Y necesito que me escuches.

Teddy se encoge de hombros, el eterno encogimiento de hombros de adolescente, y juguetea con el dobladillo de su camiseta de espaldas.

—Muy bien, entonces.

—De acuerdo.

Goldie toma el tenedor y lo vuelve a dejar. Teddy espera con paciencia a que ella hable. El aura de asombro con que ha mirado a su hermana desde que la vio entrar en Everwhere apenas ha disminuido. No es algo que ella quiera desalentar, ya que es una mejora definitiva sobre el desprecio y la repugnancia con que la miró durante los últimos años. No obstante, a veces lo encuentra desconcertante, en especial cuando lo sorprende mirándola con el ceño fruncido como si tratara de escarbar en sus pensamientos. Esta noche, sin embargo, espera que le sirva de algo. Cuando ella no continúa, Teddy la mira de forma inquisitiva.

—Entonces, sigue.

Goldie asiente.

—Sí, sí, de acuerdo. Bueno, en unos días estoy… Planeo hacer algo que debería salir bien, no es tan arriesgado como… Bueno, de todos modos, supongo que todo estará bien. Pero, si algo sale mal, que estoy segura de que no lo hará, si yo… He puesto las cosas en orden para que haya quien te cuide.

Teddy la observa. Goldie se sienta en su silla.

—¿Qué? ¿Qué demonios quieres decir? —Teddy no le quita la vista de encima—. ¿Quieres decir que si te *mueres*?

—No, claro que no. —Goldie aprieta las manos—. Es decir, no te preocupes. Saldrá bien, estoy segura de que saldrá bien. Solo necesito…

—Deja de decir eso —dice Teddy—. Saldrá bien, saldrá bien. ¿Y si no? Entonces no podrás hacer nada al respecto, ¿verdad?

—Ted —dice Goldie—. Por favor.

—¿Qué? —Teddy se aleja de la mesa y se coloca de pie. Goldie se da cuenta de que le empiezan a quedar chicos los pantalones—. Si estás muerta, entonces no podrás evitar que diga palabrotas, ¿verdad? Podré decir cualquier maldita cosa que quiera entonces, ¿no? Yo…

—Ted, por favor. —Ella se acerca a él por encima de la mesa—. Por favor, siéntate.

—Puedo decirle a todo el mundo que se vaya a la mierda.

Ahora grita, las lágrimas resbalan por sus mejillas.

—¡Y no podrás hacer una maldita cosa al respecto! ¿Lo harás?

Goldie se levanta de su silla y avanza hacia su hermano mientras él retrocede, hasta que por fin lo toma en sus brazos. Él la empuja, pero ella es más fuerte y lo sujeta hasta que deja de maldecir y pelear, hasta que aprieta la cara contra su cuello y empieza a sollozar en su hombro. Murmura palabras empapadas de lágrimas, maldiciones sin fuerza que caen y mojan su piel de algodón.

—No te preocupes —Goldie le acaricia el cabello, lo abraza con fuerza—. Está bien, todo saldrá bien.

Cuando Teddy se separa de ella la mira con los ojos hinchados.

—No hagas nada —le ruega, con la voz empapada—. Promete que no lo harás.

Goldie lo mira de frente y le toca la mejilla, las lágrimas humedecen las yemas de sus dedos. Trata de secarlo, de borrar su culpa.

—Promételo —le ruega de nuevo.

—Yo…

—Por favor.

Goldie mira a su hermano pequeño, el bebé que ha criado, el niño que ha amado más que a nada en el mundo desde el momento en que nació. Ella moriría por Teddy, sin dudarlo. Y si alguien lo lastimara, ella lo mataría. Y, si él muriera, Goldie querría morir también. Ella lo ama, si fuera posible medir tal cosa, incluso más que a Leo. Pero aquí el amor entra en conflicto con la obsesión: ella no necesita a su hermano como necesita a su amante.

—Lo prometo —dice Goldie—. De acuerdo. Lo prometo.

La cara de Teddy se ilumina.

—¿De verdad?

Goldie asiente.

—¿Lo juras con el corazón?

Ella asiente de nuevo.

—Lo juro con mi corazón.

Teddy sonríe y la aprieta fuerte, luego se inclina para besar su mejilla. No hace mucho tiempo habría tenido que ponerse de puntitas, piensa Goldie, pero ya no. Siente su amor y su alivio, y piensa que nunca se ha odiado tanto a sí misma como lo hace ahora.

Liyana

Esta mañana, cuando Liyana regresó al hospital, todavía temblaba. Anoche tomó un taxi desde el balneario Serpentine de vuelta al departamento. A pesar de lo caro que resultaba, no quería caminar sola por las calles. Pero incluso el conductor del taxi la había asustado, la idea de que pudiera cerrar las puertas y atraparla dentro del coche. Llamó a Kumiko, que no había respondido, y luego le envió un mensaje de texto de nuevo:

«Ahora te necesito de verdad. Por favor».

Mientras estaba en la cama, con un ferviente deseo de visitar a Nya y abrazar a Kumiko, Liyana se resignó poco a poco a la falta de sueño, porque no podía soportar cerrar los ojos y arriesgarse a ver la cara de Justin, o de cualquiera de los chicos, o incluso de Tilly. Ella se dio cuenta de que nunca volvería; no tiene ni idea de en qué podrá trabajar a partir de ahora, aunque no puede permitirse perder el tiempo.

Era una pena no haber podido conciliar el sueño, porque podría haber visitado Everwhere y a la tía Sisi, quien la habría abrazado hasta que dejara de temblar, y luego le habría inspirado confianza hasta que volviera a ser fuerte y ella misma. Mañana. Liyana se prometió a sí misma que mañana encontraría a Sisi.

Ahora Liyana está sentada junto a la cama de Nya. Envía otro mensaje de texto a Kumiko después de no haber recibido respuesta la noche anterior, y mira a su tía cada pocos minutos para comprobar si hay señales de vida. Mientras Goldie formula un plan para resucitar a Leo, Liyana arma su propio plan para fortalecer a Nya y devolverla completamente a la vida. Liyana la estudia con el rabillo del ojo cuando la cortina de papel colocada alrededor de la cama para tener privacidad se mueve. Ella espera la intromisión de la enfermera amable y que no se trate de la otra, la arrogante, pero en vez de eso se encuentra con el familiar movimiento de una larga cabellera negra, que se abre para revelar el rostro más hermoso que jamás haya visto: grandes labios rojos y grandes ojos negros llenos de bondad y amor.

El corazón de Liyana se acelera, y tras un momento de pausa se levanta de un salto de su silla para medio resbalar por el suelo de baldosas de vinilo y caer en los brazos de Kumiko. Durante un largo rato se abrazan; Liyana llora, y aunque Kumiko guarda silencio, su abrazo es tierno y estrecho. Cuando por fin se separan, Kumiko levanta la mano para limpiar los ojos de Liyana.

—Oh, Ana. —Despacio, besa las mejillas húmedas de Liyana. Por un momento, Liyana se queda quieta, absorbe el calor del contacto de su novia y luego esboza una sonrisa.

—Koko, no puedo creer que... —Liyana besa los labios de Kumiko, sus mejillas, su cuello, su cabello—. ¿Cómo escapaste...? Siento mucho haberte defraudado antes, siento haber sido tan mala, te he echado tanto de menos, yo... —Entonces ella sujeta a Kumiko de nuevo, la aprieta tan fuerte que emite una pequeña queja—. No puedo creer que seas tú de verdad, que estés aquí de verdad. —Cuando por fin Liyana suelta a Kumiko, da un paso atrás.

—Dijiste que me necesitabas, así que vine.

Más tarde, esa noche, mientras Kumiko ronca con suavidad a su lado, Liyana piensa en su tía Nya, en la curación y la resurrección, en las posibilidades de reanimar el espíritu de alguien que aún está vivo. Acaricia con los dedos la pequeña talla que cuelga de su cuello. No se ha quitado el talismán, ni siquiera por la noche, desde que lo abrochó por primera vez.

En el regazo de Liyana hay un libro que le regaló la tía Sisi: *Uniendo los huesos: Cómo imbuir de vida a la materia inanimada*. En los últimos días Liyana ha hecho varios intentos de leerlo, aunque las palabras siempre parecen escaparse. Esta noche, tal vez porque tiene a Kumiko como punto de apoyo, empieza a tener sentido poco a poco. Ahora Liyana repasa cada frase del primer capítulo; hasta entiende y asimila cada párrafo. «Aunque el conocimiento es de poca utilidad hasta que se pone en práctica», piensa mientras cierra el libro y se sienta de nuevo en las suaves almohadas.

Liyana pasa la mano por la cubierta de cuero, rodea con los dedos el título, susurra palabras alentadoras de invocación e invitación. «Dame la oportunidad», piensa, «de ver si puedo conseguir lo que prometes». Contempla el libro un rato, escucha la respiración de Kumiko, luego lo aprieta contra su pecho y echa un vistazo a la habitación. Después de varios minutos largos y vacíos, Liyana deja *Uniendo los huesos* en su mesilla de noche y se fija en una sombra en el alféizar de la ventana. Se acerca para mirarla: una polilla negra, muerta y polvorienta, con manchas anaranjadas en sus alas plegadas. Liyana la empuja con suavidad. Definitivamente, está muerta.

Liyana levanta el pequeño cuerpo y lo sostiene, mientras murmura una rápida oración en voz baja. Guarda el insecto entre sus manos. «Goldie debería hacer esto, no yo», piensa. «Es una hija de la tierra, puede dar vida. Yo solo puedo quitarla». Pero mientras mira a la polilla, recuerda una historia que Goldie le contó alguna vez sobre cómo revivió un bonsái muerto. Liyana se concentra en el recuerdo. ¿Qué había dicho? ¿Qué había hecho? Concentrarse, había dicho Goldie, se había concentrado en el cálido ritmo de sus venas en comparación con la fría quietud del arbolito, así transfirió esa chispa de vida a través del vacío.

Liyana cierra los ojos para concentrarse en esos detalles y, después de un rato, empieza a sentirlo: el abismo entre la vida y la muerte y lo que se necesita para cruzarlo. Se imagina a la polilla como debió de ser no hace mucho tiempo: bate sus alas contra las ventanas, choca con las bombillas, se aferra a los pliegues de las cortinas para esconderse del sol. A medida que estos pensamientos se

145

multiplican, Liyana siente una tibieza que calienta el capullo de sus manos y comienza a murmurar palabras del libro: palabras de nacimiento, crecimiento y vida, palabras que llegan a través del vacío, hasta que la brecha entre la muerte y la vida ya no es tan grande.

—*Ina rokon albarkunku, Mami Wata* —murmura Liyana—. *Rike hannuna kamar yadda na kawo wannan dan kadan daga sauran rayuwa.*

Y entonces, de repente, Liyana siente un cambio, una sacudida, una chispa; como si el débil golpeteo del latido de la polilla volviera. Se imagina a la polilla en pleno vuelo. Ella murmura las palabras. Siente aún más calor en sus manos. Y por fin, cuando siente que aquella brecha está casi cerrada, Liyana abre sus manos para mirar a la pequeña criatura. Asombrada, observa cómo sus antenas tiemblan, sus alas parpadean y sus cuatro patas se agitan. La polilla busca la vida y Liyana se la devuelve.

—*Ina rokon albarkunku, Mami Wata* —entona, ahora más fuerte—. *Rike hannuna kamar yadda na kawo wannan dan kadan daga sauran rayuwa.*

Liyana agacha la cabeza, frunce los labios y sopla un gentil aliento bajo sus alas. Dos de las patas de la polilla se aferran a uno de los dedos de Liyana y el insecto se da la vuelta en la palma de su mano para estar en posición vertical. Entonces, de repente, se levanta y alza el vuelo, se desliza con el aliento de Liyana, revolotea al azar por la habitación sin luz, se eleva y cae, hasta que recupera su propia fuerza y vuela en la oscuridad. Pasa poco tiempo antes de que se haya ido, y sea una sombra y un recuerdo más.

Mucho después de que la polilla haya desaparecido, Liyana sigue sonriendo en la oscuridad.

Liyana se queda dormida un rato y se anima a ir a Everwhere con la esperanza de buscar a la tía Sisi y compartir su triunfo, pero se decepciona al no encontrarla. Pasada la medianoche, la despierta el timbre de su teléfono. Se frota los ojos, sin poder abrirlos del todo en la oscuridad. Mira a Kumiko que duerme a su lado, se pregunta quién podría llamarla, y luego busca a tientas el teléfono luminoso de su mesita de noche. *Número no identificado.* «El hospital». ¿Cómo diablos pudo olvidarlo?

Con un nudo en el estómago, Liyana descuelga.

—¿Hola, señorita Chiweshe?

—Sí, no me diga que ella…

—No se preocupe, señorita Chiweshe, todo está bien. La llamo para decirle que su tía acaba de recuperar la conciencia.

Scarlet

Cuando Scarlet se despierta, Eli está durmiendo. Ella no puede ver su cara, solo el ancho de su espalda, el cabello desordenado. Parece que protege sus secretos. «¿Qué pensará?», especula ella, «¿qué soñará?». Si tan solo fuera posible visitar la mente de alguien y ver cada pensamiento, cada idea, cada deseo. Si fuera posible saber, sin lugar a equívocos, si una persona miente. Sin necesidad de interrogatorios, detectores de mentiras o suposiciones. Tan solo *saberlo*. Qué gloriosamente tranquilizador sería eso. Scarlet puede saberlo cuando se trata de sus hermanas, por supuesto, pero no tiene esa certeza con Eli.

Scarlet mira su mesa de noche, la lámpara y el teléfono junto a ella, su pantalla es un espejo oscuro y pulido que no revela nada. Mira su maletín apoyado en la pata de roble del sillón de cuero en la esquina de la habitación. Piensa qué le dirían sus hermanas. «Acaba de una vez por todas», diría Liyana. «Entonces dejarás de obsesionarte y podrás dormir un poco». Goldie negaría con la cabeza. «Es tu prometido, el padre de tu bebé. Confía en él; déjalo en paz y déjalo ser». Si su abuela estuviera viva, probablemente añadiría una nota de advertencia sobre el embarazo prematrimonial, pero esa es la última de sus preocupaciones.

Scarlet permite que su mirada se detenga en el maletín y luego se desvía hacia la chaqueta y la camisa de Eli, que se encuentran en el respaldo de la silla, y sus *jeans* arrugados en la alfombra, cuyo paso hacia el cesto de la ropa sucia fue interrumpido por una llamada telefónica. Debería confiar en él. Vuelve la voz tranquilizante y razonable de su abuela: «Una vez que siembras la semilla de la sospecha, Scarlet, se extenderá en todo y nunca la arrancarás. Será la plaga de tu relación, la mala hierba que ahogará tus rosas». Esme Thorne amaba las metáforas de jardinería. También tuvo un largo y feliz matrimonio. Era sensata, experimentada, sabia. Scarlet debería escucharla, debería…

«Oh, a la mierda».

Se levanta despacio, con cuidado, por encima del cuerpo de Eli. Estira sus dedos para alcanzar su teléfono. Casi, casi. Hace una pinza para tomarlo entre el dedo índice y el pulgar, después aguanta la respiración hasta que lo deja caer en su regazo. Introduce la contraseña y empieza a buscar.

Cuarenta minutos sudorosos y repletos de pánico después, no encontró nada. Cientos de tediosos correos electrónicos de trabajo. Textos sobre pedidos de tazas de café de papel reciclado. Gráficos con los costos adicionales de los envases ecológicos. Ningún nombre sospechoso. No hay mensajes de afecto. Nada de historiales borrados. Nada.

Scarlet exhala. Todo está bien. No hace nada malo. No la engaña, no le miente, no la traiciona. Los latidos de su corazón se ralentizan. Debería considerarse afortunada, agradecer sus bendiciones y dejarlo en paz. Debería volver a dormir. Aunque, piensa Scarlet, aún queda el pequeño asunto del maletín.

Retira las sábanas y se desliza fuera de la cama. En diez pasos, está de pie sobre la silla y desliza su mano derecha en cada uno de los bolsillos. En la chaqueta encuentra un recibo de un café con leche grande y un rollo de canela. Starbucks. Scarlet se persigna. Ya es bastante malo que trabaje para ellos, que la haya sacado del negocio, pero que además consuma sus productos contaminados se siente como otro nivel de traición. ¿Y un rollo de canela? Ella hace los mejores rollos de canela en Gran Bretaña, sin duda en todo el mundo. Y aquí está el amor de su vida, comiendo productos de baja calidad de otra persona. Se estremece. Es una traición menor, pero una traición de todos modos.

Scarlet suspira. Su abuela, como siempre, tenía razón. No puede salir nada bueno del fisgoneo. Sin embargo, ya llegó hasta aquí; sería descuidado no terminar el trabajo. Así que saca los bolsillos de los pantalones de Eli, por delante y por detrás. No hay nada. Comprueba su camisa. Está vacía. «Detente, cariño, así, no se ha hecho ningún daño». Scarlet dobla las piernas para arrodillarse sobre la suave alfombra blanca. Mira la cama, desliza el cierre de latón y abre el maletín. Aprisa, Scarlet escanea cada línea de cada página.

La luz de la luna se desplaza detrás de las cortinas, proyecta su luz lechosa en la habitación. Scarlet mira el reloj de la pared: 4:38 a. m. Una hora después, no ha descubierto nada, excepto los planes de Starbucks para dominar el mundo. ¿Qué pasa con estas empresas que parecen langostas, por qué no pueden conformarse con sus tontos niveles de éxito, por qué tienen que aniquilar a toda la competencia? Scarlet suspira, piensa en las emisiones de gases de efecto invernadero en el mundo y el derretimiento de los glaciares. De repente, se siente abrumada por la tristeza. ¿Por qué traerá a una niña a vivir esto? ¿No son suficientes ocho mil millones de almas que luchan y sufren?

Scarlet está a punto de cerrar el maletín de nuevo cuando encuentra un cierre. Pertenece a una bolsa oculta, que trae algo dentro. Con el corazón acelerado, tira hasta que los dientes del cierre se liberan para revelar una pequeña caja cuadrada de color turquesa. Con cuidado, Scarlet la saca. Sobre la caja están impresas las palabras *Tiffany & Co*. La caja se abre con un chasquido que hace que se sobresalte. Mira a la cama, donde él sigue durmiendo, y luego a la caja. Un brazalete de plata descansa sobre un suave cojín de color crema.

Scarlet saca la pulsera de la caja y la coloca en la palma de su mano. Un pequeño conejo de plata. Una taza de té. Un naipe: la reina de corazones. Una llave. Una botella miniatura grabada con las palabras «Bébeme». *Alicia en el País de las Maravillas*. Los detalles son tan precisos, la cadena es tan delicada, la artesanía tiene tanto encanto como la historia. Encaje de gasa y telas de araña, luz de luna y hielo. Es exquisita.

Los ojos de Scarlet se nublan de lágrimas. ¿Cómo puede dar este regalo a una mujer? ¿Cómo puede traicionarla de manera tan cruel? Quizás esperaba llamadas telefónicas, mensajes de texto obscenos, recibos de hoteles y flores. Cosas genéricas, clichés. No algo tan personal, tan hermoso, tan único. No una prueba de sentimientos verdaderos, de afecto profundo, de amor. Algunas lágrimas resbalan por sus mejillas y la pulsera se vuelve borrosa. Ella cae en la madriguera del conejo en la oscuridad.

Scarlet vuelve a meter sus dedos libres en la bolsa oculta. El dolor es una plaga insaciable: necesita alimentarse, exige nuevas pruebas, nuevas humillaciones, nuevos dolores. Scarlet encuentra un trozo de papel. Se acerca para leerlo y se limpia los ojos. Es un sobre con una pequeña y gruesa tarjeta dentro. No hay nombre en el anverso. Extrae la nota y la mira con los ojos cerrados. Una línea garabateada en tinta azul. La letra de Eli. Se limpia los ojos de nuevo.

«Scarlet, gracias por darme todo. Eli».

Scarlet parpadea y vuelve a leerlo. Deja escapar una carcajada y se lleva la mano a la boca. Se ríe. El alivio inunda su cuerpo. Él la quiere. La quiere después de todo. De quienquiera que el cuervo hablara, no era de Eli. «Todo está bien».

Desliza el brazalete de vuelta a su escondite, castigándose en silencio por ser tan suspicaz. Se está levantando con las rodillas doloridas cuando un rayo de luz de luna se cuela a través de las cortinas, cae sobre la alfombra e ilumina el bolsillo trasero de los *jeans* arrugados de Eli. Y allí, entre los pliegues de la mezclilla y las costuras de algodón, hay un borde metálico que brilla. «No es nada», piensa ella, mientras se pone de pie. Entonces, Scarlet siente un tirón interno. Se detiene y, en silencio, oye el susurro de la intuición, el golpecito de la corazonada.

Scarlet mete la mano con timidez en el bolsillo de Eli y saca otro teléfono.

Liyana

Al llegar, encuentra a Nya sentada en la cama. Apenas ve esto, Liyana siente que las lágrimas llenan sus ojos y su respiración se vuelve entrecortada. Entonces se da cuenta de que temía no volver a ver a su tía con vida de nuevo.

No obstante, prefiere fingir que no pasa nada fuera de lo común, que no es la mitad de la noche en una sala de hospital. Así que se desliza en la silla junto a la cama de Nya, se quita los zapatos y cruza las piernas. Le gustaría que su otra tía estuviera aquí para compartir la carga, pero como no puede encontrar a Sisi tampoco puede pedirle que venga. Así que Liyana debe hacerlo sola.

—Hola, forastera.

Nya no mira a su sobrina a los ojos, pero le ofrece una débil sonrisa. El silencio entre ellas es tan agudo y brillante como las luces fluorescentes del hospital. Liyana escucha el sonido mecánico del monitor cardiaco, las divagaciones incoherentes de una mujer en otra cama, la falsa alegría de una enfermera al cambiar un catéter. Liyana desearía volver a la habitación privada, lejos de todos los demás. Pero eso solo pasaría si Nya estuviera todavía inconsciente, al borde de la muerte.

—¿Cómo estás? —pregunta Liyana, y se arrepiente de la pregunta tan pronto como la formula—. Quiero decir, ¿te duele?

—Estoy bien. —Nya pellizca el borde de la manta verde lima del hospital—. Solo estoy cansada, eso es todo.

«¿Cómo puedes estar cansada?», quiere preguntar Liyana. «Has estado durmiendo durante días». En vez de decir eso, presiona los dedos de sus pies descalzos.

—Así que…

Tras sus palabras, vuelve el silencio parpadeante, abrasivo y alarmante como un grito. Liyana se clava las uñas en la piel. Necesita que todo vuelva a estar bien, necesita risas y charlas tontas y sin sentido; necesita ligereza y suavidad, no tener una sola preocupación en el mundo. Necesita dejar de lado su miedo y volver a ser feliz. ¿Cuánto tiempo ha pasado desde que tuvo todo eso? Se siente como una vida.

—Así que, eh… —se aventura Liyana—. ¿Qué sigue?

Nya tira de un hilo suelto de la manta y lo enrolla entre el dedo y el pulgar. Liyana mira, se pregunta si su tía la escucha o si se ha metido muy dentro en su interior.

—Vuelvo a casa. —Nya deja caer el hilo al suelo, observa cómo cae—. Por la mañana, cuando hayan procesado el papeleo.

—¿Qué? —Liyana aprieta los dedos de los pies, siente llegar una oleada de pánico—. ¿Estás segura?

No había previsto esta eventualidad. Tenía la idea de que el futuro inmediato serían hospitales psiquiátricos, terapeutas, montones y montones de médicos.

—¿Estás segura? —insiste Liyana. Al ver que Nya no responde, vuelve a preguntar—: ¿No tienes que ponerte bien primero?

—Me han evaluado —dice Nya, en un tono oscuro y monótono, como si Liyana no hubiera hablado—. Puedo ir a casa.

—¿A casa? —Liyana suelta sus pies para sujetar el borde de la silla—. Pero, pero… tú necesitas ayuda…

Nya asiente.

—Les dije que conseguiré ayuda.

Al sentir que el pánico la arrastra como una corriente, Liyana se levanta de golpe, empuja su silla hacia atrás, hace una mueca de dolor cuando chirría sobre el suelo de plástico.

—Es que… necesito… ir al baño.

Al ver que Nya no la corrige, que no insiste en que diga «retrete» en vez de «baño», que ni siquiera parece darse cuenta de la degradación del lenguaje, Liyana sabe que el agua la arrastra. Lucha por recuperar el aliento, aparta la cortina de papel y se apresura a salir de la sala para dirigirse al pasillo. Se obliga a no correr, se escabulle de una nave a otra, busca una enfermera disponible. En cambio, sentada detrás de un escritorio y atrincherada entre teléfonos y pantallas de computadora, encuentra una doctora que escribe en una carpeta de notas. Liyana suspira.

Tras un minuto de espera a que la doctora levante la vista y la vea, que parece una hora entera, Liyana tose. Luego, de nuevo.

—Oh. —La doctora levanta la vista—. Lo siento, no te vi allí.

—Sí, yo… Siento molestarla —Liyana mira la tarjeta de identificación que cuelga del cuello de la doctora—, doctora Patel, pero necesito, si es posible, hablar con usted sobre una de sus pacientes.

La doctora Patel cierra la carpeta y se sienta.

—Sí, por supuesto. Pero, por favor, llámame Natasha.

Liyana frunce el ceño. En esta última semana de encuentro con médicos, ha notado la desconcertante costumbre de ofrecer sus nombres de pila con la intención, al parecer, de que los pacientes y sus familiares se sientan cómodos, que puedan prescindir de la formalidad y la jerarquía, pero no le gusta. Quiere el peso y la solidez de la palabra «doctora», como un ancla en una tormenta que le infunde la confianza de que en realidad esa persona sabe de qué habla.

—Está bien, Natasha. Bueno, yo, eh, quería hablar con usted acerca de mi tía, Nya Chiweshe.

Al ver que el rostro de la doctora Natasha permanece en blanco, Liyana añade:

—En la bahía cuatro.

—Ah, sí, por supuesto. —La memoria brilla en sus ojos—. Se ha recuperado muy bien. Estamos encantados con sus progresos.

—Sí, bueno, sobre eso… —Liyana se esfuerza por encontrar las palabras adecuadas—. Verá, el asunto es… Puede que haya tenido una excelente recuperación física, pero no está bien, quiero decir… La conozco prácticamente de toda la vida y ella… bueno, ella… no ha estado bien durante mucho tiempo…

Tras terminar su ineficaz discurso, Liyana espera que la doctora la despida, que la aleje con excusas, que menosprecie y anule sus preocupaciones con jerga médica. Se sorprende entonces de que la doctora no diga nada, sino que la escuche y se quede considerando las palabras de Liyana mucho después de que haya dejado de hablar.

—Sí —dice la doctora Natasha—. Lo entiendo. Y comparto tus preocupaciones. De hecho, si dependiera de mí, mantendría a tu tía un poco más de tiempo para una mejor evaluación, y luego recomendaría que se internara en una clínica.

—Sí, exacto. —Liyana se anima—. Eso es lo que debería ocurrir. Entonces, ¿no puedes obligarla a hacerlo?

El bonito rostro de la doctora se acongoja y ella hace un único movimiento de cabeza.

—Me temo que no podemos obligar a tu tía a hacer nada. La psiquiatra ha evaluado que tiene la capacidad mental para tomar sus propias decisiones.

Tras decir eso, fija su mirada suave y apenada para encontrarse con la de Liyana.

—Tenemos que respetar las decisiones de tu tía, por muy equivocadas que las consideremos.

—¡Oh! —dice Liyana, cabizbaja—. Oh, ya veo.

Ocho horas después, cuando salen juntas del hospital, Liyana toma la mano de Nya para que no caiga en el pavimento resbaladizo y húmedo. Y siente, mientras arrastran los pies por la acera hasta el taxi que las espera, como si ahora fuera responsable de una bomba sin explotar, y solo ella pudiera evitar que estalle.

Esa noche, Liyana vuelve a dormir con dificultad y se despierta varias veces, sin haber tenido el tiempo suficiente para buscar a la tía Sisi. La frustración y la nostalgia la embargan hasta que despierta a Kumiko, que duerme profundamente a su lado. Entonces hablan de los temores de Liyana por Nya, de los secretos que guarda Goldie y del estado de la relación de Scarlet, hasta que la luz lechosa del sol de la mañana comienza a iluminar la habitación sombría.

Goldie

Está decidido. Lo hará. Debe hacerlo. Si no lo hace, se marchitará y morirá, y entonces ¿qué será de Teddy y de sus hermanas? «Si hago esto», jura Goldie, «*si* tomo la vida de un soldado (un asesino) para recuperar a Leo, entonces yo, nosotros, dedicaremos nuestras vidas a hacer el bien en el mundo. Daré mi tiempo y mi corazón sanado a ayudar a todas las hermanas Grimm. Me uniré a Bea en Everwhere cada noche y les enseñaré. Haré lo que siempre prometí hacer: visitar Everwhere cada noche, encontrar a nuestras hermanas restantes y mostrarles quiénes son y cuáles son sus capacidades».

Goldie imagina cómo les enseñará lo poderosas que pueden ser, les mostrará que no están limitadas por nada, ni siquiera por las leyes de la gravedad. Sus únicos límites son los de su propia imaginación. Ellas las verán encender fuegos, crear olas y hacer bailar zarcillos de hiedra. Les recordarán, una y otra vez, su potencial ilimitado, para que no lo olviden. Porque, aunque ya no tengan que luchar por sus vidas en una batalla de gladiadores, el peligro potencial de los soldados perdidos permanece, y todavía habrá muchas batallas en sus vidas que requerirán una gran fuerza. Ella les advertirá de lo que les espera en su adolescencia. Les ofrecerá tatuar sus muñecas con un símbolo de su poder particular: una llama, una gota de agua, una pluma, una hoja, y debajo inscribirá estas palabras: «*Fortius quam videris, fortius quam cogitas, et sapientior credas:* eres más fuerte de lo que pareces, más valiente de lo que piensas y más maravillosa de lo que te imaginas».

Goldie les dirá que busquen a las otras Grimm, sus hermanas esparcidas por el mundo; les dirá que corran la voz, que hablen de magia oculta, de susurros que hablan de cosas desconocidas, de señales que apuntan a posibilidades inimaginables. Eso es lo que hará.

28 de octubre
3 noches

Goldie

—*Bienvenida, hermana. Te estaba esperando.*

Goldie levanta la vista para ver al cuervo descender en picada entre los árboles y separar la niebla con el amplio movimiento de sus alas. Goldie retrocede.

—*Camina conmigo.*

Goldie sigue a su hermana cuervo que se desliza en una corriente de aire y roza de vez en cuando su hombro con la punta del ala. Se acompañan un rato por los senderos de piedra musgosa. De vez en cuando caen hojas blancas de las ramas, ofrendas simbólicas de árboles amigos, hasta que llegan a la cima de una colina en un valle que se abre a un río.

—*He preparado algo* —el cuervo se posa en la rama más baja de un abedul plateado— *para ayudarte en tu misión.*

—¿Cómo? —Goldie deja de caminar y levanta la vista con nerviosismo— ¿Qué…?

—*Tan solo espera.* —El cuervo grazna—. *Está en camino.*

Goldie contiene la respiración, escudriña el valle. ¿Convocó su hermana a un soldado? Siente que su estómago se revuelve. ¿Acaso espera…? Goldie observa el arroyo que corre por el valle, sus aguas brillan bajo la luz plateada de la luna inamovible, el remolino de la corriente levanta gotas como pequeños peces de plata. Entonces aparece un ciervo. Su cornamenta de hueso blanco a la luz de la luna, acercándose, separa la niebla como cortinas de humo, mientras baja a grandes zancadas hacia el río y dobla su largo cuello para beber.

—*Una vez alguien me dio una lección similar.* —El cuervo agita las alas—. *Y ahora te la doy yo.*

Pero Goldie está tan atenta al ciervo que no registra las palabras de su hermana.

—Nunca había visto uno —susurra—. No sabía que eran tan… magníficos. —Esta palabra se siente inadecuada, pero con lo aturdida que está, es la única que puede encontrar—. Majestuosos —sigue poco después, pero también se queda corta.

Ante las palabras de Goldie, el ciervo levanta la cabeza del río para mirarla directamente, con las orejas hacia atrás y los grandes ojos marrones sin parpadear. Goldie lo observa, siente que la distancia entre ellos se disuelve y que de pronto está de pie junto a él, con la mano en su costado, sintiendo los músculos tensos que siguen el ritmo de su respiración bajo el suave y grueso pelaje. La sensación es tan vívida que Goldie siente el calor de su piel bajo la palma, el profundo y suave pelaje de su espalda a través de las yemas de sus dedos. Ella quiere alcanzarlo para que la acaricie con su oscuro y húmedo hocico; quiere enterrar su cara en su cuello y olerlo.

—Gracias —murmura Goldie—. Me encanta.

Pero el cuervo grazna.

—*No es para que lo ames, es para que lo mates.*

—¿Qué? —Goldie mira a su hermana, con los ojos muy abiertos por la sorpresa—. ¿Por qué? No, no puedo…

—*Comes carne, ¿no?* —interrumpe Bea—. *¿Y qué…?*

—No lo hago —protesta Goldie—. Hace años que no lo hago.

—*Qué virtuosa. De todos modos, ¿qué obtendrías a cambio de aquella muerte, aparte de un extra de hierro en tu sangre y un suculento sabor en tu lengua? En cambio, al matar al ciervo no solo te estás preparando para matar a un hombre, también te llenarás de su*

158

fuerza vital: su resistencia, su estatura, su dominio y su poder. Y para lo que planeas hacer necesitas toda la fuerza que puedas conseguir…

—No. —Goldie sacude la cabeza—. No puedo. No sería…

El cuervo baja en picada de la rama para posarse en el hombro de Goldie. Ella se estremece.

—*No puedes tenerlo todo, hermana.* —La voz de Bea sigue el cauce ondulado del río—. *No puedes seguir siendo buena y conseguir lo que quieres, no funciona así. Resucitar a los muertos significa entrar en la oscuridad.*

Goldie está en silencio. Siente el peso del pájaro en su hombro como si fuera una roca que la empuja hacia el suelo.

—No puedo —dice de nuevo.

—*Tienes que hacerlo, o dejar que Leo se vaya.* —Las palabras de Bea la estremecen—. *La elección es tuya.*

Una ola de calor recorre el pecho de Goldie y se estremece, con la cabeza pesada y llena de niebla, como si experimentara una fiebre repentina. El sentimiento de culpa se le clava detrás de los ojos y la hace llorar, porque sabe que, por muy equivocada que esté, siempre elegirá a Leo.

—Pero —Goldie escucha sus palabras como si estuviera espiando a escondidas a otra persona—… ¿cómo?

—*Te recomiendo las púas del espino.*

Al decir esto, el cuervo se levanta del hombro de Goldie y se eleva en el aire. Ante aquel repentino movimiento, el ciervo, que había vuelto a beber del río, levanta la vista otra vez, con las orejas agitadas.

Goldie sigue la trayectoria del vuelo del cuervo hasta que se posa en la rama de un espino. Su mirada se posa en sus letales púas. Cuando está a punto de preguntar cómo es posible extraer las espinas y convertirlas en flechas, Goldie se percata de que sabe lo que hay que hacer. Aun así, duda. «Después de esto, dedicaré mi vida a hacer el bien», piensa, «me dedicaré a enmendar este acto y el que siga».

El cuervo grazna y agita sus alas, lo que provoca que el ciervo se sobresalte de nuevo. Goldie respira profundo y se concentra en una sola rama. Con un movimiento de sus dedos la despoja de todas las espinas, rápido y fácil, como si sus uñas fueran cuchillos. Las espinas flotan en el aire y Goldie vuelve a hacer un gesto, chasquea el dedo índice y el pulgar, para formar las doce espinas en una línea. Entonces las espinas se funden, punta con punta, en una flecha.

De inmediato, antes de que pueda cambiar de opinión, deja que la flecha avance. Siente el cuerpo entumecido cuando ve cómo las flechas atraviesan el corazón del ciervo. A lo lejos, siente el golpe del cuerpo del animal cayendo al suelo, sus temblores alcanzan a sentirse bajo sus pies, y también el lento y doloroso flujo de su fuerza vital mientras se filtra de sus venas y se inunda en las suyas.

Un momento después, Goldie cae de rodillas, con la cara escondida entre sus manos, y llora.

Liyana

—No te vayas.

—Oh, Ana, tengo que hacerlo. —Kumiko le da a Liyana otro largo y persistente beso antes de salir de la cama—. No quiero, pero debo hacerlo. Las clases de Skinner no son opcionales.

Liyana suspira.

—¿Debería despedirme de tu tía? —Kumiko se ajusta los *jeans*—. No quiero ser grosera.

—No, no, está bien —dice Liyana, mientras se sienta en la cama—. Ella está en su habitación y…, de todos modos, ni siquiera sabe que estás aquí.

—Está bien. —Kumiko se pasa el suéter por encima de la cabeza y se acerca a la cama—. Mira, he estado pensando…

—¿Sí? —Liyana siente un rápido destello de pánico—. ¿Qué?

—No es nada malo. —Kumiko ríe—. Creo que podría ayudar a tu tía. Y a ti también, en realidad.

Liyana frunce el ceño.

—Podrías pedirle a Goldie que le escriba una historia que la motive y la estimule, y que tú puedas ilustrar. Quizá la inspire a volver a la vida.

Liyana se recuesta en las almohadas.

—Eso es muy dulce, Koko, pero la tía Nya prefiere los regalos donde destaque el costo por encima del pensamiento. Cada vez que traía dibujos de la escuela a casa, se quedaban pegados en el refrigerador durante unas semanas antes de desaparecer. Un par de Louboutins, por otro lado, serían apreciados para siempre.

—¡Ana! —Kumiko vuelve a reírse—. Ya no tienes doce años. Podrías crear algo para ayudarla a sanar.

—No sé. —Liyana se lleva las rodillas al pecho—. Puedo intentarlo, pero creo que ahora ella está fuera del alcance de las historias. Necesita médicos y medicamentos.

—Sí, pero si no quiere hacer eso… —Kumiko se encoge de hombros—. ¿Qué otra cosa puedes hacer? Ella necesita recuperar su confianza y alegría de vivir.

—¿La alegría de vivir? —Liyana levanta una ceja incrédula—. Las historias de Goldie son hermosas, pero creo que ni Shakespeare resucitado podría hacer eso. El deseo de salir de la cama sería un buen progreso. —Liyana suspira—. Ella solía ser tan descarada, tan insistente, tan… Solía regañarme todo el tiempo —sonríe—; siempre con planes locos alrededor de su pequeño mundo, tenía a tantos hombres en la palma de su mano. —Deja caer la barbilla sobre las rodillas—. ¿Qué no daría yo porque levantara el trasero de la cama y empezara a darme órdenes otra vez?

Kumiko se sienta en la cama y desliza su brazo sobre los hombros de Liyana.

—Entonces quizá la historia de Goldie podría recordarle a Nya quién solía ser —Liyana se levanta para sujetar la mano de su novia.

—No te vayas.

—No quiero, pero debo hacerlo. —Kumiko le da un suave beso en la mejilla a Liyana—. Y mientras ayudas a tu tía a recordar quién es, podrías empezar a recordarte a ti misma.

Liyana frunce el ceño.

—No me he olvidado de mí misma.

—Quizá todavía no, pero es a donde te diriges si no sigues creando, si no te das un propósito.

Después de que Kumiko se va, Liyana se queda mirando la pared. La habitación se siente mucho más vacía sin su novia, mucho más silenciosa, y su vida mucho más solitaria. Liyana solloza y se limpia la nariz con la manga. Piensa en lo que ha dicho Kumiko. ¿Es cierto? No ha perdido su creatividad, ¿verdad? ¿Por qué lo pensaría? Hace unos días ilustró una historia de Goldie, «La Mujer Lobo». Ha pasado un buen tiempo sin dibujar algo importante y aún más desde que le dedicó tiempo a sus novelas gráficas. Así que quizás haya olvidado cómo hacerlo.

Desde hace tiempo, la vida solo ha tenido el aburrido dolor de las decepciones. Quizá por eso, últimamente sacar su cuaderno de bocetos se siente como demasiado esfuerzo. Lo hace de vez en cuando, pero solo logra trazar unos pocos y delgados garabatos que parecen hechos por una desconocida.

Liyana pensaba que no le importaba demasiado. Pero era mentira. Le importaba mucho, pero había reprimido esos sentimientos tan bien que rara vez surgían. Era cierto que pensaba en ello de vez en cuando, pero solo de repente y nunca con una gran pena. La decepción volvía a arder cuando sentía el aguijón del rechazo después de enviar su trabajo a un agente, un editor o una revista, hasta que Liyana la olvidaba, sumergiéndose en el agua durante tanto tiempo que sus oídos no escuchaban nada del entorno, y sus pensamientos se volvían suaves como la arena lavada por las olas. Entonces dejaba de sentir la inquietud por volver a la página, como sentiría una verdadera artista. Solo se sentía adormecida.

Ahora, la mirada de Liyana se posa en su *sketchbook* cerrado, apoyado junto a su escritorio. Poco a poco siente que empieza a emerger de una niebla donde había estado inmersa sin siquiera darse cuenta. La página brillante y en blanco la atrae como un primer beso. Y cuando Liyana se imagina presionando su lápiz en la página, siente la emoción de la esperanza que siempre acompaña al comienzo de algo nuevo.

Liyana retira las mantas de la cama y cruza la habitación. Levanta el cuaderno de bocetos y lo pone sobre el escritorio, luego se sienta. Despacio, abre una nueva página y toma un lápiz. Al principio, se contiene para no marcar la hoja impoluta, no quiere arruinarla con un dibujo inadecuado. Luego sujeta la estatuilla de Mami Wata que tiene en su cuello y se lleva la cabeza de la deidad a los labios. Una oleada de fuerza recorre su cuerpo como si acabara de inyectarse adrenalina.

Respira profundo un par de veces antes de tocar el papel con el lápiz. Mientras dibuja, deja que sus dedos encuentren su camino: comienzan a descender y elevarse, a dirigir una orquesta de líneas y curvas. Liyana siente que ella también se eleva, que también es dirigida, que es la creadora de la sinfonía y al mismo tiempo de cada nota que se toca.

Kumiko tenía razón: lo había olvidado. Había olvidado lo que amaba, cuán profundo lo amaba y por qué. Y, al mismo tiempo, Liyana había olvidado quién solía ser, quién todavía es.

Esa noche, Liyana vuelve a sus cartas de tarot. Baraja y baraja, reacia a hacer la pregunta, asustada de ver la respuesta. Prolonga los preliminares, pospone lo inevitable, corta y mezcla de nuevo la baraja, usa su mano izquierda y luego la derecha, hasta que por fin se rinde y comienza a repartir las cartas sobre la cama.

Liyana no soporta consultar sobre su tía. Hay cosas que es mejor no saber. Y está demasiado asustada para consultar por Goldie, así que pregunta sobre sí misma: «¿Se expondrán alguna vez mis ilustraciones? ¿Alguien las comprará alguna vez?».

Es una pregunta a la que Liyana vuelve a menudo, como una irritación que no puede dejar de rascar, y que se hace más insistente porque nunca ha tenido respuestas totalmente claras y satisfactorias. Esta noche, Liyana elige la Tirada del Pentagrama y selecciona las cartas.

La primera carta está invertida. El Emperador: un hombre de ojos negros sostiene un bastón y una marioneta, de su cabeza brotan cuernos, chacales flanquean el pedestal sobre el que se encuentra. *Abuso de poder, obsesión, autosabotaje.* En el Cinco de Copas aparece una chica triste que camina por un desierto, dos copas flotan, tres volcadas a sus pies. *Decepción, tristeza, conflicto.* La tercera carta repartida es el Cuatro de Oros. Una niña duende está sentada en las ramas más altas de un árbol de invierno; se aferra a una gran moneda que sostiene a la altura de su pecho, otras tres están en un equilibrio precario sobre su regazo. *Codicia, egoísmo, posesión.* Entonces, tal como Liyana temía, aparece el Nueve de Espadas: una mujer aterrorizada se esconde de un terrible ghoul. Seis espadas apuntan hacia la criatura, las otras tres están presionadas contra su pecho. *Miedo, pesadillas, agonía de mente.* Después, y aún peor, está La Torre: un viento gris sopla, una alta torre de piedra se desmorona junto a un árbol desnudo, un hombre y una mujer caen al vacío desde sus ventanas. *Colapso súbito, cambio de fortuna, derrota.* La quinta y última es el Tres de Espadas: una chica sentada en una piedra con el corazón en sus manos; las espadas atraviesan su corazón y la sangre gotea de sus puntas. *Corazón roto, aislamiento, devastación.*

Liyana observa la tirada. No puede ser una lectura para su carrera, no puede. A menos que se convierta no solo en el mayor fracaso de la historia, sino en una aspirante a artista que también es una psicópata megalómana. Liyana frunce el ceño. ¿Segura que no? Entonces, mientras mira con más atención las cartas, la historia que tratan de contar comienza a ser clara. Despacio, como si empezara a entender algunas palabras de un idioma extranjero, Liyana se da cuenta de lo que tiene al frente: una lectura que no es para ella, sino para Goldie. Y de repente, Liyana ve el panorama de su hermana, que no solo implica la resurrección, sino también el asesinato.

Scarlet

—Lo siento. Lo siento mucho, mucho.

Scarlet mira a Eli, sus ojos rojos y su cara arrugada, su expresión suplicante. Llevan un buen rato dando vueltas al tema: el interrogatorio, la confesión final y sus abyectos intentos por conseguir su perdón. Llevan así casi doce horas. En realidad, aunque Scarlet no puede volver a creer una sola palabra que salga de su boca, no puede negar que nunca lo ha visto tan roto, tan deshecho.

Eli está llorando, y él nunca llora. No lo hizo cuando Inglaterra perdió contra Croacia en la Copa del Mundo, aquella vez que pensó que por fin llegarían a la final. Tampoco la primera vez que fue despedido. Ni cuando murió su madre. Ezequiel Wolfe no es alguien que transmita emociones. Es un estoico. Una versión de la hombría del siglo XIX. Y sin embargo, se deshace ante ella.

—Te amo, te amo, yo… —Eli se interrumpe, presiona su cara en las palmas de las manos, sacude la cabeza, como si fuera incapaz de creer lo que ha hecho—. No puedo…, si me dejas, no sé qué haré.

—Si me quisieras —dice Scarlet—, no lo habrías hecho.

Todavía están en la cama. Scarlet enfrentó a Eli con el teléfono una hora después de haberlo encontrado, repleto de obscenos mensajes de texto y docenas de llamadas a «V». Las palabras

165

interminables de recriminación y expiación se han desplegado y ahora los rodean como un lazo que los ata al colchón.

Por alguna extraña razón, Scarlet se siente más estable ahora, mientras ve a Eli desmoronarse. Es tan inesperada esta inversión de papeles, que le infunde una fuerza repentina. Como si solo por un momento, ella fuera quien rompe el corazón y él quien lo tiene roto.

—No —suplica él—. No, no, eso no es verdad.

—Lo es.

Un silencio inextricable se extiende entre ellos.

—Yo te amaba —Scarlet cruza los brazos para ocultar las chispas que encienden las puntas de sus dedos—. Por eso no andaba cogiendo con todos los hombres que conocía. Si no te amara, podría haberlo hecho. ¿Ves?

Eli suspira.

—Eso no es... No se puede comparar. Es diferente para los hombres.

—Oh, no seas tan patético —dice Scarlet—. No me insultes con esa mierda de la biología. No puedes esconderte detrás de tu miembro. Tú también tienes cerebro, ¿no? Uno bastante capaz de anular tus impulsos carnales.

—Mira. —Eli se sienta—. No es así. No es tan espantoso como tú... Bien, esta es la cuestión: todos los hombres son infieles en su mente. Todos quieren engañar. Y aquellos que no lo hacen solo tienen miedo de ser atrapados, de perder lo que tienen.

—¿Y eso no te preocupó? —Scarlet se aferra a sí misma como si temiera que ella también pudiera deshacerse—. No te preocupó perderme..., ¿perdernos? —Sus manos se dirigen a su vientre. Protectora. Desafiante—. ¿No te importa perder a tu propia hija?

—No... —Eli se sienta hacia delante, se acerca a ella—. No, eso no es lo que yo... No voy a perderte. Vamos a arreglar esto. Voy a... Dime lo que tengo que hacer para arreglar esto.

—¿Arreglarlo? —Scarlet se aleja de él—. ¿Arreglarlo? ¿Cómo puedes..., es por eso que hiciste esto tan fácilmente? ¿Porque estabas seguro de recuperarme? —Ella traga saliva, se limpia la nariz en la manga—. ¿Crees que puedes coger por ahí ,y si tienes la mala suerte de que te descubran, entonces, qué? ¿Tan solo debes averiguar cómo mejorarlo, cómo compensarme? ¿Eso es lo que piensas?

—No. —Eli se pasa una mano por el cabello. Ella nunca lo había visto tan desaliñado, tan desarreglado y sin peinarse—. No, por supuesto que no. Pero lo haré. Haré lo que quieras. Lo que… lo que me pidas.

Scarlet lo fulmina con la mirada. Se siente desafiante, renovada, envalentonada. Es Cleopatra enfrentándose a César. Ella lo someterá a un inmenso dolor. Un sufrimiento que él nunca ha conocido. Ella se aleja y lo mira, con los ojos vidriosos de odio.

—Destruye el teléfono.

—Hecho.

—Dile a esa mujer que nunca más le hablarás y no volverás a verla de nuevo.

—Sí, por supuesto —Eli asiente enérgicamente, aunque no puede encontrar su mirada.

Scarlet estrecha sus ojos.

—¿Qué?

—Bueno, yo…

—*¿Qué?*

—Bueno… —Eli mira a Scarlet como si deseara que todas las llamas del infierno lo incineraran—, ella trabaja para mí.

—Entonces despídela —dice Scarlet, sorprendida por lo desafiante que se siente—. O renuncia. Búscate otro trabajo. No me importa.

—Está bien —responde Eli con suavidad—. De acuerdo.

—Dame las contraseñas de todas tus cuentas. Teléfono. Correo electrónico.

—Por supuesto.

«¿Qué otra cosa podría pedir para probarlo, para probar su

167

amor?», piensa Scarlet. La inspiración tarda solo un momento en llegar.

—Haz un acuerdo prenupcial —dice ella—. Si nos divorciamos, me quedo con este departamento. —El piso de su abuela, que vale quizá 2.4 millones de libras esterlinas—. Y la mitad de tu fideicomiso. —Eli asiente.

—Hecho.

Scarlet vuelve a entrecerrar los ojos. Esperaba al menos una ligera vacilación, pero ni un parpadeo.

—Puedes quedarte con el Jaguar también —ofrece Eli—. Y el dibujo de Degas.

—¿El boceto? —Scarlet frunce el ceño. Es su posesión más preciada. La cosa que más aprecia, y Eli tiene un montón de cosas que aprecia. Y él mismo se lo ha ofrecido. Ella ni siquiera tuvo que pedirlo. La esperanza se eleva, así como el deseo. Su oferta es una vida, una oportunidad de salvar lo que se ha perdido. Scarlet siente que su cuerpo se desplaza hacia él.

«No». La voz silenciosa habla. El susurro de la intuición. «Te quemará». Ese tirón, suave pero firme. «Te marcará». El golpecito. «Te romperá el corazón».

—Por favor —suplica Eli—. Todo lo que quieras. Es todo tuyo. Te lo prometo.

—No —murmura Scarlet, impulsada por aquella voz—. No, no puedo.

—Por favor —suplica Eli—. Por favor, por favor.

—No. —Scarlet sacude la cabeza—. No.

Las palabras se despliegan y el lazo se tensa.

—Pero, te amo. —Las lágrimas vuelven a brotar de sus ojos y ella sabe que es verdad, que la ama. A su manera retorcida, Ezequiel Wolfe la ama.

Él extiende la mano de nuevo y toca su brazo. Esta vez, ella no se aleja. Entonces, de repente, la atrae en un abrazo, la aprieta contra su pecho.

—¡Por favor! —suplica Eli—. Por favor, lo prometo. Te prometo que nunca…

Scarlet empieza a sollozar, sacude la cabeza.

—No —dice—. No puedo, nunca podré…

—Sí puedes —El aliento de Eli calienta los rizos de su cabello—. Tú puedes. Te lo prometo, yo…

Scarlet lo mira.

—No lo prometas —dice ella—. Júralo.

—Sí, por supuesto. —De repente, la pena que oscurece el rostro de Eli da paso a la gratitud, al alivio. Y a pesar de sí misma, Scarlet se conmueve por lo agradecido que parece. Ella sostiene su mirada, con sus ojos aún apagados por el dolor. Y Scarlet comprende que Bea estaba equivocada. Eli la ama.

—Lo juro —dice él—. Juro que no volveré a hacerte daño.

Cuando por fin se duerme, exhausta, Scarlet sueña. Sueña con abrazar a su hija. Sueña con dar a luz al bebé, en un torrente de lágrimas y sangre, con Goldie y Liyana a su lado. Las tres respiran juntas, con tal fuerza y vigor que llevan al bebé a través del canal de parto y lo traen al mundo con su aliento singular. Sueña con criar a su hija sola, luchar esos primeros años nocturnos, ofrecerse a sacrificar el sueño y la cordura hasta que se sienta vacía y tenga que enterrar la ira y la pena bajo el amor. Sueña con los días en los que Red será capaz de devolverle el amor en un sentido real y en igualdad de condiciones, cuando hablen como adultas y amigas. Sueña con que, a pesar de todo, amará a esta niña más que a nada ni a nadie en su vida.

Scarlet sonríe mientras sueña, y llora. Porque, en el centro de todo, hay una ausencia. Donde debería haber un padre de pie junto a una madre, un roble junto al sauce, solo hay aire. Ella sostendrá una de las manos de su hija, pero ¿quién la otra? ¿Cómo crecerá Red para sentirse segura de lanzarse a la vida, para amar con abandono, para vivir sin red de seguridad? ¿Serán las dos tías una compensación adecuada? ¿Compensará una tribu de hermanas al padre desaparecido?

Sueña con su propia infancia, con su propio padre ausente, con el vacío, especialmente agudo en los cumpleaños y en las fiestas, pero que nunca desaparece, ni siquiera en los momentos aburridos y ordinarios. Ella siempre se preguntó dónde estaba, qué hacía, por qué se había ido y por qué no había vuelto. A veces culpaba a su madre por su ausencia, a veces a ella misma, pero rara vez a su padre. Siempre se había sentido inestable, insegura, con solo un progenitor del que depender. ¿Qué sería de ella si le ocurriera algo a su madre?

Cuando Scarlet se despierta sabe que ha hecho lo correcto. Aunque la tristeza por la traición no ha disminuido, ni se ha calmado con el sueño o el paso del tiempo, sabe que su dolor no es lo más importante. Va a ser madre y este será su primer sacrificio por su hija: su corazón roto.

Liyana

Antes de dormirse en medio de su tirada de tarot, Liyana desea poder darle a Goldie el anhelo de su corazón, pero mediante un proceso que excluya el asesinato. No es que le importe mucho la vida de un soldado, que en sus días fue una estrella caída y que, como hombre, no es mejor que un asesino en serie. Más bien, teme que algo pueda salir terriblemente mal y Goldie muera.

Liyana se despierta en Everwhere, tumbada boca abajo en un montículo de musgo blanqueado. Se levanta del suelo, espera un rato, respira el aire brumoso, refresca sus pulmones y llena de fuerza su cuerpo. Cuando se siente revitalizada, camina por un sendero de piedras hasta que su camino es bloqueado por un roble caído. Entonces sube para ponerse de pie sobre el tronco. Una vez arriba, Liyana inclina la cabeza hacia atrás, extiende los brazos hacia la luna inamovible y comienza a provocar truenos en el cielo. Pronto convoca torrentes de lluvia, grandes diluvios de agua que se desliza a través de los árboles, corre en riachuelos sobre las hojas y empapa el suelo musgoso con charcos cada vez más grandes.

Cuando la tía Sisi llega siguiendo el camino del agua y se acerca al árbol caído, se despejan las nubes del cielo. Confundida, Liyana se limpia la lluvia de la cara, parpadea varias veces y mira alrededor.

—¡*Dagā*! —Deja caer los brazos a los lados—. ¿Dónde te has metido? No te había visto.

Sisi cruza los brazos sobre su pecho regordete y vuelve su cara redonda y encantada hacia su sobrina.

—También me alegro de verte, Lili. Tienes buen aspecto.

—Gracias, me siento mucho mejor después de aquel día. —Liyana salta hacia abajo, aterriza en un montículo de musgo que responde con un satisfactorio chirrido. Ya está seca, los restos de la tormenta se han escurrido por su piel y se han evaporado como si fuera un cisne que se sacude el agua.

—¿Dónde has estado? Te estuve esperando, pensé que volverías antes…

—Quería venir, Lili —la interrumpe su tía—. Por supuesto que quería. Pero tenía que dejarte sola un tiempo para que encontraras tu propio camino. La fuerza no puede crecer con demasiada sobreprotección, ya sabes. Un profesor debe encontrar el equilibrio adecuado de apoyo y retroceso.

—Entonces —pregunta Liyana—, ¿dónde has estado?

—¿Qué quieres decir? —Sisi se ríe—. Estoy aquí, Lili, estoy siempre aquí.

—Pero no has estado. —Liyana frunce el ceño—. No estás a menudo aquí. —Suspira—. Te he echado de menos.

—Oh, cariño —Sisi toma las manos de Liyana entre las suyas—. Ojalá pudiera estar aquí todas las noches que tú estás, pero no puedo.

—¿Por qué no?

—Bueno, la verdad es que no es… —Sisi vacila—. La elección en realidad no es mía.

Liyana frunce aún más el ceño.

—¿Qué quieres decir?

Tras un nuevo apretón, la tía Sisi suelta las manos de Liyana y se encoge de hombros.

—Todo depende de las fases de la luna y de la posición de las estrellas.

—¿Qué? —Liyana mira a su tía, que ahora parece brillar a la luz de la luna—. Pensé que eras…, pensé que podías encontrarte conmigo en Everwhere cuando lo deseabas.

Sisi sacude la cabeza. Y de repente, Liyana se da cuenta de que puede ver a través de Sisi, hasta el sauce que está detrás de ella.

—Pero ¿cómo…? ¿Estás…?

—Viva y muerta son conceptos tan binarios, ¿no crees? —La profunda risa de Sisi llena el aire—. Dado que la esencia de la vida, *Qi, Jing, Prana, Nyama, Shakti*, es inmutable, su chispa nunca se extingue, tan solo se transmuta en otra cosa.

—Pero… —Liyana se apoya en el tronco del árbol, siente que su espíritu se hunde como el agua de la lluvia en el suelo—. Esperaba… esperaba… —Respira profundo, contiene las lágrimas—. Esperaba visitarte en Ghana, quedarme contigo y, no sé, dejarme engordar. Esperaba que vinieras a Londres para visitarnos y ayudarme a cuidar de Nya.

—Oh, Lili. —La voz de Sisi se hunde con el ánimo de Liyana—. Siento mucho que tengas que lidiar con eso sola. Desearía con todo mi corazón estar allí para soportar esa carga contigo. Pero… —Sisi se anima—. No debemos dejar que una pequeña cosa como la muerte se interponga en nuestro camino para estar juntas. De hecho, podemos matar a dos cuervos con una piedra.

Liyana entorna los ojos hacia su tía, que ahora ha vuelto a su forma más sustancial.

—¿Cómo?

—Bueno —Sisi cruza los brazos sobre su amplio pecho—. Hay muchas maneras de contactar con personas incorpóreas desde la

172

comodidad de tu cocina, pero mi favorita es una taza de té y un pastel de Nkatie.

Liyana empieza a pelar una tira de corteza del tronco.

—¿Qué es el pastel de Nkatie?

—Te lo explicaré más tarde —dice Sisi—. Pero ahora tenemos que hablar de Goldie y de cómo vas a salvarla.

29 de octubre
2 noches

Everwhere

Esta noche, Goldie no estaba segura de volver a Everwhere. Apenas pudo pasar el día sin llorar o romper algo, ya que sus manos no han dejado de temblar. Tuvo que usar toda su fuerza para mantener la compostura y evitar los encuentros con los huéspedes del hotel o con el personal. Dejó un billete de diez libras para Teddy con una nota, donde le pedía comprar comida para llevar, porque, mientras el banquero de la habitación veintiséis no se dio cuenta ni se preocupó por el estado emocional de la chica que limpiaba su habitación, su hermano, cada vez más sensible y atento, percibiría el dolor de Goldie a diez pasos. Y ella no puede soportar decirle lo que ha hecho.

Es culpa la que tiembla entre sus dedos, le acelera el corazón, hace correr la sangre por sus venas. Nunca se habría considerado a sí misma tan egoísta. Es amable con el medio ambiente, siempre recicla, se ciñe a una dieta (mayoritariamente) vegana, firma peticiones y asiste a marchas de protesta. Ha pasado la mayor parte de su vida al servicio de su hermano pequeño, renunció a su libertad, su educación, su tiempo, para criar a un niño que ella no dio a luz. Nunca se creyó capaz de matar a sangre fría. Un animal inocente murió para que ella pudiera practicar sus habilidades y adquirir la fuerza que necesitará para matar a un soldado. Un *hombre*. Todo para que ella pueda reunirse con el amor de su vida.

174

Goldie sabe que debería parar, que debería permanecer del lado de los buenos y sinceros, que debería rendirse a una vida de anhelo y soledad, a un mundo sin Leo. Después de todo, lo ha logrado durante tres años, ¿qué tan difícil sería hacerlo otros sesenta o setenta? Imposible. Si ella no comete un asesinato, la única otra opción es el suicidio. Pero no podría dejar abandonado a Teddy.

Goldie esperó a que se durmiera esta noche para volver a Everwhere. No quiere ver a Bea, no quiere recordar el asesinato, pero necesita enterrar al ciervo. Ella dejó en el claro su cuerpo roto, su cadáver expuesto a un final cruel para un animal tan majestuoso. En realidad, un final cruel para cualquier criatura.

Goldie no tiene que pensar, no necesita recordar el camino; vaga por senderos y arroyos y alrededor de piedras y árboles caídos con sus ojos despreocupados mirando hacia el suelo o hacia el cielo para mirar la luna y tratar de olvidar. Al fin, al llegar a la cresta de la colina, Goldie duda. No tiene que mirar para ver el ciervo caído, duda de que sea capaz de sacarse la imagen de la cabeza.

Se hace el silencio mientras Goldie baja al valle. En un movimiento cobarde del que luego se arrepiente, Goldie levanta sus manos para arrancar zarcillos de hiedra de un antiguo roble que crece a la orilla del río. Despacio, se desprenden de la corteza para deslizarse por el suelo y envolver con sus hojas protectoras los flancos del ciervo, hasta que el cuerpo queda envuelto.

Cuando llega a su lado, Goldie apenas puede ver a través de sus lágrimas, aunque siente vergüenza cada vez que una se desliza hasta la punta de su nariz. ¿Qué derecho tiene a llorar? Más vergonzoso aún, no se atreve a tocarlo. En cambio, se detiene a unos metros del cuerpo y se sienta, luego extiende sus dedos y los empuja hacia el suelo. La tierra comienza a temblar como si fuera golpeada por un súbito terremoto y se producen grietas en el suelo del bosque, que crean abismos húmedos y dentados, hasta abrir una fosa alrededor del cadáver.

Un momento después, el cuerpo desaparece, el suelo se cierra y el manto de musgo se envuelve a sí mismo para volver a extenderse uniformemente por el suelo. Goldie aprieta los ojos y cuando los abre de nuevo toda evidencia de la muerte y el asesinato ha desaparecido. Su corazón se eleva un poco y piensa en Leo.

«Voy a salvarte», susurra Goldie. «En la víspera de Todos los Santos, cuando mi magia sea más fuerte, te traeré de vuelta».

Ella espera, como siempre lo hace, el eco de la voz de Leo en el viento. Ella espera una señal que le muestre no solo que él está ahí, sino que la escucha y, de alguna manera, conoce su plan. Pero esta noche el deseo de Goldie solo obtiene la respuesta del silencio.

Por un momento cruel, ella teme que todo sea en vano, que solo haya sido alimentada por la esperanza y la imaginación estos últimos tres años, que su amante se haya ido para siempre, que nunca pueda volver a verlo. Goldie cierra los ojos para ver la cara de Leo. Él está sentado al borde de la cama, observándola con sus ojos suaves, con una mirada llena de amor y deseo. Una espiral de anhelo se enrosca como una enredadera en el cuello de Goldie y estrecha su garganta, la aprieta y ahoga el poco aliento que le queda. Una niebla de pérdida desciende.

—Te resucitaré, —susurra Goldie—. Estaremos juntos de nuevo.

Liyana y Scarlet encuentran a Goldie todavía de rodillas junto a la tumba sin nombre del ciervo. Sienten el peso de su dolor, aunque carecen de las palabras para levantarle el ánimo. Como saben que a veces el silencio es lo mejor, se sientan a su lado.

Bajo la inamovible luna, la luz de las estrellas y el susurro de las hojas, se sientan en el suelo musgoso, forman los tres puntos de un triángulo. Scarlet empieza a prender fuego a las ramitas, luego las apaga y Liyana hace malabares con densas bolas de niebla y, después de un rato, Goldie empieza a arrancar de la tierra brotes de abedules plateados. La niebla pesa en el aire y suaviza el silencio.

—Ahora lo sabemos todo. Sabemos que planeas matar al soldado.

Goldie levanta la vista, sacada de su ensueño, sin saber cuál de sus hermanas ha hablado.

—Lo vi en las cartas —dice Liyana—. Llamé a Scarlet y hemos venido a…

—A detenerme.

—No —dice Liyana—. No a detenerte, sino a protegerte, a ofrecerte una alternativa.

Goldie arranca una hierba del suelo. No levanta la vista.

—Estoy aprendiendo el arte de la resurrección —continúa Liyana—. Tomé lecciones de la tía Sisi y ella cree que, juntas, podemos traer a Leo de vuelta de una manera mucho más…

—Más segura —termina Scarlet—. A menos que estés dispuesta a considerar la forma más segura de todas: no hacerlo.

Goldie lanza a su hermana una mirada furiosa e incrédula.

—Está bien, está bien. —Scarlet levanta las manos—. Era solo una idea.

Goldie se dirige a Liyana.

—¿Qué propones?

—Parece peligroso —Goldie aprieta las manos y mira a Liyana, que acaba de explicar el plan de Sisi—. Y no es seguro que funcione.

Liyana arrastra un dedo por la niebla, dibuja círculos.

—Es la mejor alternativa. Al menos, así puedes evitar el asesinato.

—Me parece una locura —Scarlet enciende otra rama—. Pero, si debemos hacerlo…

Goldie le dirige una sonrisa de agradecimiento.

—Gracias, sé que no es… lo ideal.

—Por no decir otra cosa —Scarlet se encoge de hombros—. Pero tú harías lo mismo por mí.

Goldie asiente.

—Si Eli muere, prometo que seré la primera en la fila para ayudar a traerlo de vuelta.

Scarlet suspira.

—Ahora mismo, no estoy del todo segura de querer que lo hagas.

—¿Qué? —Liyana levanta una ceja—. ¿Problemas en el paraíso?

—Cállate. —Las chispas brotan de las yemas de los dedos de Scarlet. Una de ellas se posa, como una brasa errante de un fuego, en la rodilla de Liyana. Arde hasta formar un agujero en sus *jeans*—. No, todo está bien. Solo estoy…

—¡Maldita sea! —Liyana escupe en la tela humeante, acaricia la quemadura—. Estos son mis favoritos, lo hiciste a propósito.

—Lo siento. —Scarlet le muestra una sonrisa inocente—. Fue un lamentable accidente.

—Por favor, paren —dice Goldie—. Necesitamos estar unidas para que esto funcione. Necesitamos que nuestra fuerza combinada sea más poderosa que la muerte, por el amor de Dios. No podemos perder el tiempo.

Scarlet y Liyana la miran, distraídas por un momento de su disputa.

—¡Por favor! —suplica Goldie—. Necesito hacer esto. Y si no me ayudan a hacerlo de esta manera, lo haré sola de la otra forma.

Al decir esto, siente que aquella ira mutua disminuye, rueda hacia atrás como niebla que se pliega, se hunde en el suelo como un suflé derretido.

—Está bien —dice Scarlet—. Si Ana puede arreglárselas para no subestimar mi relación durante dos días, entonces guardaré mis chispas para mí.

—De acuerdo. —Liyana deja caer las tres bolas de niebla, que instantáneamente se evaporan—. Prometo que no mencionaré el error colosal que…

—¡Ana!

—Está bien, está bien —dice Liyana, mientras un trueno suena a la distancia—. Mantendré la boca cerrada.

—¡Eso sería un milagro! —resopla Scarlet—. No podrías durar…

—Scar —advierte Goldie—. Basta, las dos.

Liyana y Scarlet se cruzan de brazos y miran a Goldie con desprecio. Con un suspiro, Goldie mete la mano en el bolsillo y saca una ofrenda de paz.

—Escribí esto —le entrega a Liyana una página arrugada con líneas escritas en letra cursiva—, es para ti.

Liyana lo toma y empieza a leerlo.

—No, ahora no —dice Goldie—. Más tarde. Cuando estés en casa.

—De acuerdo. —Liyana asiente—. Gracias.

Scarlet lanza una mirada lastimera a Goldie.

—¿Nada para mí?

—Oh, vamos —dice Goldie—. Sabes que no lo planeo. No tengo ninguna favorita, no decido qué escribir o para quién escribirlo. Las historias vienen a mí y luego, en algún momento, decido a quién dárselas.

Scarlet resopla, insatisfecha.

—No te preocupes —Goldie palmea la rodilla de su hermana—; no tardará en llegar uno para ti.

Scarlet levanta una ceja, incrédula, pero no dice nada. Las hermanas vuelven a sumirse en el silencio y la niebla se extiende.

Siguen las curvas serpenteantes de un río. Liyana lanza miradas anhelantes al agua, Goldie se queda en el lado más alejado de la orilla y Scarlet en el centro. Caminan por los senderos de piedra y musgo sin hablar, rozan las cortinas de sauces, pasan por encima de los troncos cubiertos de líquenes y ahogados en lianas de hiedra. Los únicos sonidos son el agua del río, los graznidos de los cuervos que caen del cielo iluminado por la luna y las alas de los murciélagos que se elevan y ruedan sobre sus cabezas.

—¿Segura de que estás bien? —Goldie mira a Scarlet—. Porque, a pesar de todas las burlas de Ana, sabes que haríamos cualquier cosa por ti, ¿verdad?

Scarlet deja de caminar para apoyarse en el tronco de un abedul plateado, como si estuviera demasiado agotada para seguir. Observa el río, sigue los reflejos de la luz de la luna en el agua ondulante, arranca con distracción una ramita y la deja caer en la corriente.

—¿Alguna vez jugaste a los palitos de Pooh? —pregunta sin levantar la vista.

—Por supuesto. —Goldie pasa por encima de las piedras y se coloca con cautela al borde del río, junto a ella. La niebla ha vuelto a aparecer y no puede ver el camino—. ¿No lo hace todo el mundo?

Scarlet arranca otra ramita y la deja caer en la corriente. Al oír el chapoteo, Goldie se asoma al agua. Todavía no puede entender la atracción de Liyana por algo tan potencialmente peligroso. Goldie no pensaría en poner un pie en el mar. Al oír a Liyana acercarse detrás de ellas, Goldie intenta tomar la mano de Scarlet, quiere sacarla de donde sea que se haya metido, pero en lugar de eso pierde el equilibrio en el musgo resbaladizo. Cae hacia atrás y se golpea el cráneo con las raíces del abedul plateado. Después, se desliza por la orilla fangosa y cae al agua.

Mientras Goldie se hunde, lo último que oye es el grito de Scarlet, después es arrastrada por las rápidas corrientes. Ahora solo queda el torrente de agua, el chapoteo amortiguado, el pulso de su sangre. Lo único que alcanza a mirar antes de que la oscuridad la envuelva es una visión arremolinada de la niebla que se cierne sobre el río. El tiempo se acelera y se ralentiza. Goldie se pregunta si sus hermanas están tranquilas, si esperan que salga ilesa en cualquier momento, o si gritan asustadas.

Para su sorpresa, Goldie está relajada. Incluso, cuando empieza a tragar agua, está tranquila. «Debería haber aprendido a nadar.

Me levantaré antes de ser arrastrada demasiado lejos», piensa. «O me hundiré en el abrazo de Leo». Si no es un suicidio, ella no tiene ninguna razón para sentirse culpable. Sus hermanas cuidarán de Teddy. Él tiene agallas. Estará bien. Pero luego piensa: *es* un suicidio si no lo combato. Comienza, sin entusiasmo, a agitar las piernas, pero la corriente sigue sujetando sus tobillos, tira de ella hacia abajo. Ella patalea más fuerte, alcanza la superficie, sus manos no encuentran dónde sujetarse entre la oscuridad del líquido.

Cuando todo impulso de lucha la abandona, Goldie cierra los ojos y se deja hundir. Se lo permite. Todo está bien ahora. Ha sido un accidente. No es su culpa. Pero entonces piensa: ¿lo fue? Lleva mucho tiempo con ganas de morir. Estuvo esperando, rogando por ese regalo. Quizás ella lanzó un hechizo, tal vez esta es la culminación de todo ese anhelo. «No importa», piensa. «Nadie más que yo lo sabrá».

Goldie sonríe, traga un último chorro de agua para llevarlo a sus pulmones.

«Ya voy, Leo. No tardaré mucho».

Y entonces se levanta. Arriba, arriba, arriba. Rompe el agua, fuera de la oscuridad y hacia la luz plateada. Se convulsiona, tose, fuertes toses queman su tráquea, como si sus costillas cortaran sus órganos y la desgarraran por dentro. Goldie balbucea, escupe y se ahoga, mientras expulsa de sus pulmones la mitad del río. Se queda jadeando y parpadeando con los ojos irritados, hasta que por fin se detiene y puede ver con dificultad las formas de los rostros de sus hermanas que se ciernen sobre ella, con los bordes difuminados por la niebla.

Las mira antes de doblarse por un nuevo ataque de tos, hasta que se abraza con fuerza los costados, gime y jadea con los ojos cerrados. Goldie se atraganta intentando comunicarse con sus hermanas; busca palabras, pero no encuentra ninguna. ¿Por qué está aquí? El musgo es suave y húmedo bajo su cuerpo, algunas piedras presionan con fuerza su piel. ¿Dónde está Leo?

Dice las palabras y, al cuarto intento, consigue expulsarlas.

—¿Dónde está Leo?

Liyana y Scarlet fruncen el ceño a través de la niebla.

—¿Qué? —pregunta Scarlet, que le acerca su rostro—. ¿Qué pasa? Estás parloteando.

Liyana sujeta el brazo de Goldie con los dedos clavados en la carne.

—¿Por qué demonios —la reprende—… por qué demonios no has aprendido a nadar?

30 de octubre
1 noche

Goldie

Tras recuperar la energía suficiente para volver a casa, Goldie se mete en la cama con Teddy y lo abraza con fuerza. Para su sorpresa, él no se aleja, sino que, una vez que ella lo suelta, la deja tumbarse a su lado. A Goldie le duele el cuerpo como si la hubieran golpeado y tiene la garganta en carne viva de tanto tragar agua. Así que pone las manos en su pecho para curarse a sí misma, para aliviar sus músculos magullados y sus huesos doloridos, para proveerse de energía y fuerza para restaurar sus antiguos niveles de poder, en una especie de pequeña resurrección. Observa los remolinos de yeso en el techo. Goldie desea que sean las nubes de Everwhere y que la fea pantalla ovalada se transforme en la luna inamovible. Desea estar acostada sobre una manta de musgo blanquecino, escuchar el susurro de las hojas y los graznidos de los cuervos, en lugar de las respiraciones suaves de Teddy. Estar acostada a su lado solo exacerba la espesa y pegajosa culpa que recubre su lengua y se asienta sobre su corazón como el peso de una roca. Siente culpa por haber estado tan dispuesta a morir, a abandonar a su hermano, a descartarlo con tanta facilidad.

—Lo siento —murmura en el cálido cuello de Teddy—. He sido tan miserable y egoísta, debí esforzarme más, debí tratar de salir de esto, vivir para ti y cuidarte mejor, soy tan… —Las lágrimas resbalan por sus mejillas y un sollozo sube a su garganta, tragándose sus palabras.

183

«Si pudiera volver atrás en el tiempo y hacer todo de nuevo, sería una mejor madre para ti. Ojalá pudiera, pero solo puedo… Cuidarte y dejar de pensar solo en mí, en mis propias miserias y en mis propios deseos. Prometo ser mejor persona, intentarlo de nuevo».

Tras responder con un gemido desde sus sueños, Teddy se da la vuelta para sumergir su cara en el cabello de Goldie y aplastar su cuerpo delgado y duro contra el cuerpo blando de ella. Ante eso, Goldie llora más fuerte, tiembla por el esfuerzo de sofocar sus sollozos por miedo a despertarlo, despliega una cadena de promesas y le dice que nunca, bajo ninguna condición, lo abandonará.

Liyana
La tía Nya todavía no ha salido de su habitación. Liyana intentó sacarla de la cama para que se desplomara en el sofá, piensa que es un lugar un poco menos deprimente para pasar el tiempo; piensa que arrastrar los pies por el pasillo hasta la sala de estar al menos sugiere un intento, aunque ilusorio, de querer vivir tu vida. No salir de la cama en absoluto, opina Liyana, equivale a rendirse. Pasar el resto de la vida dormida es igual que estar muerta.

Cuando Liyana le lleva a su tía una bandeja con té y pan tostado para el desayuno (como lo hace todos los días para el almuerzo y la cena también, aunque cada bandeja se desecha sin tomar un sorbo o un bocado), desliza la página manuscrita de la historia de Goldie, «Sin precio», debajo del plato. Espera que despierte la curiosidad de Nya para que la tome y la lea. Si eso no ayuda a reavivar el corazón de Nya y a despertar dentro de ella el deseo de vivir, no sabe qué más podría hacer. Las esperanzas de Liyana no son altas.

Dos horas después, cuando Liyana entra de puntitas en la habitación de su tía para recuperar la bandeja, el cuento ya no está; el té y el pan tostado se terminaron. Observa el plato y la taza vacíos. Ha visto cómo se desvían los ríos y cómo se hace llover desde el cielo, ha visto polillas resucitadas, pero ahora, ante esta imagen tan simple y común de un plato y una taza limpios después de comer, Liyana es casi incapaz de creer lo que está mirando.

Scarlet

Scarlet y Eli se sientan a la mesa para cenar. Esta noche, él llegó a casa antes de las siete. Un pequeño milagro. Scarlet pincha el salmón, demasiado cocido y sin tocar, y observa su plato. Eli se sirve su tercera copa de vino. Le ofrece de la botella.

—¿Quieres un poco?

—No, gracias. —Eli deja la botella sobre la mesa.

—¿Has olvidado que no estoy bebiendo?

—¿Qué? No. —Eli mastica y traga. Claro que no—. Pero se te permite algo, ¿sabes? No tienes que ser tan ortodoxa al respecto.

Scarlet no dice nada. «Solo estoy siendo cuidadosa», piensa ella. El silencio se extiende entre ellos como un niño enfurruñado. Scarlet no puede imaginarse que un día tengan su propio niño enfurruñado. ¿Cómo se transformarán estas células que se multiplican en un pequeño ser humano? Parece imposible.

Eli levanta la vista.

—¿Estás bien?

—Estoy bien.

—No pareces estar bien.

Scarlet se encoge de hombros.

—Lo estaré.

Eli deja el tenedor.

—¿Sabes?, esto no va a funcionar si no confías en mí.

Scarlet finge interés en sus papas.

—Lo sé.

Eli le tiende la mano al otro lado de la mesa. Ella no le devuelve la mano, pero se las arregla para no estremecerse cuando él la toca.

—¿Entonces?

—¿Qué?

—¿Confías en mí?

Scarlet vacila.

—Sí.

Eli le aprieta la mano.

—Eso suena —oye la sonrisa en su voz, el intento de frivolidad— más como una pregunta que una respuesta.

Scarlet fija sus ojos en sus manos. ¿Cuánto tiempo hace que no aparecen esas pequeñas lluvias de chispas cuando se tocan? Al fin, levanta la vista.

—Quiero confiar en ti —dice—. Lo haré. Pero solo han pasado unos días. Yo solo… hago lo mejor que puedo.

—Sé que lo haces. —Eli levanta la mano de ella hacia su boca y la besa con suavidad. Scarlet cierra los ojos—. Y yo… —él busca la palabra— estoy inmensamente agradecido de que me des otra oportunidad. Solo deseo que todo pueda volver a la normalidad.

«Entonces quizá no deberías haberte cogido a otra mujer».

—Eso no es culpa mía —dice ella.

—Dios, ya lo sé. —Eli sacude la cabeza—. No quería decir eso, no te sugería… Y créeme, voy a pasar el resto de nuestras vidas compensándote. Yo solo… Deseo volver a tener lo que teníamos antes.

Le besa las yemas de los dedos y Scarlet lo observa. «¿Alguna vez tendremos eso?», se pregunta. «¿Es posible que vuelva a ser lo mismo de nuevo? ¿Dejaré alguna vez de querer comprobar su teléfono? ¿Podré confiar por completo en que está en sus viajes de negocios? ¿Estará conmigo siempre el mismo susurro de duda?». En este momento, Scarlet no puede imaginar que el perdón sea posible, y mucho menos el olvido. «¿Cómo se puede *olvidar*? ¿Cómo dejar de imaginarlo cogiendo con otra? Los besos. La charla obscena en la almohada. ¿Qué le dijo él a ella? «Me encanta cogerte. Quiero deslizar mi...». ¿Y Eli le habrá dicho a aquella desconocida lo mismo que me dice a mí?».

Scarlet sacude la cabeza, desaloja las palabras, pues pensar en esto es casi demasiado para soportar. Lo único peor es hablar de amor. Eli mantiene, categóricamente, que fue «solo sexo». ¿Acaso no es la frase más terrible del idioma? «Solo sexo». Tan intrascendente como para ser descartable de inmediato, pero no tanto como para poder resistirse, ni tan irrelevante como para elegir hacer otra cosa en su lugar. Ver un partido de futbol. Beber una cerveza. Leer un libro. No, no es tan «solo sexo» como eso.

—¿Estás bien?

Scarlet mira hacia arriba.

—¿Perdón?

—Te preguntaba si estabas bien —dice Eli—. No me oíste.

—Lo siento —dice Scarlet de nuevo—. Estaba...

Podrían hablar de ello. Podría preguntarle de nuevo por detalles para que la tranquilice, para que le haga promesas. Pero este incesante carrusel de palabras, imágenes y lágrimas que nunca se detiene, nunca llega a un nuevo y anhelado destino, es tan agotador. Las preguntas son dolorosas de hacer y las respuestas son dolorosas de escuchar. Y nunca conducen a otro lugar que no sea el dolor. Un dolor incesante, implacable.

—Estoy... —Scarlet comienza de nuevo—. Estoy bien.

Goldie

Mientras pasa la aspiradora por la alfombra afelpada color crema de la habitación veintisiete, Goldie mira con nostalgia la cama. Está muy cansada después de no haber dormido la noche anterior. Esto, agravado por semanas de muy poco descanso, hace que apenas pueda mantenerse erguida. En todos los años que lleva limpiando habitaciones de hotel, nunca se ha sentado, y mucho menos acostado en la cama. Es demasiado arriesgado, tanto la posibilidad de que la atrapen como el precio que hay que pagar; es demasiado alto. Pero el agotamiento suaviza los bordes tanto de la razón como del miedo. «¿Qué daño puede hacer», piensa Goldie, «si solo me detengo un momento?».

Goldie se encuentra en un claro. Los sauces que flanquean su escondite están tan apretados que sus ramas se entrelazan en un dosel tan denso que el cielo ya no es visible. Goldie tarda unos instantes en acostumbrarse a la oscuridad y un rato más para darse cuenta de que ha vuelto a Everwhere, lo que significa que debió quedarse dormida en la cama del hotel. Maldita sea. Está a punto de despertar y volver cuando ve algo a sus pies: un pequeño cuerpo. Goldie dobla sus rodillas para agacharse junto a la criatura: es un zorro con el cuerpo roto como si lo hubieran partido por la mitad. Se pregunta qué hacer. Pone una mano en su costado: todavía está caliente.

—¿Qué haces?

Goldie levanta la vista y ve a Liyana salir de entre un ramillete de hojas de sauce; camina hacia ella. Muy rápido, Goldie retira su mano del zorro y se levanta.

—No lo maté yo. No estaba…

Liyana frunce el ceño.

—No dije que tú lo hayas hecho. ¿Por qué crees que lo pensaría?

Goldie sacude la cabeza.

—Nada. Yo solo… lo encontré aquí y pensé…

—¿Qué?

—Bueno, acabo de llegar y él estaba aquí y pensé…

—Que deberías practicar. —Liyana termina la frase de su hermana.

Ahora ella también está de pie junto al zorro, mira hacia abajo aquella maraña de pelo y huesos. Goldie asiente, aliviada.

—Sí, exacto. No tenemos mucho tiempo, y qué pasaría si no funciona, si…

—Funcionará.

—Sí —insiste Goldie—. Pero si no lo hace, solo tenemos hasta mañana por la noche…

—Lo sé. Y está bien —dice Liyana—. Deja de preocuparte.

—No está bien —dice Goldie; su voz empieza a subir de tono—. Está bien para ti. Tienes al amor de tu vida contigo, todos los días. Y si no está contigo, puedes llamarla por teléfono. Tú no tienes idea de lo que es para mí. Tres años sin una palabra, o una caricia, o… —Las lágrimas ruedan por las mejillas de Goldie y caen sobre el cuerpo del zorro—. Son nueve…, más de mil…, demasiados días. Y cada uno de ellos como un año. ¿Lo sabes? ¿Tienes alguna idea de cómo es?

Liyana sacude la cabeza, tiene la decencia de mostrarse un poco avergonzada.

—No —dice Goldie y se calma un poco—. Y ahora tengo una oportunidad, una sola, de recuperarlo. Así que perdón si tengo pánico.

—Deberías estar en el agua. —Liyana mete la mano en su camisa para extraer el talismán de Mami Wata—. Aprovecharemos mejor el poder allí.

—Es solo una práctica —dice Goldie y lanza una ansiosa mirada hacia el río—. Podemos hacer todo bien mañana.

—No deberíamos dejarlo para mañana —murmura Liyana—. Es demasiado peligroso. Mira lo que pasó anoche.

Ante sus palabras, Goldie deja escapar un pequeño sollozo y cae de rodillas.

—Está bien, está bien —Liyana se arrodilla a su lado—. No digo que… Mira, hagámoslo juntas.

Liyana besa la pequeña cabeza de madera de Mami Wata mientras murmura un conjuro. Detrás de ella, una hilera de sauces se estremece, esparce hojas sobre las hermanas y el pequeño cadáver.

Liyana cierra los ojos e inclina la cabeza, frota rítmicamente la talla y continúa murmurando la inaudible invocación.

Siguiendo el ejemplo de su hermana, Goldie cierra los ojos, inclina la cabeza y entona su propia oración inventada e intuitiva, una petición de ayuda y una bendición. Levanta la vista para ver a Liyana, quien extiende sus manos sobre el zorro con la cabeza todavía inclinada, que ahora está envuelto en hojas. Goldie toma las manos de su hermana.

—*Ina rokon albarkunku, Mami Wata* —Liyana entona al principio en voz baja, luego cada vez más fuerte para que su voz llene el claro—. *Rike hannuna kamar yadda na kawo wannan dan kadan daga sauran rayuwa.* —Hace una pausa, invita a Goldie a unirse—. *Ina rokon albarkunku, Mami Wata* —cantan juntas—. *Rike hannuna kamar yadda na kawo wannan dan kadan daga sauran rayuwa.*

Sin dejar de cantar, Goldie imagina al zorro, sus ojos amarillos parpadeando, su suave pelaje rojizo salpicado de manchas blancas como destellos de sol. Se imagina al zorro vivo, saltando por encima de troncos caídos, sus patas corriendo sobre piedras y rocas, el cuerpo tenso como el alambre, las orejas agitándose ante el lejano crujido de una rama. Liyana suelta las manos de su hermana para presionar ambas palmas contra el pecho del zorro, mientras Goldie toma su pesada cabeza. Empiezan a recitar el nuevo conjuro.

Una ráfaga de calor se filtra de sus manos, y más rápido que ninguna de sus otras curaciones, todo el cuerpo del zorro empieza a calentarse.

—*Ina rokon albarkunku, Mami Wata* —repite Goldie. Ahora Liyana aprieta sus manos alrededor del cráneo del zorro mientras el calor reanimador se filtra desde su piel hasta el animal—. *Rike hannuna kamar yadda na kawo wannan dan kadan daga sauran rayuwa*…

—*Ina rokon albarkunku, Mami Wata* —conjura Liyana—. *Rike hannuna kamar yadda na kawo wannan dan kadan daga sauran rayuwa.*

Entonces, lo sienten. El temblor de una oreja, el repentino movimiento de las piernas rígidas. Liyana levanta la vista para encontrarse con la mirada de Goldie y, todavía cantando, se sonríen una a la otra. Una convulsión sacude al zorro desde la nariz hasta las patas y luego, en un movimiento súbito y rápido, se levanta. Después, se sacude lo que queda de su cubierta de hojas y mira a las hermanas durante una fracción de segundo con sus agudos ojos amarillos antes de saltar, lanzarse a través de las piedras y desaparecer entre las cortinas de hojas.

—Ni siquiera un gracias —dice Liyana, boquiabierta—. Qué grosero.

—Los niños de hoy en día —dice Goldie—. Qué desagradecidos—. Se sonríen la una a la otra como extasiadas; sus risas, alentadas por el alivio y la esperanza, resuenan en la estela del zorro y se elevan por encima de los árboles. En una rama oculta, el cuervo mira a sus hermanas con ojos orgullosos y brillantes. Ninguna de ellas ve las grietas que empiezan a formarse a lo largo de los troncos de los árboles del claro, marcándolos como rayos. Ninguna de ellas siente los leves temblores que se producen bajo la red de raíces y el suelo cubierto de musgo.

Liyana

Sentada en su cama, baraja las cartas. Una y otra vez, y una vez más para tener suerte. Cuando las corta y las pasa de su mano derecha a la izquierda, una se desprende y se cae. Se inclina sobre el borde de la cama y se acerca al suelo para recogerla: El Diablo.

Liyana lo mete de nuevo al mazo, continúa barajando y sigue tirando. Pero, cada vez que mira hacia abajo, El Diablo está al frente. Ella lo vuelve a meter al mazo, una y otra vez, todavía con esperanza. La alegría optimista que sintió en Everwhere se desvanece y ahora tiene miedo.

—Háblenme de la noche de mañana —susurra—. Díganme que va a funcionar.

Liyana contiene la respiración para barajar por última vez, y luego reparte cinco cartas en su edredón. Él es el primero en aparecer, seguido por el Tres de Espadas, Los Amantes invertidos, El Mago y La Torre. Sus dibujos son intrincados, brillantes contra el edredón blanco.

El Diablo: un hombre y una mujer encadenados por los tobillos; la mujer está vestida con un traje extravagante; el hombre desnudo, con la piel verde y los ojos rojos, el cabello engominado en forma de cuernos, pies con forma de pezuñas. La mujer evita su mirada, pero él la observa como si quisiera algo que ella no quiere dar. *Codicia, tentación, obsesiones y adicciones.* El Tres de Espadas: una chica sentada sobre una piedra sostiene su propio corazón en sus manos, las espadas atraviesan su corazón, la sangre gotea de sus puntas. *Destrucción del corazón, aislamiento, devastación.* Los Amantes al revés: una pareja de enamorados se abraza sobre una alfombra de corazones que se eleva sobre una ciudad iluminada. *Engaño, separación, pérdida.* El Mago: una mujer con un manto dorado sostiene una varita brillante hacia el cielo, un búho vuela encima, hadas y duendes bailan a sus pies. *Posibilidades infinitas, poder, determinación, acción.* Y tal como Liyana temía, La Torre: un viento gris sopla a través de una torre de piedra que se desmorona, un hombre y una mujer caen al vacío desde sus ventanas. *Un repentino colapso, el cambio de la fortuna, la derrota.*

Liyana busca patrones en las cartas, significados en sus conexiones, busca esperanza donde no la hay. Poco a poco, los elementos se mezclan y ella entiende las interpretaciones únicas que se producen con cada tirada. Cuando la lectura está completa, cuando no hay nada más que ver, ninguna esperanza que encontrar, Liyana se queda reflexionando. La identidad de El Diablo aún no está clara, pero esto es seguro: Goldie no conseguirá lo que quiere. Liyana no sabe *qué* ocurrirá con exactitud. Pero está segura de una cosa: implicará un gran sufrimiento para todos.

31 de octubre
Esta noche

Goldie

Teddy le lleva el desayuno a la cama. Triángulos torcidos de pan quemado con mantequilla fría demasiado espesa y muy poca mermelada de fresa, junto con una tibia taza de té con leche.

—¡Feliz cumpleaños! —dice, sonriendo con el orgullo de quien acaba de cocinar una cena de tres platos que culmina con un suflé perfectamente esponjado.

—Gracias, Teddy —Goldie da un tímido sorbo al té—. Esto es muy inesperado y muy amable.

—De nada. —La sonrisa de Teddy se amplía—. Y también te traje algo.

—¿En serio? —dice Goldie, e intenta no parecer nerviosa.

—No te preocupes, ¡no lo robé! —se ríe Teddy—. Pero no pude comprarlo, así que lo dibujé.

—¿De verdad? —Goldie sonríe, encantada de que vuelva a dibujar, y conmovida por que se haya molestado en hacer algo—. Muéstrame.

Teddy se escabulle por la sala de estar para meterse detrás de las pantallas que rodean su cama. Regresa un momento después con los brazos en la espalda. Goldie se sienta.

—Esto es emocionante.

Sonriendo, Teddy le entrega un papel.

—Es…

—¡Everwhere! —termina Goldie. No necesita que él que se lo

193

diga, ya que es la representación más exquisita y él incluyó todo: la luna inamovible, los ríos serpenteantes, el aire brumoso, los árboles envueltos en la niebla, las hojas, cada piedra, sombra, rama y pájaro—. Pero... ¿cómo lo hiciste?

Teddy se encoge de hombros, pero el gesto no oculta su alegría.

—Me lo has contado.

—Sí, pero... —Goldie sujeta el dibujo como si fuera un recién nacido, con temor de que se le caiga—. Esto no es solo cómo se ve, es *cómo se siente*. Es... asombroso.

—Entonces soy un artista y un chef —dice Teddy con una luminosa sonrisa—. No está mal para un día. Puedo prepararte una cena de cumpleaños esta noche, si quieres.

Con mucho cuidado, Goldie deja el dibujo a su lado y vuelve a desayunar. Mordisquea un triángulo de pan tostado de adentro hacia afuera. Respira profundo.

—Es muy amable de tu parte que te ofrezcas, Teddy, pero pensaba que podríamos comprar comida en algún sitio. Tú eliges, lo que quieras.

Su hermano frunce el ceño.

—Pero es tu cumpleaños, deberías elegir tú.

Goldie le sonríe, piensa una vez más en lo mucho que lo quiere. Siente miedo al pensar en esta noche y lo que está por venir. Pero se recuerda a sí misma al zorro y lo fácil y sin esfuerzo que fue todo. «Será mucho más difícil con Leo, cuando ni siquiera tenemos un cuerpo para albergar su espíritu», piensa —pero también tendrá de su lado a Liyana y a Scarlet, y sus poderes estarán en su apogeo. Juntas pueden hacer cualquier cosa. «Está bien», se dice Goldie, «está bien, no te preocupes, todo estará bien».

Scarlet
Scarlet está despierta junto a los ronquidos de Eli, al mismo tiempo que intenta ignorar el mudo canto de sirena del teléfono en la

mesita de noche de Eli. Hoy fue muy amable con ella y se tomó el día libre para invitarla a almorzar en Core, donde comieron el menú de degustación de 165 libras y Scarlet probó el postre más delicioso, una extravagancia maltesa que jamás había pasado por sus manos. Le regaló el brazalete, envuelto en seda y besos, y fue tan tierno y amable como cuando se enamoraron por primera vez. En definitiva, Eli hizo todo lo posible para conseguir el perdón.

Scarlet cierra con fuerza los ojos, intenta dormir. Debería poder hacerlo, nunca se sintió tan cansada. Se sintió agotada todo el día, como si arrastrara un ancla de plomo a cada paso. «Hacer crecer a un humano no es poca cosa», piensa Scarlet.

Trata de olvidar los comentarios de su hermana, de ignorar el insistente golpecito de la duda, un pájaro carpintero escéptico en su hombro. ¿Cuándo desaparecerá? ¿Cuánto tiempo tiene que esperar para volver a sentirse más o menos normal? Y lo que es peor, ¿es posible que nunca vuelva a sentirse normal?

Abre un ojo para mirar a Eli. ¿Cómo puede dormir? Como si no hubiera hecho nada malo, como si no tuviera culpa ni vergüenza ni preocupaciones, ninguna realidad discordante que lo arrastre de la deliciosa oscuridad silenciosa del sueño a la luz ardiente y dura del insomnio. ¿Cómo puede desconectar todos los pensamientos, los recuerdos y las preocupaciones?

En el fondo, Scarlet sabe quién debe ganar en esta batalla de voluntades entre su yo desconfiado y su yo confiado. De hecho, la victoria ya fue declarada. Solo espera que Scarlet la admita para anunciarse. Tan solo queda por ver cuántas noches amargas pasará Scarlet antes de que vuelva a abrir la tapa de la caja de Pandora.

«¿Qué esperas?». El pájaro carpintero insiste con la voz de Liyana. «Has enterrado a tu madre y a tu abuela, disparas llamas con la punta de los dedos, podrías asar a un hombre vivo si así lo deseas. Eres una guerrera, una bruja, una mujer. Y tienes demasiado miedo para tomar un teléfono».

Los segundos pasan. Las burlas resuenan en sus pensamientos. Las nubes se desplazan tras las cortinas y la luz de la luna se filtra en la habitación.

Por fin, Scarlet se inclina sobre los ronquidos de su prometido y toma el teléfono.

—Pero ¿por qué? —Scarlet solloza—. ¿Por qué lo prometiste? ¿Por qué? Si tú sabías…

Ahora es ella la que se deshace. ¿Cómo pudo ser tan estúpida, tan ingenua? ¿Cómo pudo llegar tan lejos? Liyana tenía razón. Una vez Scarlet fue una hermana Grimm. Ganó todos los combates que peleó. Manipuló los elementos, creó grandes arcos de fuego con la punta de sus dedos. Y ahora, le da vergüenza mirarse a sí misma. Destruida por un solo idiota, un ser humano.

—¿Por qué lo hiciste? —Scarlet se limpia los ojos una y otra vez, desea poder dejar de llorar—. ¿Por qué?

—Porque… —murmura Eli. Se sienta en la cama, tambaleándose en el borde, con las manos juntas. Ella está de pie en la alfombra, tan lejos como para estar fuera de su alcance—. Porque no quería perderte.

—Así que… mentiste. —Su corazón late tan fuerte y rápido que teme que pueda tener un ataque. Se lleva las manos al pecho, preocupada por la oleada de pánico que recorre su torrente sanguíneo. Pero seguro no puede afectar a un feto tan ínfimo.

Eli guarda silencio. No es una pregunta y no intenta responder, no intenta defenderse de esta justa acusación.

—Siento mucho haberte hecho daño —dice—. No era mi intención, no quería que te enteraras… Siento que te hayas enterado, quiero decir, no. Siento que… —Scarlet lo observa, incrédula.

—Lamentas que me haya enterado —repite, con una indignación que envuelve la tristeza—. ¿La-men-tas-que-me-ha-ya-en-te-ra-do…?

196

—No, no, espera —Eli se sienta, busca las palabras—. No, no, eso no es… Tú no, eso no es lo que yo…

—Espera. —Scarlet lo detiene—. No estoy segura de que…, déjame… entender esto bien. —Empieza a caminar por la habitación, recorre de ida y vuelta la alfombra junto a la cama—. Entonces, ¿no te arrepientes de haberlo hecho? ¿No te arrepientes de haber seguido cogiendo con una mujer a la que prometiste que nunca, nunca te acercarías de nuevo? ¿No te arrepientes de los asquerosos correos electrónicos, sin texto, porque no eres idiota, escondidos en una carpeta llamada «Starbucks» que no pensaste que tendría el sentido común de revisar? ¿No? ¿Nada de eso? ¿Solo lamentas… que me haya enterado?

—No, no, no… —Eli se acerca a ella, pero Scarlet se retira—. Sí, claro que sí. Por supuesto. Soy una absoluta y total escoria, lo sé. Y yo… no sé, no sé. —Eli suspira—. Por favor, enséñame qué decir, dime qué hacer para arreglar esto y lo haré. Haré todo lo que quieras. ¿De acuerdo? Por favor, por favor solo dime qué hacer.

—¿De acuerdo? —dice Scarlet, repitiendo su frase. Lo observa—. ¿Sabes? Hace tiempo leí un artículo sobre el abuso doméstico, ese término aséptico utilizado para nombrar a los imbéciles que golpean y violan a sus esposas. ¿Sabías que la violación marital no fue legislada sino hasta 1991? Eso también estaba en el artículo. —Scarlet habla con voz lenta y firme, como si explicara algo sencillo a un niño pequeño. Entre la furia, por fin, encuentra su equilibrio. No más lágrimas—. Y hablaba una mujer en él, una mujer increíble, del tipo que puede convertir el sufrimiento en sabiduría, ¿verdad? Y…

—Todo eso es horrible —dice Eli—. Pero ¿qué tiene que ver con nosotros? ¿Es esto una conferencia sobre cómo todos los hombres somos mierda? Porque, si es así, yo…

—Si tuvieras la decencia de no interrumpirme— dice Scarlet—, entonces lo sabrías, ¿verdad? Y para que conste, no, no creo que todos los hombres sean mierda. Tus errores no los mitiga tu biología. Así que, como intentaba contarte, lo que esta mujer dijo fue: «Si me pegas una vez, qué vergüenza para ti. Si me pegas dos veces, qué vergüenza para mí». ¿Lo ves?

Eli frunce el ceño.

—No, la verdad que no.

—¿No? —dice Scarlet—. No pensé que fuera una idea tan compleja. Si me engañas una vez, Eli, qué vergüenza para ti. Si me engañas dos veces, qué vergüenza para mí. —Ella estrecha sus ojos—. ¿Lo entiendes ahora?

—Espera, espera —dice Eli, y extiende de nuevo la mano hacia Scarlet. Ella se aparta—. Espera, no puedes equiparar golpear a una esposa con lo que nos pasó. ¿Cómo podría ser lo mismo? ¿Qué te hace pensar que yo…?

—Tú —dice Scarlet—. Tú lo hiciste.

Eli sacude la cabeza.

—No, no lo hice.

—Claro que sí. ¿Recuerdas lo que dijiste? «Todos los hombres quieren engañar y los que no lo hacen solo tienen miedo de ser atrapados». ¿O te estoy citando mal?

Scarlet hace una pausa, y al ver que Eli no dice nada, continúa:

—Entonces, lo harás de nuevo. Y otra vez. Y otra vez.

—¡No lo haré! —grita Eli—. No soy un animal, soy capaz de ser discreto y de autocontrolarme. Si estar contigo significa que no puedo tocar a otra mujer por el resto de mi vida, entonces no lo haré.

Scarlet lo mira con odio, a ese hombre que una vez amó, en el que una vez confió con toda su alma. ¿Cómo pudo pensar que era el hombre más guapo que había conocido? Ahora sacude la cabeza.

—Me das asco.

—Lo sé. —Eli respira profundamente—. Sé lo que he hecho, sé que he actuado… —busca las palabras adecuadas— de forma espantosa. Sin pensar o cuidar, con… presunción, soberbia, sin respeto. Lo comprendo a la perfección. Asumo por completo la responsabilidad por todo lo que he hecho, y te juro que…

—No. —Scarlet sacude la cabeza—. No.

Y esta vez está claro, para ambos, que lo dice en serio. En la cara de Eli hay una mirada que Scarlet no había visto antes. Vuelve a ser un niño pequeño, desprovisto de toda seguridad en sí mismo. Está, después de todo, magullado y roto, y ella es la única que puede salvarlo.

—Por favor —Eli se levanta de la cama para luego arrodillarse; entonces, hace una mueca de dolor por el crujido de sus huesos sobre la alfombra—. Por favor.

Scarlet no dice nada.

—Esto no puede… —dice—. No puede terminar así. Por favor. Yo… no, simplemente no…

Scarlet lo observa y sigue sin hablar. Eli vuelve a mirarla, con ojos suplicantes y rebosantes de lágrimas.

—Yo no lo terminé —dice Scarlet—. Tú lo hiciste.

Y entonces se da la vuelta y se aleja.

Everwhere

Liyana observa a Goldie por el rabillo del ojo. Están en el claro donde hace tres años lucharon contra su padre demoniaco y ganaron, pero perdieron a Leo y a Bea. Después de ese día, Goldie nunca volvió a ser la misma.

Liyana mira el gran roble en la esquina del claro, lejos del río, con el tronco todavía marcado como si le hubiera caído un rayo.

—¿Estás…?

—No te preocupes —dice Goldie, tratando de calmar sus manos temblorosas—. Estoy bien.

—Deberíamos esperar —Liyana hace un último intento por detener el tren desbocado—. Las cartas me advirtieron que…

—No podemos esperar —interrumpe Goldie, con la voz demasiado alta por el pánico—. Es esta noche, o nunca. Esta noche somos más fuertes de lo que jamás volveremos a ser. No podemos arriesgarnos a esperar, no podemos perder la oportunidad. —Goldie mira a su hermana con los ojos llenos de lágrimas—. Por favor, Ana.

De mala gana, Liyana asiente. Scarlet, que está a su lado, no dice nada.

De pie en la orilla del río, evitando el brillo del agua, Goldie se saca la camiseta.

—Por favor, ¿podemos empezar?

Liyana vuelve a asentir con la cabeza y Goldie se da cuenta de que no la mira a los ojos. Se pregunta de nuevo por los secretos que podría estar guardando. Sin embargo, no le pregunta nada; está tan cerca de la posibilidad de recuperar a Leo que no quiere retrasarla ni un momento más.

—Deberías ser capaz de nadar —dice Liyana—. ¿Y si...?

—No es como la última vez —Goldie coloca su camiseta sobre una piedra larga y plana—. Eso fue inesperado, esta vez estamos preparadas. De todos modos, puedes controlar el río, y Scar también está aquí, así que estaremos bien.

Liyana y Scarlet se miran, y Scarlet asiente. Por un momento, Goldie se pregunta por qué Scarlet parece tan triste y está a punto de preguntar qué le pasa, cuando Liyana la interrumpe.

—De acuerdo —dice Liyana, decidida—. Comencemos antes de que llegue la niebla.

—De acuerdo.

Goldie empieza a desabrocharse los *jeans*, sus dedos temblorosos tantean los botones y resbalan.

—Vamos a prepararnos, ¿de acuerdo? —Pierde el equilibrio mientras se quita el resto de la ropa, apenas se salva de la caída gracias al brazo de Liyana. Goldie respira profundo mientras mira el agua. Su corazón se acelera y sus pulmones se contraen, como si recordara la noche anterior.

—No pasa nada —murmura para sí misma—. No te preocupes, todo va a salir bien.

Goldie levanta la vista para ver un cuervo posado en la rama de un roble que domina el río. Bea agita sus alas y las tres hermanas la miran. El graznido del cuervo ondea en el aire, hace que cada hermana se estremezca con una carga de posibilidad y poder, de esperanza y fe en que todo saldrá bien.

Tras deshacerse de sus propias ropas, Liyana y Scarlet dan un paso adelante para ponerse al lado de su hermana. Goldie mira hacia atrás y ve los tres montones de ropa: tejidos antinaturales, incongruentes montículos entre el musgo y la piedra. Luego mira a sus hermanas desnudas, con la piel brillante y sedosa a la luz de la luna, una perla negra, otra blanca.

Caminan hasta el borde del río, apartan una cortina de hojas de sauce, sus pies desnudos buscan el musgo en vez de las piedras mientras se arrastran por la orilla. Los ojos de Goldie se mueven de arriba hacia abajo y del río al suelo, y viceversa, atenta a cada cuidadoso paso, esta vez decidida a no resbalar en el barro. Bajo su mirada vigilante, las raíces de los árboles permanecen inertes, esperan. Mientras Goldie comienza despacio el empinado descenso, Liyana tan solo salta desde la orilla al río, y se hunde en la corriente antes de volver a subir. Scarlet es la siguiente, da dos pasos rápidos de la tierra al agua. Goldie, a pesar de sus desafiantes palabras, es la última, todavía sujetada a la rama doblada de un sauce, mientras se sumerge en el agua.

—Es seguro —dice Liyana, con los dedos extendidos por la superficie como las piernas de un barquero—. Está quieto.

Goldie ve que las corrientes se ralentizan y se calman como si todo el río se relajara. Momentos después, masajeada por las yemas de los dedos de Liyana, el agua es tan lánguida que contrasta con el corazón de Goldie, que, animado, late al doble de velocidad en su pecho.

Entonces, Liyana se levanta para desatar su collar, sujeta la talla de Mami Wata entre sus manos, le da un beso rápido antes de sumergirla en el agua. Mira al cielo, luego a las hojas susurrantes de los sauces y sabe que Sisi las observa, les desea lo mejor y las anima.

201

—Mami Wata —comienza Liyana—, te invito a empaparte de toda la fuerza de todas las aguas de Everwhere. —Hace una pausa antes de comenzar el canto—. *Ina kiran ku, Mami Wata, don yada ikon daga dukkan ruwa a duk Everwhere kuma kunshe da shi.* Cuando la contengas en tu interior, te pedimos humildemente que nos la transmitas.

Liyana todavía murmura su conjuro cuando una onda expansiva atraviesa el agua y lanza a Goldie y Scarlet hacia delante, pero se enderezan a tiempo para evitar hundirse y se arrastran por el río hasta situarse al lado de Liyana, que levanta a Mami Wata del agua y la coloca alrededor del cuello de Goldie. Después cierra el broche y toma las manos de su hermana.

—Scarlet te abrazará —dice Liyana—, y yo te bendeciré cuando te sumerjas, ¿de acuerdo? Estarás a salvo.

Goldie duda.

—¿Bajar? ¿Eso… tenemos que hacerlo?

Liyana asiente.

—Debes estar por completo sumergida en el agua, o no funcionará.

Goldie respira profundo. Piensa en Teddy, en cómo debe mantener su promesa hacia él, y luego en Leo.

—De acuerdo. —Con precaución, se inclina hacia atrás hasta que su cabello roza el agua.

—Está bien —Scarlet sostiene la cabeza de Goldie mientras se recuesta—. Te tengo.

Con el cuerpo extendido como una estrella de mar, Goldie está anclada a los brazos de Scarlet mientras las corrientes comienzan a agitarse de nuevo y Liyana dice las palabras de un hechizo que Goldie, con el agua que retumba en sus oídos, no puede entender. Mientras observa los labios de Liyana el tiempo se ralentiza y se estira, gira al ritmo de las corrientes, se retuerce y se enrosca hasta que Goldie no puede decir si ha estado sumergida durante un minuto o una hora o toda la noche. Cuando por fin se incorpora con ayuda de sus dos hermanas, puede sentirlo: una fuerza elemental que corre por sus venas, como si su sangre se arremolinara al ritmo de todas las aguas de Everwhere. Su cuerpo contiene cada lago, cada río, cada océano, una fuerza de cien mil toneladas, todo listo para ser liberado. Ahora ella contiene el poder de la tierra y del agua.

Liyana y Scarlet conducen a Goldie por el río hasta que ella sube a la orilla. Pero, aunque permite su apoyo, ya no lo necesita. Ahora es una reina y ellas son su séquito. Ella es Gea y Anfítrite, diosas de la tierra y del mar; sus hermanas son ninfas. Ahora Goldie sabe qué hacer, puede hacer cualquier cosa.

Oye un eco en el claro, palabras lanzadas desde arriba: «Eres una Grimm sin parangón, poderosa como ninguna otra jamás conocida. Esta noche eres omnipotente, esta noche eres invencible».

Mientras Goldie camina por el claro para llegar al lugar donde Leo murió, recuerda aquella noche. La luz apagada en los ojos de Leo cuando supo lo que se avecinaba. Un desgarramiento poderoso, como si un roble antiguo se rompiera. Cientos de espinas arrancadas de cientos de rosas se elevaron en el aire, se reunieron como enjambres de abejas; un puñado de flechas apuntó a su corazón. Ella corrió entre los rosales, sobre las piedras, el musgo, corrió mientras las espinas volaban, pero no llegó antes de que lo alcanzaran. Lo vio crucificado. Un gran relámpago partió el cielo, golpeó el tronco del árbol e hizo explotar a Leo desde el centro de su pecho, esparciendo su polvo a los cuatro lados del claro, dejando una reluciente cicatriz blanca desde las raíces hasta la copa del árbol.

Cuando llega al árbol con la cicatriz, Goldie se pone de rodillas y mete los dedos en la tierra. Recoge puñados, los levanta y deja que caigan como una cascada turbia. Luego levanta la mano y presiona la cicatriz con sus sucias palmas.

—¿Estás lista? —Liyana se coloca detrás de ella, junto a Scarlet. Goldie asiente, pero no se vuelve para mirarlas, todavía no. Liyana y Scarlet presionan sus manos contra la espalda de Goldie, cada

203

una de sus palmas en uno de sus omóplatos, y luego dan un paso adelante para flanquear el árbol. Goldie toca la pequeña figura de Mami Wata que cuelga entre sus pechos, frota la serpiente que se enrosca por su cuerpo, besa su cabeza tres veces.

Entonces las hermanas se toman de la mano.

—*Ina rokon albarkunku, Mami Wata* —comienza Liyana—. *Rike hannuna kamar yadda na kawo wannan dan kadan daga sauran rayuwa.*

—*Ina rokon albarkunku, Mami Wata* —se suma Scarlet—. *Rike hannuna kamar...*

Sus voces se elevan en el aire, se esparcen a través de las hojas, las palabras envuelven las ramas antes de elevarse hacia el cielo iluminado por la luna. Goldie cierra los ojos y recuerda a Leo. No su muerte, sino su vida. Con el mayor detalle que le permite su memoria, repasa su cuerpo, la galaxia de cicatrices a lo largo de su columna vertebral, doscientos sesenta y ocho lunas y estrellas. La forma en que la miraba cuando hacían el amor, su ternura y sensualidad, como si su corazón fuera una herida abierta en su pecho. Cómo la abrazaba, cómo la apreciaba.

—*Ina rokon albarkunku, Mami Wata* —susurra—. *Rike hannuna kamar yadda na kawo wannan dan kadan daga sauran rayuwa.*

Alrededor del cuello de Goldie, Mami Wata brilla como una brasa, hasta que empieza a chamuscar la piel de Goldie. Ella aprieta la mandíbula para contener el dolor, pero no abre los ojos. El recuerdo de Leo es tan vívido ahora, tan claro, que puede sentir su tacto, saborear sus besos, escuchar su voz.

—Leo.

—*Mi amor.*

—Has vuelto a mí.

—*Me has traído de vuelta.*

Goldie abre los ojos y ahí está él.

Se encuentra de pie donde estaba el árbol. Las hermanas de Goldie se han ido. El claro desapareció. Están solos en un lugar que es únicamente tierra y cielo. La niebla se hundió en el suelo húmedo, las nubes han asfixiado a la luna, así que todo está oscuro. Y sin embargo, Goldie aún puede verlo. Se ven el uno al otro como si estuvieran iluminados desde dentro, como si sus almas fueran dos soles nacientes. Están juntos, luminosos, desnudos. Nada los separa salvo la piel. Y luego, de repente, ni siquiera eso. Él está dentro de ella y ella dentro de él. Por fin, la absorción total, la delicuescencia mutua que Goldie siempre anheló. Son dos líquidos vertidos en un vaso, giran juntos hasta que cada uno es indistinto. Son partículas de aire reducidas a su esencia, a los once átomos esenciales para la vida. Se conectan y se recombinan, se fusionan de nuevo en las moléculas de un solo ser.

—¿Estamos…?

—*Sí.*

—¿Es…?

—*Sí.*

De nuevo, el tiempo se ralentiza y se estira, se desliza hacia los lados, sube y se hunde. Ellos se reúnen una eternidad o un segundo, o ambos.

Hay un silencio, un cese de todo. Y el tiempo se pone de nuevo en movimiento. Muy rápido, la oscuridad se desvanece y Goldie comienza a oír otros sonidos además del canto de sus hermanas. También empieza a ver otras cosas: el árbol que se eleva detrás de ella, las enredaderas de hiedra que envuelven su tronco, las hojas que caen, hasta que se percata de que ya no está dentro de él y él ya no está dentro de ella.

Un grito preternatural surge del suelo y desciende desde el cielo. Atraviesa a Goldie con la fuerza de cien mil amperios, se estremece en su cuerpo y bajo sus pies como el repentino desplazamiento de las placas tectónicas de la Tierra, reverbera en el aire como un trueno cercano.

Luego todo vuelve a quedar en silencio y Goldie se queda quieta.

Sabe lo que pasó. No necesita ver las caras de sus hermanas o sentir la ausencia de sus manos y su descarga de energía. Sabe que Leo se fue.

El suelo se traga los ecos del grito de Goldie y las réplicas se asientan, la agitación absorbe el aire fresco y tranquilo, como una vela ondulante que se apaga despacio por el viento. Todo vuelve a ser como antes. La bruma desciende, la niebla se extiende. La luna inamovible ilumina el musgo y la piedra. Los graznidos del cuervo caen desde el cielo de medianoche.

Everwhere volvió a su sitio.

Y sin embargo, algo cambió. Leo está aquí. Como siempre estuvo en espíritu, pero algo más que eso. Está más cerca. Es tangible. Como si Goldie pudiera alcanzarlo, y… Extiende sus brazos, las puntas de los dedos se mueven hasta que sus uñas rozan la corteza del árbol desollado. Todavía de rodillas, se arrastra hacia delante. Acaricia la cicatriz, la marca de la muerte de Leo, el grabado en su lápida. Rastrea sus bordes, como una vez trazó la longitud de su columna vertebral.

Goldie observa cómo empiezan a aparecer nuevas marcas en la madera lisa, símbolos que ella acarició tantas veces tres años antes: una constelación de lunas menguantes y diminutas estrellas que se extienden como un reguero de besos a lo largo de una sinuosa cicatriz. Los ojos de Goldie se humedecen y, antes de que su vista se nuble, presiona las palmas de las manos contra el árbol, extiende sus brazos alrededor del tronco para sujetarlo.

—Estás aquí.

—*Lo estoy*.

Goldie

Goldie, todavía desnuda, se sienta en las ramas del árbol. *Leo*. No se siente como él, por supuesto. El rasguño de la madera no puede imitar el suave tacto de su piel. Pero es todo lo que tiene y es más de lo que tuvo en mucho tiempo, más de lo que nunca pensó que volvería a tener, y es suficiente.

—Estás aquí —dice Goldie—. Estás aquí de verdad.

Ya lo dijo cientos de veces, pero no puede parar.

—*Estoy aquí.*

Goldie enlaza sus dedos entre dos ramitas que sobresalen.

—Siempre has estado aquí, ¿verdad?

—*Sí, pero no así.*

Sus ojos se humedecen.

—No recordaba el sonido de tu voz.

El calor de la mano de Goldie se filtra en la madera y se encuentra con la vida del árbol. Su piel responde, se calienta como si sostuviera la mano de Leo. Goldie sonríe. Una lágrima rueda por su mejilla y se limpia con el dorso de su mano libre.

—*Por supuesto, no la has escuchado en tres años.* —Él hace una pausa—. *Yo he escuchado la tuya casi todas las noches.*

—¿Me has oído? —Goldie se sienta, se levanta del tronco—. ¿Todo este tiempo?

—*No, al principio no. Pasó un tiempo antes de que empezara a… reintegrarme, antes de poder pensar o sentir de nuevo.*

—¿Pero no podías hablar?

—*No.*

—Siento que no haya funcionado, yo quería… —La visión de Goldie comienza a distraerse, teme su respuesta. Se aferra a una rama de nuevo, la sujeta con fuerza—. Pero ¿todavía te alegras de que te haya traído de vuelta?

—*Por supuesto, mi amor. Por supuesto que sí.*

¿Está dudando? ¿Le falla la voz? Goldie no lo sabe. Apoya su oído en el tronco del roble. Su voz suave emana de un nudo en la corteza, justo por encima de la punta de la cicatriz alargada. Ella se sienta en lo alto de las ramas. Sus hermanas se sientan abajo, en las raíces. De vez en cuando, fragmentos de su conversación flotan hacia arriba, palabras solitarias que se enganchan en ramitas de hojas.

Más abajo, Goldie ve que la niebla empieza a entrar de nuevo, extiende su manto de gasa sobre el musgo y la piedra. Un ligero viento hace temblar las ramas. Goldie cierra los ojos e imagina que la brisa es el aliento de Leo en sus labios. Ella no sabe qué decir ahora. Esperó este momento durante tantos años, y ahora que por fin llegó, no sabe qué hacer.

Quiere llorar, abrazar y besar el árbol con tanta fuerza que le pinche los labios con sus astillas. Pero siente una extraña timidez, como si estuviera cortejando a Leo de nuevo. Todas las cosas que quería decir ya no las recuerda y tras su resurrección se queda casi sin palabras. Pero no importa: tiene el resto de su vida para recordar el pasado, disfrutar del presente y mirar al futuro. Es solo entonces cuando Goldie se da cuenta de la gran ventaja inesperada de la transformación topiaria de Leo: no puede morir. ¿Cómo tardó tanto en darse cuenta de esto? Si hubiera resucitado como un mortal, entonces ella habría corrido el riesgo de perderlo de nuevo. Pero ahora van a estar juntos por el resto de sus vidas. Y eso, seguro, es casi suficiente compensación por todo lo que han perdido.

Leo

Ya no es libre. Ya no es sinapsis disparadas y moléculas que chispean, no puede ya viajar al azar a través de los cielos infinitos de Everwhere. Ahora es material. Esta noche es sólido, consciente de sus límites y de su alcance. Es un pájaro atrapado en una jaula, un prisionero condenado a la incomunicación durante mil vidas. Ahora, el olvido benigno que habitaba está muy lejos, y sus alas cortadas se baten contra los barrotes de madera. Ahora, su tranquilidad fue sustituida por un pánico ciego y claustrofóbico.

Por supuesto, Leo no puede decirle a Goldie nada de esto. Siente su vibrante alegría, su voluptuoso alivio. Ella está tan agradecida de tenerlo de vuelta, tan aliviada de que la resurrección no haya fallado; al menos no completamente. Ella quería la luna; pero, en su lugar, obtuvo las estrellas, y eso es más que suficiente.

Y así, Leo se quedará con el espíritu encerrado en el árbol y fingirá que todo está bien, que él también está alegre (porque lo está) y feliz (aunque no lo está) de quedarse mientras Goldie esté viva para visitarlo. Guardará su angustia para las horas cuando Goldie se haya ido. Por supuesto. Aunque ella aún no lo ha entendido, cuando por fin muera, cuando su alma se filtre en el suelo de Everwhere y su espíritu sea engullido por las brumas y la niebla, él permanecerá. No habrá escape para él, no habrá liberación. Está atrapado para sufrir el eterno tormento de la vida inmortal.

Pero no le pedirá que lo libere, porque eso le rompería el corazón de nuevo.

Everwhere

Cuando Goldie por fin se baja de las ramas de Leo, toma las manos de sus hermanas para que la ayuden a llegar al suelo. Ve el alivio de Liyana y le devuelve la sonrisa. Pero cuando encuentra la mirada de Scarlet, Goldie se sorprende al ver que sus ojos cambian de color y se vuelven negros como un cielo sin luna. Luego, igual de rápido, vuelven a ser de color marrón oscuro.

Goldie parpadea, piensa que tal vez lo imaginó. Fue una noche extraordinaria, después de todo. Así que las abraza a las dos, besa el tronco de Leo y se despide de él. Le dice «hasta mañana» y olvida ese detalle.

Ninguno de ellos se da cuenta de las sombras que acechan tras las hojas de los sauces, que se esconden en la oscuridad cuando las hermanas pasan cerca.

1 de noviembre

Everwhere

Bea recibe a quienes vagabundean y se extravían, a las hermanas que vienen a Everwhere en busca de un poco de dirección para sus vidas, un flujo de inspiración o a reparar un corazón roto. Por supuesto, les revela sus poderes elementales, si es que es necesario hacer revelaciones, pero a veces los problemas mundanos deben enfrentarse con soluciones mundanas. En situaciones así, Bea a menudo se siente perdida. Enseñar a una hermana cómo volar es una cosa; enseñarle a encontrar el valor para dejar un trabajo horrible o una relación abusiva es otra muy distinta.

En vida, Bea no tuvo la disposición o la inclinación para dar consejos sabios, y la muerte no la ha cambiado mucho. Si tan solo sus hermanas no estuvieran tan envueltas en los desafíos de sus propias vidas, serían capaces de ayudar. Por eso los muertos dan los mejores consejos, porque han renunciado a la eterna maldición de los vivos: la expectativa y el deseo. Y porque tienen todo el tiempo del mundo.

Ahora Bea se posa en una rama y observa a las hermanas que se reúnen abajo.

En rincones y grietas, las inquietas criaturas de las sombras susurran engaños, con la esperanza de atrapar a alguna rezagada que no haya sido advertida.

210

Scarlet

—Lo odio —solloza Scarlet—. Lo odio, maldita sea.

—Lo sé —susurra Goldie—. Nosotras también. Es vil.

—Está bien —Liyana acaricia el cabello de Scarlet—. Estamos aquí, no te vamos a dejar.

—Ojalá nos lo hubieras dicho antes —dice Goldie, quizá por décima vez—. No puedo creer que soportaras todo esto mientras me ayudabas. —Besa la parte superior de la cabeza de Scarlet—. Pobre, dulce y encantadora criatura.

Scarlet está hecha bolita entre sus hermanas, recostada en una cama de musgo. Estaban a punto de salir de Everwhere cuando Scarlet comenzó a llorar y confesó todo, así que se quedaron para abrazarla y consolarla.

—No pude —dice Scarlet—. Yo…

Al final, sus palabras se transforman en un largo grito que llena el aire y hace temblar las hojas de los sauces cercanos. Scarlet oscila entre exclamaciones repentinas y llanto silencioso. Sus hermanas prefieren lo primero; piensan que la ira es mejor que la tristeza. Goldie sabe que con el tiempo ambas disminuirán, aunque nunca se evaporen del todo. Por supuesto, no puede comentarlo mientras su hermana se encuentra en aquel centro candente de conmoción y dolor.

Con el tiempo estas emociones se adormecerán, pero no todavía, no por mucho tiempo. Por ahora, no hay mucho que puedan decir o hacer excepto abrazarla: con suavidad porque está lastimada, y a la vez con firmeza porque deben sujetarla para que no se deslice a un lugar donde no se pueda llegar. Goldie todavía recuerda con claridad cómo se sintió después de la muerte de Leo: pensamientos empapados de oscuridad, la mente y el corazón consumidos por la desesperación. Estuvo en cama durante meses, llorando y queriendo morir, desesperada por dejar de sentir el dolor que la quemaba por dentro. Nada le trajo consuelo, nada pudo suavizar ese dolor abrasador. Un solo pensamiento le daba vueltas como un buitre sobre un cadáver, incesante, insistente: «Leo murió, se ha ido y no hay nada más que hacer».

—Estamos aquí —Goldie repite las palabras de Liyana—. No estás sola. Estamos aquí.

En respuesta, un gemido agudo se eleva en el aire, un flujo de dolor que roza las copas de los árboles y luego desciende hasta rodear sus gargantas. Goldie siente que Liyana se pone rígida a su lado. Ella, la única que se ha librado de aquel dolor, se siente sorprendida por la sensación.

Sostienen a Scarlet hasta que la lucha dentro de ella comienza por fin a decaer, de la misma manera en que Teddy por fin se debilitaba después de un prolongado berrinche cuando era un niño pequeño. Ella se queda quieta.

Una hora después, cuando se despierta, Scarlet mira hacia sus hermanas, que siguen sentadas junto a ella en el suelo cubierto de musgo. Liyana todavía acaricia su cabello, y Goldie apoya sus manos sobre su cuerpo, aunque tal vez ellas también se hayan dormido una o dos veces.

—Estoy harta de llorar —murmura Scarlet—. Solo quiero olvidar durante unos minutos, fingir que estoy bien. ¿Pueden decirme una tontería?

Goldie sabe que Scarlet volverá a caer en la tristeza muy pronto, pero por ahora aprovechará la oportunidad de sacarla del precipicio para provocarle el inicio de una sonrisa, un cese momentáneo de las lágrimas.

—Déjame matarlo —susurra—. Matarlo, por lo menos… como mínimo.

—Le cortaremos el miembro con un cuchillo de trinchar —dice Liyana—, o con unas tijeras de podar muy puntiagudas.

—Dinos cómo quieres que sufra —dice Goldie—. Instrúyenos. Haremos lo que quieras. Considéranos tus secuaces.

—Tus palabras son órdenes —termina Liyana—. Vivimos para servirte.

Scarlet mira hacia arriba, desliza el dorso de su mano por los ojos. Se limpia la nariz con la manga, solloza.

—¿Una sonrisa? —dice Goldie.

—¿Una pequeñita? —dice Liyana.

Scarlet las mira a ambas sin pestañear. Entonces lo intentan de nuevo, dicen todas las tonterías que se les ocurren. Cualquier cosa para intentar traer a su hermana de vuelta, aunque sea por unos momentos. Lo suficiente para mostrarle luz y esperanza, incluso en esta oscuridad. Bromean, se burlan, cuentan historias. Hablan y hablan hasta que se quedan sin palabras, sin aliento.

Ninguna de las dos dice: «Te lo dije».

En su decimoquinto cumpleaños, Scarlet se comió un hongo. Y como Alicia la hizo encogerse. Se fue al bosque con algunos amigos después de la escuela, le dijo a su abuela que haría una investigación para un proyecto de geografía.

En la pandilla de cinco chicas, Karmilla Khatri era la líder, la que instigaba todas las aventuras: robar labiales en John Lewis, dejar el gluten, probar la dieta de agua de limón, experimentar con sustancias psicodélicas. Ella tenía un hermano mayor, Vivaan Khatri que, como era de esperarse, abrió un camino de migas en esa ruta particular. Él descubrió un día un montículo de hongos mágicos en el bosque en Byron's Pool, un hecho que dejó escapar a su hermana mientras volaba.

—Un lado te hará elevarte —dijo—. El otro lado te hará bajar.

Karmilla lo presionó para que le diera instrucciones más detalladas, pero, dado su estado de ánimo, no fue capaz de proporcionar ninguna. Scarlet no se puso nerviosa, ya que como muchas de las aventuras de Karmilla, probablemente se quedaría en nada. La dieta sin gluten duró menos de una semana y la dieta del agua de limón apenas doce horas. Así que cuando comió el hongo, asumió que era del tipo que se añadía al desayuno especial en el Café

Núm. 33. Por fortuna para Scarlet, no era un hongo venenoso; pero, para su mala suerte, sí era del tipo que hace más pequeña a la gente.

La oscuridad donde Scarlet se hundió esa noche de verano fue diferente a todo lo que había experimentado antes. Cayó en la madriguera del conejo y siguió cayendo, entre mariposas monarca de colores chillones, jugando a las cartas con lanzas y conejos platicadores, bajando y bajando, entre madres y abuelas muertas, bajando y bajando, más allá de los incendios y las hojas que caen y las hermanas, bajando y bajando, hasta que perdió cualquier tenue control de la realidad frente a la pesadilla.

Seis horas después, aterrizó. Scarlet tardó días en emerger por completo de esa oscuridad y sus ecos aullaron en los bordes de su vida durante semanas, meses después. Ella nunca había tocado, y mucho menos probado, sustancias inciertas. Nunca había experimentado ese descenso a gritos a la locura. Hasta ahora.

Liyana

Liyana está confundida. Las cartas de tarot predijeron estragos y sufrimiento, la tía Sisi habló de que se avecinaba una tormenta, y sin embargo… nada. Todo salió bien. Trajeron a Leo de vuelta (después de un cambio de apariencia) y nadie murió, ni siquiera fue ligeramente herido.

Ahora está despierta, preocupada. A su lado, Kumiko duerme. Estuvo esperando en la cama de Liyana, fue una magnífica sorpresa cuando Liyana regresó a casa.

—Viniste.

—Por supuesto que sí. —Kumiko le mostró su sonrisa de medianoche, dientes blancos como la luna, cabello negro como la noche—. Es tu cumpleaños. Veintiuno, no había que pasarlo por alto.

Liyana se inclinó y la besó.

—No pensé que te vería sino hasta el fin de semana.

—Lo sé —dijo Kumiko, mientras enrollaba uno de los rizos de Liyana alrededor de su dedo—. Quería sorprenderte.

Liyana sonrió y volvió a besar a su novia.

—La mejor sorpresa de todas.

—¿Me extrañaste?

—Muchísimo.

Kumiko se sentó, se quitó la camiseta y se volvió a meter en la cama. Liyana se acurrucó, descansó su cabeza entre los pechos de Kumiko. Kumiko acarició el cabello de Liyana. A Liyana se le cortó la respiración en la garganta, luego dejó escapar un largo y suave suspiro.

—No te preocupes, mi amor —susurró Kumiko—. Sea lo que sea, todo estará bien.

—No lo sé, hay tanto… —Liyana cerró los ojos, se acercó más—. Goldie es feliz ahora, pero Scarlet es miserable y creo que Nya está… No sé cómo ayudarla; no sé si alguien puede hacerlo.

Kumiko tomó la mano de Liyana y la entrelazó con la suya.

—Una vez amé a una chica que siempre estaba triste. Nunca supe por qué, ni siquiera si existía un por qué, y nada de lo que hacía le quitaba la tristeza, aunque lo intenté todo. Leí libros sobre la depresión, le hablé de todas las terapias que podrían ayudarle, y probablemente habría seguido haciéndolo, pero un día me dijo que parara: «Por favor, deja de intentar cambiarme, no voy a cambiar». Y así lo hice. Hay gente a la que no puedes salvar, por mucho que lo intentes.

Liyana respiró profundo y dejó escapar otro suspiro.

—No eres la primera persona que me lo dice. Pero ella es mi…, con todo, es mi madre.

—Lo sé. —Kumiko se inclinó y volvió a besar a Liyana—. Y lo siento, mi amor, sé que no es lo que quieres oír, y tal vez me equivoque; en verdad, espero equivocarme.

Liyana se dejó besar.

—Es que… No quiero… —sus ojos se llenaron de lágrimas. Tragó saliva—. No quiero estar sola.

—Oh, cariño. —Kumiko sujetó los dedos de Liyana, se los llevó a la boca y los besó uno por uno—. Nunca estarás sola.

Ahora Kumiko duerme y Liyana, todavía preocupada, desea poder hacerlo.

Goldie

Esta noche vuelve a Everwhere en cuanto se queda dormida. Sabía que lo haría, ni siquiera tuvo que desearlo. Tampoco tuvo que caminar por los senderos o cruzar el claro, solo se materializó directamente en las ramas de su árbol, que son los brazos de Leo.

Se hunde en su abrazo, envuelta por su voz.

—*Háblame de tu vida.*

—¿No lo sabes ya? ¿No puedes verla?

—*No. Solo puedo verte en Everwhere.*

—¡Oh! —dice Goldie—. Pero puedes escuchar mis pensamientos aquí, ¿no es así?

—*Sí, pero me encanta tu voz, me gusta oírte hablar.*

Goldie sonríe, toma una ramita y frota su punta entre el dedo y el pulgar, como si acariciara las orejas de un gato.

—¿Puedes sentir eso?

—*Sí.*

—¿Es agradable?

—*Muy agradable.*

Ella escucha la sonrisa en su voz.

—De todas las cosas que imaginé para mi futuro, nunca pensé que un día haría el amor con un árbol —dice Goldie. Intenta sonar ligera, optimista, como si no le importara en absoluto—. La vida da giros inesperados, ¿no es así?

Leo permanece en silencio, salvo por la brisa que agita sus ramas.

—*¿Por qué cambias de tema? Háblame de tu vida. Tus hermanas, Scarlet. Tu hermano. Comparte tus problemas conmigo.*

Goldie suspira.

—No quiero hablar de cosas tristes, no cuando estás aquí y por primera vez en mucho tiempo soy feliz.

—*Pero cuéntame, tal vez pueda mejorarlo.*

—Lo haces —dice Goldie—. Solo con estar aquí.

Leo espera, sin decir nada. Un viejo truco suyo para instigarla a salir con su silencio.

Leo

Es impotente, en todos los sentidos. Está atrapado en un calabozo de madera y hechizos, mientras ella es libre, aunque no quiere serlo. Él no puede retenerla, no de verdad, solo puede darle comodidad y, aunque ilusoria y transitoria, seguridad en las ramas torpes que ahora son sus brazos. Pero estas ramas esqueléticas no la protegerán del viento ni de la lluvia, no darán frutos ni nueces para alimentarla, ni siquiera proporcionan en realidad un lugar agradable para descansar. Una vez Leo fue su amante, su compañero, su maestro. Ahora solo puede ser su amigo. Y uno bastante ineficaz.

Goldie puede hablar de amor y, en verdad, él la ama. Más que a nada. De hecho, la palabra apenas es adecuada para lo que siente. Sin embargo, no puede demostrar estas emociones, no puede manifestar sus pasiones. Es Cyrano, pero peor, porque su Roxanne lo conoce, lo desea, arriesgó su vida para tenerlo, y sin embargo, no puede abrazarla. Seguro el mismo diablo no podría haber diseñado una tortura mayor.

Liyana

Cuando por fin se queda dormida, Liyana no vuelve a Everwhere como desea, sino que sueña con la tía Sisi en Ghana. Están sentadas una al lado de la otra en un embarcadero a la orilla del lago

Volta, con sus pies descalzos apenas unos centímetros encima del agua.

—Te he extrañado —Liyana apoya su cabeza en el hombro de su tía—. Te he extrañado mucho.

Sisi se acerca para acunar la mejilla de su sobrina.

—Sé que sufres, cariño, pero estoy muy orgullosa de lo que hiciste anoche.

Liyana suspira.

—Apenas salió de acuerdo con el plan.

—Pero hiciste lo mejor que pudiste —dice Sisi—. Y ni siquiera ustedes tres en la cúspide de sus poderes son lo bastante fuertes para cambiar el destino.

Liyana patea el agua con un pie, piensa en Nya. Un pez mordisquea el dedo gordo de su otro pie.

—Ojalá lo fuéramos.

—¡Oh, niña! —Sisi suspira—. Todas deseamos eso.

Segura de lo que su tía dirá a continuación, Liyana se asoma al lago, finge estar atrapada por la visión de los pequeños peces. Con la mano derecha se aferra a la estatuilla de Mami Wata en su cuello.

—No te hagas ilusiones, Lili —dice Sisi—. No se puede salvar a algunas personas, por mucho que lo intentes.

—Pero… —Liyana piensa en la historia de Goldie, la del plato y la taza vacíos—. Pero, tal vez…

La tía Sisi sujeta con la mano la barbilla de Liyana y levanta su cabeza para que sus ojos se encuentren.

—Solo se puede salvar a las personas que quieren ser salvadas. Y a veces, nunca llegan a quererlo; a veces debes dejarlas ir.

2 de noviembre

Liyana

Liyana se despierta de una pesadilla. Flotaba en una balsa salvavidas sola en el océano, las olas chocaban sobre la balsa, la sal le picaba los ojos, el viento feroz y la lluvia áspera azotaban su piel. Estaba desnuda, marcada como si hubiera sido azotada, con las heridas abiertas, sangrando. La balsa, de repente, resultaba estar cosida con telarañas. Las hojas blancas de Everwhere flotaban entre las estruendosas olas mientras los relámpagos dividían los cielos. Liyana estaba en su elemento. Debería haber saltado de la balsa con el grito de una guerrera, para después burlar al océano, tomar el mando de la tormenta, montar las olas y sumergirse en el agua, dejar que Poseidón creyera que la había vencido antes de emerger, infatigable y victoriosa, de las profundidades.

Debería haber abrazado su elemento con gusto; pero, en lugar de eso, se aferró a la balsa que se estaba desintegrando y lloró.

Ahora, despierta, Liyana se sienta en su cama. A su lado, Kumiko sigue dormida, con la mejilla apoyada en la almohada, el cabello a su alrededor formando un abanico o un velo de viuda. Con un movimiento lento y delicado, Liyana retira el velo para revelar el rostro de su novia. La mira un rato, respira su belleza familiar, el confort de su presencia que la sostiene como un ancla. Juega con la idea de despertar a Kumiko, de acurrucarse en sus brazos y creer, durante el mayor tiempo posible, que todo está bien en el mundo.

219

Pero sabe que no es así. Lo sabe con tanta certeza como lo sabe todo, y es inútil esconderse de tal hecho.

Así que Liyana sale de la cama, se pone unos *jeans* y una camiseta y luego se arrastra por el pasillo hasta la habitación de Nya. Levanta la mano para llamar a la puerta, pero sabe, antes de ejecutar el movimiento, que no será escuchada. Liyana siente que su corazón late con fuerza en su pecho, reverbera contra sus costillas, se estremece a través de su cuerpo; su estómago se revuelve y traga la bilis que le sube a la boca. A Liyana le entran ganas de gritar para llamar a Kumiko, porque sabe, incluso antes de abrir la puerta, lo que va a encontrar dentro. Pero no grita, no puede. Debe enfrentarse a esto sola.

Cuando Liyana entra por fin en la habitación de Nya, no la sorprende la vista, pero la falta de sorpresa no disminuye el agudo dolor. La escena es casi la misma que la vez del accidente: las píldoras salpicadas en la alfombra, dispersas en la mano izquierda de Nya, con el brazo extendido desde la cama, como si buscara a alguien. Pero, esta vez, su cabeza está hacia atrás y con la boca abierta, la barbilla y las mejillas cubiertas de vómito. Liyana no necesita acercarse para saber que es demasiado tarde. Se acabó, está hecho. No habrá necesidad de hospitales ni médicos ni lavados de estómago esta vez.

Junto a la cama, sobre la mesa baja, se encuentra una botella vacía de vino, un vaso y una hoja de papel. A pesar de su dolor, Liyana siente una extraña alegría porque el último acto de su tía fue la compra de su vino favorito, un caro Chardonnay que debió sacarla de la cama arrastrando los pies hasta los comercios de vino de Clairmont Street para comprarlo. Un último placer, un último gesto amable.

—¡Oh, Nya! —La vista de Liyana se nubla mientras cruza la habitación, pero puede ver claramente, como si fuera a través de otro sentido, que su tía solo dejó su cuerpo, su alma hace tiempo se había ido. Por supuesto, se estaba yendo desde hacía semanas, y esta fue la última salida.

Tras limpiarse los ojos, Liyana toma el papel. En él está la historia que Goldie escribió, con su letra inclinada sobre la página, en líneas apretadas y cerradas. El papel está arrugado, como si hubiera sido doblado y desdoblado muchas veces; algunas de las palabras están manchadas. Liyana le da la vuelta. En el reverso, donde antes estaba la página en blanco, hay más palabras, esta vez de la mano de Nya.

Mi querida Ana:

Lo siento. Por favor, no te culpes nunca. Nada se puede cambiar. Me diste todas las alegrías, todos los días. Conocerte fue el mejor y más grande regalo de mi vida, y si fuera posible vivir por otra persona, habría vivido por ti. Por favor, recuerda que la muerte es solo una tragedia para los vivos, no para los muertos.

Amor infinito y eterno,
Tu Dagā

No es sino hasta que Kumiko está a su lado sujetando sus hombros y tira de ella hacia atrás, entre sollozos que nublan una charla incomprensible, que Liyana se da cuenta de que está recostada sobre la mesa, gimiendo de dolor.

Goldie
—Quiero estar siempre aquí —dice Goldie—. Quiero sentarme en tus ramas hasta que mi piel se funda con la madera y crezcamos juntos como un solo ser, humano y árbol a la vez. ¿Crees que es biológicamente posible?

—*No* —su voz es ligera y divertida—; *por desgracia, no lo creo.*

—Pero tal vez aquí, en Everwhere, ¿no crees? —dice Goldie—. Las leyes físicas son mucho más indulgentes aquí que en la Tierra, después de todo.

—Sí. Pero, incluso entonces, no creo que puedas afectarlas con la fuerza de la voluntad.

Goldie sonríe.

—Subestimas mi voluntad.

Una brisa de risa recorre las ramas de Leo.

—¿Puedes verme? —pregunta Goldie—. ¿O solo sentirme?

Está en silencio. Y cuando habla, su voz es pesada y oscura como la tierra.

—No, solo puedo oírte y sentir tu peso en mis ramas.

—Oh —dice Goldie, y se pregunta por qué esto le molesta. Suspira—. Sé que no debería, pero me gustaría poder verte de nuevo, como eras antes.

Un murmullo de melancolía cruza las hojas de Leo.

—Hay muchas cosas que podemos desear, y ese deseo solo nos hará miserables. Intentemos disfrutar, estar agradecidos por lo que tenemos.

—Sí, supongo que tienes razón.

—Espero que así sea. —Su voz es más ligera ahora—. Sería una lástima si no hubiera recolectado un poco de sabiduría en los últimos miles de años.

—Bien —dice Goldie—. A veces olvido que nunca fuiste humano.

—Yo también lo olvido. Primero una estrella, luego un hombre, y ahora un árbol. —Hace una pausa—. Una evolución extraña y poco convencional.

Se hace el silencio entre ellos.

—Lo siento —suelta Goldie, con la voz temblorosa—. Yo no quería que sucediera así, yo… Me equivoqué, y… estoy tan…

—Detente. No digas eso. No digas eso, nunca.

Goldie respira profundo. Enrolla una ramita en su dedo meñique.

—¿Está bien?

Goldie guarda silencio.

—¿Está bien?

—Está bien —dice ella, después de un rato. Aunque solo es sincera a medias, ya que aunque puede aceptar no hablar de su culpa y arrepentimiento con él, sabe que nunca dejará de hablar de ello consigo misma.

—*Abrázame.*

Goldie saca su dedo de la ramita y se gira para abrazar el tronco de Leo, tan cerca y tan fuerte como puede, durante todo el tiempo que puede, hasta que le duelen los brazos.

—*No puedes pasar aquí cada minuto de cada noche.*

Goldie siente una sacudida en el estómago, como si estuviera cayendo.

—¿No quieres que lo haga?

—*¡Qué pregunta!* —Las risas sacuden las ramas.

Goldie se sujeta a la rama en la que está sentada.

—*Solo me preocupa que tu vida implosione. ¿Cómo vas a permanecer despierta?*

—¿Vida? —Goldie relaja su mano—. Esta es mi vida. Aquí. Contigo. De todos modos, sabes que casi nunca duermo. —Ella sonríe—. Es uno de mis superpoderes.

—*Uno de tus muchos poderes, pero aun así debes trabajar, cuidar a tu hermano y…*

—Lo sé, lo sé, no te preocupes. Teddy está más feliz que nunca y se comporta mejor que cualquier adolescente en la historia del mundo, gracias a la amenaza de maldiciones imaginarias. Y todo lo que habla es sobre Everwhere y su deseo de que yo pudiera enseñarle a devolverle la vida a las moscas. También es encantador con Scarlet, incluso le trajo una rebanada de pan tostado incomible esta mañana. Así que deja de preocuparte, puedo visitarte y ocuparme de todo lo demás.

—*Oh, sé que puedes.* —Una hoja roza con cariño la mejilla de Goldie—. *He visto que puedes hacer prácticamente cualquier cosa donde pongas tu brillante mente y tus poderosas manos. Es más bien lo que no harás lo que me preocupa. Como descansar, comer lo suficiente y...*

—Está bien, está bien —resopla Goldie, que sabe que Leo no se equivoca. Ella tiende a ser poco práctica, a hacer lo que quiere en lugar de lo que necesita, y al infierno con el resto—. Me ocuparé, ¿de acuerdo?

—*Gracias. Así que...* —Dos de las largas ramas de Leo se envuelven alrededor del pecho de Goldie como brazos, la abraza como solía hacer. Se acerca con sigilo para tomarla por sorpresa, la levanta por los pies para que grite de placer—. *¿Por qué no intentas tomar una siesta ahora mismo?*

Goldie no dice nada, pero se aprieta contra él. La forma en que se abrazan, por completo distinta a la de antes, le hace pensar que su vida será a medias. Ella se sentirá satisfecha emocionalmente en Everwhere y físicamente en la Tierra. Nunca dejará de querer estar aquí y tan solo el deber, la practicidad y la necesidad la devolverán a su otra vida. Con excepción de sus dos hermanas y de su hermano, no conocerá ningún otro afecto, ningún amor físico. No tendrá matrimonio ni familia con todas las penas y alegrías que conllevan. No tendrá hijos. Pero Goldie puede reconciliarse con esto, porque siempre supo, desde que llegó a Everwhere por primera vez, que no tendría una vida ordinaria.

Ella esperaba, por supuesto, que su vida fuera más cercana a la normalidad. Pero entonces, cuando siente la amargura de no volver a mirar a los ojos de Leo, de nunca sentir el toque de su mano en su mejilla o sus labios en los suyos, de no tener lo que tienen todos los demás amantes, recuerda que lo que tiene ahora: un amor inmortal e ilimitado, es sin duda mucho más de lo que perdió. Por lo tanto, está más bendecida que maldita.

Leo

Siente su huella mucho después de que ella se fuera. La impresión de sus manos, sus brazos, su corazón, son tan fuertes que casi cicatrizan. Como las cicatrices que marcaron su cuerpo cuando era un hombre. Antes de eso, como estrella, Leo se desplazaba despacio por el cielo, sin sentirse nunca atrapado, ni una sola vez en diez mil años. Tampoco llegó a sentirse desganado, ni solitario. Las vistas por sí solas eran suficiente entretenimiento y consuelo. Pasó siglos contemplando su galaxia particular. Saturno fue uno de los planetas sobre los que brilló. Sus sesenta y dos lunas principales absorbieron su atención durante décadas, por no hablar de los anillos, que a lo largo de los años se tragaron cientos de lunas en grandes nubes galopantes de polvo. Marte también le fascinó, y en la Tierra las travesuras de los humanos le proporcionaron diversión interminable.

Ahora, Leo es estático. Inmutable e inamovible, apenas puede ver cinco millas en cualquier dirección y los paisajes son poco atractivos. Observa las manadas de ciervos que galopan por el bosque y saltan por encima de troncos caídos, y mira ríos tortuosos. Él sacude las ramas cuando los cuervos se posan, se libra de sus garras que arañan y de sus picos afilados y curiosos. Los vientos soplan hojas que se depositan sobre él en forma de ráfagas, hasta que se las quita de encima. Y con demasiada frecuencia, la niebla se extiende de tal manera durante largos tramos que no puede ver nada en absoluto.

Cuando Goldie no está con él, Leo anhela morir; anhela ser energía ilimitada de nuevo, sinapsis puras, moléculas que salen disparadas, chispean y forman un *pinball* por los cielos infinitos de Everwhere. Anhela ser libre. Solo cuando Goldie lo visita su anhelo disminuye. Entonces no le importa si es hombre, estrella o árbol. Pero cuando ella se va, como siempre debe hacerlo y siempre lo hará, él se siente desolado.

Por ahora al menos, su soledad se aligera por la constante anticipación de su regreso. Pero Leo es demasiado consciente de que en sesenta años más o menos, dependiendo de si las Grimm viven mucho más que los demás mortales, ya no se le permitirá ni siquiera ese singular consuelo.

Scarlet

Scarlet observa la pantalla de su *laptop* y deja caer algunas lágrimas. Esa mañana tomó prestado el coche de Eli y rebasó el límite de velocidad hasta Cambridge. Se quedó dormida en el sofá de Goldie durante varias horas, hasta que por fin se arrastró a sí misma fuera del departamento, pensando que un poco de aire fresco podría animarla y que un poco de compañía, una cafetería llena de gente conversando, podría evitar que se sintiera la persona más solitaria del mundo. Además, sabía que si seguía observando las paredes del pequeño departamento que parecían cerrarse sobre ella, se sentiría como si estuviera enterrada en vida.

Sin embargo, ahora que está en compañía de todo el mundo que conversa y ríe, Scarlet se siente más sola y miserable que antes. Se sienta en Fitzbillies con el estómago revuelto por un consumo excesivo de rollos Chelsea y los chocolates calientes que los acompañan. Después de engañarse a sí misma con el argumento de que este compulsivo consumo de productos horneados era una respuesta a los antojos del embarazo, Scarlet se ve obligada a admitir, tras las náuseas, que en realidad comió para apaciguar su miseria.

Siempre lo hace, desde que era una niña. Uno de los peligros, tal vez, de crecer en un café. Eso explica la pequeña barriga de Buda que desprecia, aunque debe admitir que ese desprecio disminuyó desde que quedó embarazada, lo que la ha llevado a reflexiones incómodas sobre si encuentra aquella grasa, que está donde no debería, de verdad repulsiva, o si, y es lo más probable, ha asimilado los juicios sociales, que afirman que una barriga con un bebé es hermosa, pero un vientre que alberga un exceso de rollos de canela es desagradable. Recuerda una foto de una Demi Moore, exquisitamente desnuda y embarazada, en la portada de una revista. Recuerda fotos igual de corpulentas pero censuradas de celebridades que se han «dejado llevar».

Scarlet suspira. No le gusta divagar, en particular cuando roza lo intelectual. Eso le recuerda los exámenes que no hizo, la universidad a la que no asistió, de lo cual Scarlet está aún más avergonzada que de su barriga siempre regordeta.

La pantalla de su *laptop* parpadea. Siente que debe emplear su tiempo de forma productiva y, tras agotar los foros hasta asustarse a sí misma, Scarlet busca empleo. Pero las oportunidades, para las que no está cualificada, se burlan de ella. ¿Por qué no volvió a la universidad? Cuando se mudó con Eli ya no tenía que preocuparse por el dinero. ¿Por qué no aprovechó la oportunidad para empezar a estudiar para sus niveles A? Porque se sentía avergonzada. Porque era más fácil fingir que no le importaba ser mantenida por su novio. Porque era más fácil quedar embarazada. Mierda.

Scarlet alcanza una miga restante del rollo Chelsea y mordisquea la masa pegajosa, siente el jarabe dulce en su lengua. Es la primera vez que admite ante sí misma el hecho y siente que la culpa se desliza por su torrente sanguíneo junto con el azúcar. Aparta el plato y se da una palmadita de disculpa en el vientre; espera que el feto no perciba sus sentimientos encontrados.

Tras abandonar repentinamente su *laptop*, Scarlet se levanta y se acerca al mostrador.

—¿Qué desea? —La chica que está detrás del mostrador, luciendo un top sin mangas y con unos tatuajes de gran belleza que van de los hombros a las muñecas, sonríe—. ¿Otro rollo?

Scarlet ve la bandeja de rollos recién hechos y siente que su estómago se revuelve.

—Gracias, no. Eran deliciosos, pero… Bueno, me preguntaba… ¿Sabe si requieren personal?

Liyana

Liyana no acostumbra hablar con sus vecinos, pero ellos tocan a la puerta, sacados de sus vidas ordinarias por sus gritos profanos. Hacen llamadas telefónicas y le llevan tazas de té que ella no toca, escudriñan los gabinetes en busca de galletas e instan a Liyana a picar algo; hablan con los funcionarios y ayudan con el papeleo. Algunos se presentan con un murmullo, otros intrusivos y vigorosos, uno incluye una oferta para pasar la noche allí, aunque Liyana olvida todos los nombres en el momento en que se pronuncian y solo desea que se vayan.

Cuando por fin todos se han ido tras dar las condolencias, cuando todos han abandonado la sala y el cuerpo de Nya ha sido retirado con discreción y respeto, Liyana se acuesta en el sofá con la cabeza en el regazo de Kumiko.

—Siento que todavía está aquí —Liyana gira la cabeza, levanta la vista para encontrarse con la mirada de Kumiko—. Creo que si voy a su habitación, estará allí, esperándome todavía.

Kumiko acaricia la mejilla de Liyana con la palma de la mano.

—Creo que *está* aquí y que estará aquí durante mucho tiempo. No creo que el espíritu se vaya de inmediato, dicen que la energía no puede desaparecer, no puede morir como el cuerpo. Estoy segura de que la sentirás si lo intentas, si te concentras.

Liyana piensa en Bea.

—Eso espero.

Kumiko acaricia el cabello de Liyana.

—La noche en que mi abuela murió… estaba despierta, no podía dormir, me tumbé en la cama y lloraba y lloraba y entonces, a las tres de la mañana, de repente la sentí. La sensación de que ella estaba ahí era tan fuerte que pensaba que llamaría a la puerta de mi habitación y entraría. Cuando cerré los ojos, sentí con toda la precisión del mundo que estaba sentada a mi lado. Hablé con ella durante horas, fue extraordinario, nunca lo olvidé. Vuelve a suceder, de vez en cuando. Algunas veces hablo con ella y creo que puede oírme.

Liyana suspira.

—¿Qué pasará ahora?

—No lo sé. —Kumiko toma la mano de Liyana—. No lo sé, mi amor. Pero no estás sola. Estoy aquí, y no voy a ir a ninguna parte.

Liyana apoya su cabeza en la mano de Kumiko, siente su solidez, la seguridad de su presencia. Aparte de su novia, todo lo demás en el departamento se siente insustancial, transitorio, como si de un momento a otro pudiera convertirse en vapor y humo. Pero Kumiko es lo único que importa, ella está aquí y es roca mientras todo lo demás es aire.

El silencio las envuelve. Kumiko nunca deja de acariciar el cabello de Liyana, nunca suelta su mano. Liyana no duerme, sino que va a la deriva entre la memoria y la imaginación. Recuerda a Nya cuando vivían en Islington, cuando su tía aún reía, hacía bromas y charlaba sobre nada en particular, cuando se levantaba de la cama por la mañana y le gustaba salir de casa, cuando jugaba, cuando todavía creía que la vida estaba llena de gloriosas posibilidades. Liyana las imagina en la cama leyendo un cuento, ella acurrucada en el pliegue del brazo de Nya, un momento afectuoso que muy rara vez compartían en la vida real. Nya nunca le expresó su amor, y aunque Liyana lo entendía, nunca dejó de anhelarlo, nunca dejó de esperar un abrazo, aunque fuera esquivo. Ahora Liyana siente una repentina y desoladora punzada de anhelo por lo imposible. Mientras Nya estaba viva, también lo estaba la esperanza. Ahora ambas se han ido.

—Cuando todo termine —dice Liyana—, quiero ir contigo.

—¿A Cambridge?

—Sí, no puedo soportar estar aquí sin ella. No puedo vivir en este lugar sola, y cada vez que paso por la puerta de su habitación…

—Por supuesto que puedes venir —dice Kumiko—. Encontraremos un lugar para alquilar y…, pero no te preocupes por nada de eso, yo empezaré a buscar y lo resolveré todo. Será…

Liyana asiente con la cabeza, aunque vuelve a sumergirse en su imaginación y ya no escucha. Siente, aunque sus sentidos están muy adormecidos, que tal vez debería ir a Cambridge antes, que debería ver a sus hermanas, que algo va mal, que se guardan secretos y que los peligros se acumulan en una tormenta que avanza. Piensa en su tía Sisi, en lo que dijo sobre el pastel Nkatie y el contacto con los muertos, y piensa en Nya.

Liyana vuelve a cerrar los ojos y suspira. Pero esas no son cosas de las que pueda ocuparse ahora mismo. Por muy urgentes que sean, tendrán que esperar.

Everwhere

Esta noche Scarlet está sola, y luego no lo está. Su hermana cuervo se abalanza y se posa en una rama a unos metros por encima de ella. Scarlet, sentada en una roca, mira hacia arriba. Deja escapar un largo suspiro y se da cuenta de que no tiene energía para hablar. Piensa en el pequeño grupo de células en expansión en su vientre y se pregunta cuánto empeorará. Piensa, por primera vez, en el inminente nacimiento. El cuervo grazna.

—*Te lo advertí. No me has escuchado.*

Scarlet frunce el ceño.

—¿Fuiste tú?

Bea eriza las plumas.

—Incluso sin la visión omnisciente de los muertos podría haberte dicho que ese hombre era un problema.

Scarlet hunde la cabeza en su regazo.

—Tú y todas las demás. Parece que fui la única lo suficientemente tonta como para no ver lo que en realidad era Eli Wolfe. —Deja escapar otro largo y profundo suspiro—. ¿Y qué debo hacer ahora?

—Yo sé lo que haría.

—Sí, apuesto a que lo sabes. —Carnicería y caos, piensa Scarlet, aunque ella nunca caería tan bajo como eso. Ella mantendrá la moral alta, se elevará por encima del impulso de venganza, ella…

Pero mientras tiene estos pensamientos, sopla una brisa fresca, gira la veleta en una dirección diferente, dispersa nociones de compromiso y conciliación. Y en la oscuridad, sin ser vista, los ojos de Scarlet se vuelven del color del cielo de medianoche.

3 de noviembre

Goldie

Todo es blanco. Goldie mira una bombilla, un campo de nieve, un cielo de Tupperware. Las sombras empiezan a tomar forma y ahora ella está de pie en un jardín blanco: árboles, plantas, pájaros, mariposas. Un gato blanco acecha a través de la hierba blanca, recoge sus patas entre margaritas y dientes de león, antes de desaparecer en una mata de florecillas. Los mirlos albinos trinan desde los abedules blancos, su canto flota en una brisa que conduce a los abejorros blancos en dirección a las rosas blancas. Cientos de flores se esparcen por el jardín, gordas y pesadas, cada una en su tallo.

Mientras Goldie observa el jardín, este comienza a expandirse en todas direcciones, se extiende a lo largo y ancho hasta que todo lo que puede ver son millones de rosas, con un aroma tan fuerte y dulce que puede saborear el azúcar en su lengua.

Tuvo este sueño muchas veces antes, hace muchos años. Sabe qué hacer a continuación. Con un solo movimiento de sus dedos, saca una docena de margaritas de las hierbas blancas, corta sus tallos con un rápido chasquido. Las flores se levantan para avanzar por el aire con paciencia. Goldie presiona el dedo índice con el pulgar y las margaritas se reúnen en un círculo suspendido; despacio, con seguridad, se enroscan hasta crear una corona floral que se posa sobre su cabeza.

—*Te queda bien.*

Goldie mira hacia arriba para ver a su hermana cuervo posarse en unas rosas, con las garras desplegadas para evitar las espinas, y su intenso negro contra el blanco.

—Gracias. —Goldie escudriña a su hermana—. ¿Esto lo hiciste tú?

—*¿Hacer qué?*

—El sueño.

El cuervo eriza sus plumas, sumerge su pico bajo su ala.

—*Quizá.*

—¿Por qué? —Goldie se quita la corona de la cabeza—. ¿Por qué no me encontraste en Everwhere?

Bea mira a Goldie con sus ojos negros brillantes.

—*Porque nunca estás sola.*

—¿Y? —Goldie siente que empieza a darle urticaria—. ¿Por qué eso importa?

Bea baja del rosal para instalarse en las hierbas blancas a los pies de Goldie, quien retrocede.

—¿Qué pasa?

—*Tengo que decirte algo que no quieres oír.*

Ahora Goldie siente un retortijón en el estómago; quiere irse, despertarse, correr. Pero en vez de eso, rompe las rosas blancas, arranca las espinas, las destroza hasta que se convierten en cintas que fluyen detrás de ella mientras corre y corre sin mirar atrás.

—*A veces es el deber de una hermana decirle a otra que aquello que más teme es verdad.*

Goldie sacude la cabeza.

—*Sí.*

—No, no; te equivocas.

—*Y sin embargo, sabes lo que voy a decir.*

—No. —Goldie empieza a alejarse—. Yo no, yo…

—*No puedes atraparlo así, debes dejar que se vaya.*

Goldie presiona sus manos sobre sus orejas y comienza a correr de nuevo, pero ya es demasiado tarde.

Leo

—*¿Estás bien? Estás muy callada esta noche.*

Ella asiente con la cabeza.

—*¿Goldie?*

—Oh —dice, al recordar que él no puede verla—. Lo siento, sí, estoy bien.

—No lo estás. Apenas has dicho una palabra. Lo normal es que no pares de hablar.

—Vaya, gracias.

La risa sacude las ramas.

—*Y me encanta, por eso te pregunto. Extraño a mi ladronzuela platicona.*

—¿Es eso lo que piensas de mí? —Goldie frunce el ceño— ¿Es la primera palabra descriptiva que te viene a la mente? ¿Ladrona?

—Por supuesto que no. Era solo una palabra. Tengo muchas que me vienen a la mente cuando pienso en ti: incomparable, sobresaliente, asombrosa, impresionante, espectacular, fenomenal…

Goldie sonríe y olvida por un momento su miedo.

—Continúa.

—*Pienso en ti como una guerrera, una bruja, una…*

—Está bien, ya puedes parar —dice, sin dejar de sonreír—. Me has aplacado.

—*Me alegro. Ahora, en lugar de intentar distraerme con una pelea, dime qué te pasa.*

Goldie guarda silencio.

—No puedo decírtelo —responde, por fin—, porque cambiará todo.

—*Suena como si ya lo hubiera cambiado.*

Goldie inhala, contiene la respiración por lo que siente como una eternidad.

—Sé que no eres feliz —susurra—. Sé que quieres ser libre.

Ahora él guarda silencio.

—*¿Quién te ha dicho eso?*

—Mi hermana.

—*¿Qué hermana?*

—Bea.

Otra risa sacude las ramas.

—*Eso es ridículo. ¿Qué sabe ella de mi corazón?*

Si Goldie no lo conociera tan bien, si no pudiera trazar las líneas de cada sonrisa recordada, descifrar el significado de cada suspiro, el subtexto debajo de cada palabra, podría creerle.

Scarlet

Solo han pasado unos días, pero a Scarlet le parecen semanas, meses, años. Lleva tanto tiempo sumida en la tristeza que es como si nunca hubiera respirado otra cosa que los sombríos y brumosos aires de enero durante toda su vida.

¿Cómo es posible, se pregunta, cambiar tan radicalmente y tan rápido? ¿Qué pasó con la chica que una vez fue? Tan independiente, tan fuerte. Asustada también, por supuesto, pero todavía completa. Y ahora su corazón se rompió y su carácter también. Su espíritu se ha quebrado por la traición y ha cambiado para siempre. Nunca más será capaz de amar sin límites, llena de fe e inocencia ante el dolor. Siempre tendrá una mano sobre su corazón como protección y defensa.

—Bueno, tenías razón —dice Scarlet—. Debí haberme dado cuenta. Supongo que me habría ahorrado toda una vida de dolor.

Scarlet se sienta debajo de un sauce en Everwhere, entre las raíces expuestas, apoyada en el tronco, refugiada tras la respetuosa cortina de sus hojas. Necesita su solidez hoy, no la gran extensión incierta de musgo y piedra. Necesita algo a lo que aferrarse, en caso de que su espíritu roto se desmorone de repente y descubra que no puede reunirse a sí misma de nuevo. Ahora espera la réplica de su hermana. Pero no llega ninguna. El claro está tranquilo, excepto por el murmullo de los mirlos en lo alto y el lejano rugido del viento.

—Dime —dice Scarlet, después de un rato—. Dime qué hacer ahora. —Ella escucha, pero no hay respuesta. No hay voz. Ningún sonido—. ¿Es una especie de «lección de vida»? —reclama Scarlet, hace comillas de aire alrededor de las palabras, aunque nadie está allí para verlas—. ¿Me dices que tengo que comprender esto por mí misma? ¿O me estás haciendo la ley del hielo? ¿Sigue en pie lo que me dijiste? —Al no obtener respuesta, Scarlet maldice. Su respiración está retenida en su pecho. Un suspiro se eleva de su garganta, ella exhala despacio—. ¿Vas a dejarme sola con esto? —su pie izquierdo empieza un golpeteo agitado—. Mi prometido me dejó y ahora también mi hermana. —Scarlet hace crujir cada uno de sus nudillos, uno por uno.

Y entonces, se detiene.

Es suficiente. En esa palabra, en esa decisión, el mundo cambia sobre su eje.

Ya tuvo suficiente. Suficiente de preguntar a otros por las respuestas, suficiente de buscar consejo, dirección y consuelo. De repente, Scarlet se siente muy tranquila. Su dolor ha disminuido y, en su lugar, surge la rabia. Ahora se sienta, con la columna vertebral recta como una flecha. No necesita que el árbol la sostenga. No va a mendigar amor ni a menospreciar su valor por las acciones de un hombre. A pesar de todo, Scarlet no ha cambiado. Esa es la verdad. Ella cierra los ojos.

En el silencio llega la respuesta. Y cuando lo hace, no viene de Bea, sino de su propia voz: «Él no rompió tu corazón. Nadie más que tú puede hacerlo».

Scarlet tarda un largo y eterno momento en asimilar la verdad y, cuando por fin lo hace, se da cuenta de que su hermana se equivocó cuando dijo: «Él te quemará. Te dejará cicatrices, te marcará.

Te romperá el corazón». Tenía razón sobre el hombre, pero estaba equivocada sobre las consecuencias. Porque ahora Scarlet entiende que tal cosa no es posible. Un hombre puede actuar tan mal como quiera, pero no puede dañar lo que no es suyo. Y su corazón, su espíritu y su alma son solo suyos.

«Así que puedes pensar que estás rota, pero no lo estás». Puedes perderte por tus propias acciones, no por las de otra persona. El enemigo puede escupir y burlarse, puede hacer todo lo posible para hacerte sentir inútil; pero si nunca le crees, si te aferras a tu propia verdad, entonces sabrás lo que vales. Incluso en la batalla, no importa cuán sangrienta y magullada estés. Si mantienes tu voluntad, no estarás rota. Incluso en la derrota, incluso ante la muerte inminente, si no te rindes ante ti misma, seguirás siendo victoriosa.

Scarlet se levanta. Su espíritu se agita. Una chispa se enciende.

Despacio, con determinación, Scarlet sonríe: es una hermana Grimm una vez más.

Scarlet ahora odia a Eli más de lo que nunca imaginó que fuera posible odiar a alguien. No le importan las minucias, no le importa a quién se haya cogido. Solo le importa que él le dio la mayor alegría y luego se la arrebató. La destrozó, rompió su vida, arrancó el futuro de su bebé, lo mandó todo al infierno. Por eso, nunca lo perdonará.

«Quémalo de vuelta». Un susurro se eleva desde el silencio de las sombras, como el murmullo de los mirlos en lo alto. «Quémalo de vuelta».

Scarlet ladea la cabeza para escuchar. No se ve, pero es negro intenso como el cuervo. Sus ojos brillan.

«Rompe su corazón».

«Rompe su bazo».

«Destrózalo en pedazos».

Scarlet escucha.

En la punta de sus dedos, las chispas iluminan la oscuridad.

Scarlet se sienta en una roca fría, lejos del claro donde se reúnen sus hermanas. Está inmersa en las sombras y la niebla, envuelta en blanco y negro. Por primera vez en mucho tiempo, piensa en su padre. Al menos él, por muy demoniaco que fuera, nunca la traicionó. Nunca fingió ser una cosa cuando era otra. Mostró su oscuridad para que todos la vieran e incluso entonces la amaba, la quería. Ezequiel Wolfe hizo la peor de todas las cosas. La engañó.

«Quémalo», dicen los susurros en las sombras. «Rompe su corazón, rompe su bazo, destrózalo en pedazos».

Scarlet escucha. Ahora no solo hay chispas en la punta de sus dedos que iluminan la oscuridad, sino grandes destellos de fuego.

—Lo haré.

4 de noviembre

Goldie

Esta noche, cuando Goldie se duerme, no viaja directamente a Everwhere, sino que se queda a la deriva durante un rato en sus sueños. Cuando se encuentra de nuevo en el jardín blanco, no se sorprende. Mira la bombilla, atraviesa un campo de nieve, contempla el cielo de Tupperware. El gato blanco acecha entre la hierba blanca y los mirlos albinos lanzan sus cantos desde las ramas más altas de los sauces blancos. Y, de nuevo, mientras Goldie observa, las rosas se elevan, brotan del suelo, sus pequeños brotes se engrosan, nuevos tallos se extienden hasta que los capullos se alargan y florecen y, en cuestión de minutos, miles de flores se esparcen por el jardín y llenan el aire con su empalagoso y almibarado aroma.

Goldie no se sorprende cuando su hermana cuervo se posa en un rosal cercano, con sus plumas negras en contraste con el blanco.

—Has vuelto.

El cuervo revuelve las plumas.

—*Y pareces tan contenta de verme...*

—Sé lo que vas a decir —Goldie se cruza de brazos—. No tienes que decirlo.

—*No lo sabes todo. Hay mucho que no sabes.*

—¿Qué? —Goldie se prepara. No puede absorber otra mala noticia. No pueden robarle más alegría—. Bueno, no quiero oírlo. Ya escuché suficiente.

—*No puedes esperar. Si no liberas a Leo pronto, estará atrapado para siempre.*

Goldie no dice nada, pero empieza a caminar entre las flores, empuja los racimos de pétalos y hojas, acelera el paso, las espinas arañan su piel cuando empieza a correr. Pero las palabras de Bea le llegan con tanta claridad como si no se hubiera movido un centímetro.

—*Cada día, cada hora que pasa, te arriesgas a no poder liberarlo. Su espíritu ya se está haciendo sólido. Si se deja demasiado tiempo, sus moléculas se fundirán con el árbol y ni siquiera tú y tus hermanas juntas podrán liberarlo.*

Las palabras de Bea se despliegan, y como no sirve de nada huir de las palabras, Goldie se pone en medio de las rosas para bloquearlas y grita.

Cuando se despierta, Goldie se limpia las lágrimas de las mejillas, intenta frenar su respiración y su corazón, pero no puede hacer nada para detener sus pensamientos acelerados. Mira el reloj: 1:31 a. m. Si Bea tiene razón, Goldie sabe que debe dejar ir a Leo. Si lo ama de verdad, seguro lo hará. No puede dejar que Leo sufra tan solo porque la hace feliz estar con él. Además, ¿cómo puede ser feliz, sabiendo que él no lo es?

Hace poco, Goldie escuchó un relato horripilante sobre la trata de mujeres serbias llevadas a Londres para servir a hombres británicos en burdeles, y el detalle que más le molestó fue este: los clientes calificaron estos servicios y uno se quejó de que la mujer lloraba continuamente mientras cogían. Aparte de la inmoralidad de participar en la prostitución esclavizada, lo que más horrorizó a Goldie fue pensar en una persona que busca su propia gratificación en la cara de otra, aunque le esté causando tal sufrimiento. La única respuesta humana habría sido detenerse y hacer todo lo posible para asegurar la liberación de la chica.

Goldie no se equipara del todo con este hombre; no es una secuestradora ni una violadora. Después de todo, Leo la ama; los dos escenarios son polos opuestos. Sin embargo, Goldie resucitó a Leo en contra de su voluntad, al menos sin consultarlo o tener su consentimiento; ahora él está atrapado, atado, arraigado por toda la eternidad, y ella no lo libera por su pura voluntad. ¿Es su afán por satisfacer sus propios deseos tan diferente de la brutal inhumanidad de ese hombre? Ella, al menos, puede decirse a sí misma que actúa por amor, pero ¿puede llamarse amor aquel que no procura la felicidad del ser amado? Eso es amor deformado, inútil, obsesión.

Y sin embargo, a pesar de admitir esto ante sí misma, Goldie no puede dejar ir a Leo todavía. No ahora. Es demasiado pronto. Apenas han tenido algunas pocas horas juntos. Ella necesita más tiempo.

Liyana

Como su corazón frenético no la deja dormir, Liyana decide que dibujar podría distraerla de su dolor. Encuentra la historia que Goldie le envió unas semanas antes y, al releer el cuento, se pregunta si también lo escribió para Nya. Mientras comienza a ilustrarlo, con cada garabato Liyana trata de alejarse de la tristeza que se asienta como un agujero negro en su vida y absorbe cada pensamiento y acción en su sombrío centro. Su lápiz, como si estuviera encantado, dibuja sin pedírselo la curva de la nariz de Nya, su majestuosa frente, sus labios carnosos, su salvaje pero domesticado cabello. Finalmente, Liyana lleva su lápiz hechizado a una nueva página, para transformar los recuerdos de su querida tía en una ilustración de la historia de Goldie.

La chica foca

Había una vez una chica foca que vivía todos sus días en el océano. Y era feliz, más feliz que cualquier otra criatura del mundo, en la tierra o en el mar. La chica foca se deleitaba lanzándose de aquí para allá en el agua, buceando en busca de peces, persiguiendo su sedoso deslizamiento, sintiendo el chasquido y su sabor en la boca. Le encantaba jugar en las sombras, dar vueltas y revolcarse en las algas, fingir que estaba atrapada antes de liberarse. Disfrutaba el calor del sol sobre su piel, recostada sobre las rocas del mar. Sentía que las horas pasaban como las nubes en el cielo mientras observaba las olas que golpeaban las rocas. La chica foca en realidad estaba satisfecha, no quería nada más de lo que su vida tenía.

Un día, la chica foca escuchó una advertencia de los ancianos, quienes fundaron la manada y la mantenían a salvo, quienes encontraban las aguas de pesca más fecundas y los alejaban de las corrientes traicioneras.

—Hay una cosa que no has hecho todavía y nunca debes hacer —le dijeron a la chica foca—: nunca debes ir a tierra. Nunca debes quitarte la piel de foca y bailar en la playa.

—¿Por qué iba a querer hacer eso? —preguntó la chica foca.

—Un día querrás hacerlo —fue todo lo que dijeron—. Pero no debes hacerlo.

Pasaron los años y la chica foca no volvió a pensar en la advertencia, ya que estaba feliz de permanecer en el océano y no ir nunca a tierra.

Hasta que un día, mientras nadaba en las aguas y se revolcaba con las algas, vio a un chico caminar por la playa. Y de repente, la añoranza la golpeó. Quiso dejar el mar y visitar la tierra. Tal como los ancianos predijeron. No quería irse por mucho tiempo, solo lo suficiente.

Así que fue completamente sola hasta el otro mar. Esperó hasta que la gente foca se quedara dormida en las rocas o buceara en busca de peces y nadó hasta la playa. Se quitó la piel de foca y caminó por la arena hacia el chico.

Los ancianos no habían pensado que tuvieran que entrar en detalles, ya que esperaban que ella hiciera caso a su advertencia. Así que no le explicaron que, en caso de salir, debía tener cerca su piel, porque si la perdía nunca más podría volver al mar.

Y así, la chica foca se olvidó de su piel de foca durante un tiempo. Bailó en la arena a la luz de la luna con un chico al que acababa de conocer, pero que ya amaba. Cerró los ojos, se deleitó con el suave toque de la brisa salada en su piel y el beso de la arena en los dedos de los pies. Pronto, la chica foca estaba tan mareada que no vio una mano deslizarse a la luz de la luna ni el robo de su piel en las sombras.

Cuando por fin se dispuso a volver al mar, la chica foca descubrió que no podía. Se sentó en las rocas y lloró. Sus lágrimas caían en el océano mientras lloraba la pérdida de la vida que tanto amó.

El chico que le robó la piel trató de secar sus lágrimas, trató de persuadirla para que volviera a casa con él. Le prometió ser un buen marido y bendecirla con muchos bebés. Pero la chica foca no quiso ir. Se limitó a sentarse a la orilla del agua y lloró. Lloró hasta que no tuvo más lágrimas para llorar, hasta que se quedó seca como la hierba sobre la que el chico se sentó a observarla.

La chica foca contempló el mar durante horas, días, semanas. Y desde el amanecer hasta el atardecer, el chico la observaba. Cada día le hacía la misma pregunta:

—¿Quieres venir conmigo y ser mi esposa?

Cuando la chica foca se dio cuenta de que nunca podría volver al mar, dijo que sí. Vivieron juntos durante muchos años. No con felicidad, pero tampoco infelices. Tuvieron muchos hijos, tal como el chico le prometió. Y aunque la chica foca amaba a su marido y cuidaba a sus hijos, en las noches de luna nueva dejaba su casa en la colina, bajaba a la orilla del mar, miraba el agua y lloraba.

Una noche, cuando todos sus hijos crecieron, la mujer foca se despidió de su marido dormido y caminó hacia el mar. Se sentó en las rocas y pensó en todo lo que había ganado y perdido, en la vida que añoraba: el sedoso deslizamiento con las mareas, la emoción de la persecución, el abrazo infinito del océano.

De nuevo, la mujer foca lloró y, esta vez, no se detuvo. Lloró hasta que se despojó de su segunda piel, lloró hasta que se deshizo de todo lo sólido, lloró hasta no ser más que lágrimas, hasta que no fue más que agua, hasta que volvió a dar vueltas y a rodar y se deslizó entre las olas de su amado mar.

Cuando el dibujo está terminado, Liyana exhala un profundo y melancólico suspiro. En la ola de tristeza que la envuelve, piensa en sus dos tías, la que está llena de dolor y la que está llena de alegría, y al mismo tiempo decide que es el momento de intentar hacer el pastel con el que supuestamente puede contactar a los muertos. Se pregunta si en los gabinetes de la cocina hay una bolsa de cacahuates y se levanta para buscarlos. Luego, a punto de dar un paso al frente, se detiene porque presiente una advertencia. Espera a que se le revele, y cuando no lo hace, toma las cartas de tarot y empieza a barajarlas. Pero antes de que termine de repartir sobre el escritorio, Liyana escucha la voz de su hermana tan fuerte y clara como si Scarlet le susurrara al oído: «Voy a destrozarle el corazón y a romperle el bazo. Voy a partirlo en dos».

Liyana empuja su silla hacia atrás, toma su chaqueta y sale a buscar a Ezequiel Wolfe.

Scarlet

De pie en la fila que serpentea por Fitzbillies, Scarlet se imagina que podría inclinarse sobre el mostrador para mojar su dedo en el jarabe aún burbujeante de la bandeja de rollos Chelsea y lamer gotas de azúcar caliente. Delicioso. Mordisquea la uña de su pulgar, espera a que le sirvan. Scarlet está impaciente. El deseo de incendiar a Ezequiel Wolfe crece y arde en su interior, hasta que

244

no puede permanecer quieta por el calor que le inunda el cuerpo, como si le palpitara fuego en lugar de sangre. A medida que pasan los minutos y el deseo crece, Scarlet llega a la conclusión de que no tiene mucho sentido esperar. Después de todo, ¿quién es Ezequiel Wolfe? Ella no necesita ser demasiado fuerte. Podría acabar con él mientras duerme. No es que ella duerma en estos días, no con el aliento de un dragón como sangre. Durante la noche, ella transpira grandes riachuelos de sudor que se desprenden de su piel caliente y convierten la sala de Goldie en un sauna. Scarlet sabe que seguirá sufriendo y que su sufrimiento solo empeorará, hasta que expulse las llamas que arden en su interior. Y así, Scarlet abandona la fila, se da la vuelta y sale por la puerta, camina por la calle Trumpington en dirección a la estación de tren.

—Vine a recoger mis cosas. —Eli se aleja de la puerta; sus ojos son suaves, su sonrisa gentil.

—Pasa.

Scarlet camina por el pasillo hasta la sala y se tumba en el sofá.

—Por favor —Eli la sigue—, ponte cómoda.

—Gracias, pero no necesito una invitación. —Scarlet se acomoda en un cojín de seda—. Compré este sofá.

Eli se encuentra ante ella en la alfombra. Ella puede verlo luchar con lo que sabe que no debe decir, pero luego sus ojos se apagan y se rinde a su naturaleza más baja:

—Tú lo elegiste, yo lo pagué.

—Es cierto —dice Scarlet—. ¿Por eso pensaste que podías tratarme como una prostituta, porque tú pagaste todo?

La sonrisa de Eli desaparece.

—Eso no es justo.

—¿No lo es? —Scarlet se vuelve a sentar en el sofá—. Entonces, ¿cuál es tu excusa?

Eli suspira.

—Por favor, otra vez no. ¿No hemos pasado por esto una y otra vez? Eres una santa. Yo soy un cabrón. Creo que todos lo sabemos ya. Volver a hablar de ello no va a llevarnos a ninguna parte.

—Un cabrón, ¿en serio? —Scarlet frunce el ceño—. ¿No crees que lo tomas a la ligera? Pienso que una mejor descripción de ti podría ser mentiroso, traidor, arrogante, misógino, y ¿dije mentiroso? Malcriado, hedonista.

—¿Misógino? No creo que… Mira. —Eli desliza sus manos en los bolsillos—. No niego nada. Confesé. Me disculpé. Te supliqué que me perdonaras y te negaste. Así que aquí estamos.

—¿Te disculpaste? —Scarlet siente una inoportuna oleada de dolor, una ráfaga de náuseas que eclipsa su rabia por un momento—. No supe nada de ti desde que me fui. Esperaba…, dadas las circunstancias, pensé que me llamarías todo el tiempo, que enviarías cantidades obscenas de chocolates y ramos de flores. Pero, no. Ni una sola palabra. Ni una galleta, ni una margarita. Yo, yo… —Scarlet se pellizca el puente de la nariz y se limpia las lágrimas— después de casi tres años juntos y ni siquiera un maldito mensaje.

—Oh, vamos, Scar —dice Eli—. No puedes culparme por eso. Me dejaste bastante claro cómo te sentías. Perdóname por pensar que cualquier acercamiento que hiciera sería tan bien recibido como una infección de gonorrea.

—Pero esa es la cuestión —dice Scarlet—. Tú envías rosas, yo las destruyo. Envías chocolates y yo…, bueno, me los como, pero luego quemo las cajas y maldigo tu nombre —se frota los ojos—. Pero la cuestión es que lo intentes, mierda. No haces nada. Si no haces nada, entonces se acabó.

Eli suspira de nuevo, un suspiro de profunda resignación.

—Pero *se* acabó, ¿en verdad?

Al mirarlo ahora, al notar la tristeza en sus ojos y su voz, Scarlet se siente de pronto invadida por el arrepentimiento. Se arrepiente de haberlo amado, de haberlo perdido. Se arrepiente, sobre todo, de haberse perdido a sí misma por su culpa. Y siente que su corazón se ablanda.

—Eli…

—Scar… —Justo antes de que él encuentre su mirada, con esos suaves ojos, Eli mira su teléfono.

En ese momento, ella lo sabe. Sus ojos se oscurecen, el calor vuelve a invadir su sangre.

—No me llamaste porque estabas demasiado ocupado cogiendo. —Mira al suelo, pero no puede ocultar su rubor—. Por Dios, ¡soy tan idiota! —Scarlet exhala—. Ahí estaba, te imaginaba desplomado en el sofá muriendo de arrepentimiento y allí estabas tú, feliz en mi ausencia, cogiéndote a todo el mundo en Londres. ¿Son tan crédulas como yo? ¿Se creen tus mentiras?

—No tengo que mentir. —Ahora, con un destello de desafío en el rostro, él levanta la mirada—. No todas las mujeres tienen una visión tan convencional sobre la fidelidad.

—¿Quieres decir que fingen que no les importa si te acuestas con otras?

—Vamos, Scar, no seas tan puritana.

—¿Puritana? —dice ella—. ¿Sabes? Me gustaría que hubieras sido un poco más claro en tus puntos de vista y valores antes. Así te habrías ahorrado una buena cantidad en manutención.

Scarlet se pone de pie, ya sin ningún atisbo de tristeza. Se acerca a él. Frunce el ceño, retrocede.

—Ahora —dice Scarlet—, ¿por qué no te sientas?

—¿Qué? No.

Scarlet se acerca.

—Siéntate.

Eli sacude la cabeza, parece repentinamente desconcertado.

—No quiero.

—Qué pena —Scarlet da un paso más hacia adelante para que, al evitarla, Eli caiga en una silla, con las piernas abiertas.

—De todas formas…, podría hacerte bien no conseguir lo que quieres. La formación del carácter, ¿no te la enseñaron en Eton?

—Mira —Eli extiende sus manos mientras Scarlet se inclina sobre él—. Creo que deberías irte. Yo… te prometo que te enviaré tus cosas.

Scarlet sonríe, con los ojos brillantes.

—Oh, pero ya que vine hasta aquí, no puedo irme con las manos vacías.

Eli se levanta de la silla.

—No, espera…

—No tan rápido —Scarlet lo empuja hacia abajo—. ¿No quieres despedirte de tu hija antes de que me vaya?

Eli frunce el ceño.

—¿Qué…? Ya te dije, pagaré mi parte, haré mi parte.

Scarlet sacude la cabeza. La sangre de fuego late en sus venas, siente su calor subir hacia su pecho.

—No te creo, y además he decidido que cuando tenga una hija será con un hombre menos —lanza una mirada rencorosa sobre él—… odioso.

—Espera, ¿vas a abortar? Pero no puedes, no sin que lo hablemos…

—Oh, claro que puedo —dice Scarlet—, y aunque no tenía intención de hacerlo, ahora que lo mencionas, la posibilidad tiene cierto atractivo: libertad, un nuevo comienzo. Puedo hacer lo que quiera. Ya no tienes nada que decir sobre mí o mi cuerpo. Así que… ¿quieres un momento para despedirte, antes de que la incinere a ella y antes de que te incinere a ti?

Eli la observa con los ojos muy abiertos.

—¿Qué mierda…?

—Oh, ¿no lo había mencionado? —Scarlet sonríe—. Bueno, tal vez mi presentación fue un poco engañosa. Cuando dije que vine a recoger mis cosas, lo que quería decir es que vine a incinerar mis cosas, dada la muerte de nuestra relación. Me parece apropiado, y

248

pensé que podría también incinerarte a ti junto con ellas, ya que tú fuiste la causa de esa muerte. ¿Qué te parece?

De nuevo, Eli intenta ponerse de pie. Scarlet lo empuja hacia abajo.

—Espera —le dice—. Esto no es gracioso.

—No es una broma —Scarlet se encoge de hombros—. Aunque supongo que depende de tu perspectiva. Puede que lo sea para mí. Pero no creo que la muerte por fuego te resulte en particular divertida. —Ella inclina su cabeza hacia un lado, lo considera—. He oído que duele.

—¡¿Qué demonios te pasa?! —grita Eli—. ¿Has perdido la cabeza?

—No lo creo —dice Scarlet—. Había perdido la cabeza y el corazón por ti. Pero estoy feliz de informarte que ahora tengo de vuelta mi mente, mi espíritu y, lo más importante… —Scarlet levanta las manos hacia el techo—: mi fuego.

Las chispas se encienden en las puntas de sus dedos, se reúnen en racimos como bengalas, palpitan con ritmo, forman pilares que se alargan y engrosan hasta que se arquean en un puente entre sus manos extendidas. Eli la observa aterrorizado. Se levanta, y esta vez, ella lo deja. Él se tambalea hacia atrás y extiende la mano para alcanzar la pared. Scarlet se acerca a él.

—Entonces, ¿una última palabra? —Scarlet observa el arco eléctrico escupir y lanzar chispas, hipnotizada por un momento—. Vamos, no tengo todo el día.

—¡Estás loca! —Eli tantea la pared como si buscara una puerta oculta—. Estás jodidamente loca.

—Oh, lo sé. —Scarlet sonríe—. Y déjame decirte, ¡se siente glorioso! Ahora, apresúrate. No tengo todo el tiempo del mundo. Y si lo tuviera, la verdad es que no lo desperdiciaría contigo.

Sin dejar de sostenerse en la pared, Eli se acerca a la puerta. Scarlet estrecha sus ojos y lanza un arco de electricidad hacia la entrada. Eli salta hacia atrás.

—Oh, no lo harás, pequeño —Scarlet se ríe—. ¿No escuchas? Te dije que recuperé mi mente. Ya no soy tu pequeña idiota.

Eli mira con desesperación a la puerta, luego vuelve a mirar a Scarlet y cae de rodillas.

—Por favor, Scar, no lo hagas, te lo ruego. —Una chispa se posa en su pierna, abre un agujero en sus *jeans*.

—¡Oh, mierda! —grita, mientras golpea con fuerza—. Por favor, por favor, para esto.

—Y si lo hago, ¿prometes no traicionar a ninguna otra mujer?

Por encima de ellos, el techo ennegrecido empieza a arder. Y Eli, al ver que las llamas se extienden como si la pintura hubiera sido diluida con gasolina, comienza a llorar.

—¡Sí, por supuesto! —gime, ocultando su cabeza en las manos—. Por supuesto, por supuesto que sí. Pero, por favor, por favor... —Las lágrimas ruedan por sus mejillas—. ¡Por favor, no me mates!

Scarlet aplaude, lo que provoca fuegos artificiales. Las chispas explotan entre ellos.

—Es un poco tarde para eso, ¿no crees?

Mientras la electricidad se dirige hacia su pecho, Eli grita. Mientras el fuego le abrasa la piel, las llamas vuelan por las paredes, por el techo, y el humo se eleva desde el suelo, Scarlet piensa en la niebla que se extiende sobre Everwhere, piensa en el susurro de las sombras y en las promesas que hacen. Mientras lo observa arder, sus ojos son oscuros como un cielo sin luna. Entonces, un destello de luz...

—Muy bien, criatura patética —escupe Scarlet—. Te dejaré vivir si te importa tanto. Pero dile a alguien que hice esto y volveré y te mataré.

Ella aplaude de nuevo y, de repente, la electricidad se apaga. Eli cae hacia atrás, con el corazón aún bombeando adrenalina. En su pecho quedaron marcadas las palabras: «Te romperé el corazón». Una advertencia para toda mujer que se atreva a amarlo. Las llamas empiezan a menguar y el humo, con el olor acre de la carne quemada, se reduce. Scarlet camina despacio hacia la puerta. No mira hacia atrás.

Scarlet sale del edificio, entra en la noche, baja los escalones de piedra y llega a la acera justo cuando Liyana cruza corriendo la calle hacia su encuentro, rodeada por el sonido de las bocinas de los coches.

—Hola, hermana —dice Scarlet, sin detenerse—, tienes una sincronización perfecta. Todavía arde ahí dentro. —Lanza las últimas palabras por encima del hombro—. Puede que quieras hacer que llueva.

Everwhere

Liyana encuentra a Goldie sentada en las ramas de Leo. La llama y la saluda. Goldie voltea con una mirada culpable, sujeta la rama a su lado como si Liyana estuviera a punto de romperla por la mitad y arrancarla de sus manos.

—Pensé que te encontraría aquí.

—¿Qué se supone que significa eso?

Liyana frunce el ceño.

—Nada, es que… siempre estás aquí, ¿no es así?

Goldie no dice nada.

—¿Puedes bajar? —suplica Liyana—. Tenemos que hablar sobre Scarlet.

Goldie se apoya en el tronco de Leo.

—¿Podemos hablar mañana?

—No, lo siento, tiene que ser ahora.

—Pero no entiendo… —Goldie se hunde en el suelo entre las raíces de Leo—. ¿Cómo pudo…? ¿Y por qué yo no lo sabía? ¿Y cómo…?

—Escuché sus pensamientos —dice Liyana—. Y lo vi en las cartas.

—Pensé que estaba bien, pensé que estaba mejorando…
—Goldie deja caer la cabeza sobre sus rodillas—. Debería haberlo sabido.

—No hagas esto —dice Liyana—. No tiene sentido todo eso ahora. Tenemos que ayudarla.

Goldie suspira.

—Pero yo tan solo… no entiendo, ¿por qué no habló con nosotras, por qué no nos dijo lo que quería hacer? Podríamos haberla ayudado, podríamos haberla…

—Detenido —interrumpe Liyana—. Ahí está tu respuesta. La gente habla de cosas que quiere hacer porque no las hacen. Quiero decir, los suicidas casi nunca comparten sus planes, ¿verdad? Si en realidad vas a hacer algo, no hablas de ello, tan solo lo haces.

—Oh, Ana. —Goldie levanta la cabeza y la mira—. Tu tía.

Liyana asiente.

—No podemos pensar en eso ahora, tenemos que centrarnos en Scarlet.

—Sí, por supuesto. Pero ¿qué podemos hacer? Ella provocó un incendio, casi comete un asesinato. Estará encerrada por el resto de su vida.

—Tendrán que sospechar de ella primero —dice Liyana—. Y quiero pensar que no dejó huellas dactilares.

Goldie vuelve a suspirar.

—¿Dónde está ahora?

—No lo sé. No pude perseguirla, estaba demasiado ocupada intentando apagar el maldito fuego.

La entrada de Scarlet es anunciada por el susurro de las hojas, la niebla que se levanta y las nubes que se abren para que la luna proyecte su luz sobre el suelo pedregoso. Liyana y Goldie observan a su hermana salir de la niebla.

—Aquí estoy.

Es exactamente la misma, pero totalmente diferente: radiante, luminosa, incandescente, como si estuviera iluminada desde dentro. Está más recta, es más alta, más fuerte que antes, su cabello lustroso de un rojo más oscuro. Su presencia y su impacto son mayores. La niebla desaparece, pero su huella permanece. Aún con la mirada fija, ahora Goldie y Liyana ven lo que la niebla les ocultaba: que Scarlet no camina, sino que se desliza, flota a pocos centímetros del suelo.

Solo cuando Scarlet está de pie ante ella, Goldie se da cuenta de que no estaba imaginando cosas la noche del conjuro: sus ojos brillantes son negros como el carbón. Observa a su hermana, más bella que cualquier ser humano que haya visto: audaz, intrépida, resplandeciente.

Scarlet sonríe.

—¿Me extrañabas?

—¿Qué...? —Goldie pierde el hilo de sus pensamientos—. ¿Qué...? ¿Qué te pasó?

La sonrisa de Scarlet se convierte en una mueca.

—¿Qué no me pasó? —Levanta los brazos hacia la luna inamovible—. Soy todo. No hay nada que no haya hecho, nada que no pueda hacer. Soy la hermana Grimm suprema.

—Dices eso como si fuera una cosa buena —arremete Liyana—. Casi matas a un hombre.

—Casi mato a una cucaracha —Scarlet se encoge de hombros, deja caer las manos—. Y lo volvería a hacer. Quizá me dedique a ello, ya que estoy buscando trabajo. Podría ser una superheroína moderna que extermine a los machos odiosos por el bien de las mujeres, ¿qué les parece?

Goldie y Liyana no dicen nada.

—Necesitaré un disfraz, por supuesto —continúa Scarlet, sin importarle su silencio—. Algo espectacular. Me apetece una capa. Rojo oscuro, a juego con mi cabello. Pero ninguna máscara cobarde; si lo hago, quiero que me aclamen.

—Basta, Scar —interrumpe Goldie—. ¿Entiendes lo que has hecho?

—Yo estaba allí, ¿no? —Scarlet levanta los ojos hacia el cielo—. Y no fue por un tonto capricho. Fue planeado y, puede decirse, ejecutado a la perfección.

—Espera —Goldie la observa, incrédula—. ¿Admites que lo hiciste? Ni siquiera intentas…

—¿Y por qué no habría de admitirlo? —Scarlet sonríe—. ¿No estabas escuchando? Si hago el acto, quiero la aclamación. ¿No sentirías lo mismo?

Goldie y Liyana intercambian miradas incrédulas.

—¿Así que vas a confesar? —dice Liyana—. ¿Vas a entregarte?

La risa de Scarlet hace temblar las ramas de los árboles, retumba en el suelo y también hace temblar las raíces.

—¿Y por qué debería hacerlo? Si me encarcelan, no le sirvo a nadie.

—Entonces, ¿qué vas a hacer? —Goldie observa a su hermana—. Si no vas a huir, ¿cómo crees que te saldrás con la tuya?

Como si lo estuviera considerando, Scarlet esboza una sonrisa beatífica.

—Oh, no te preocupes por eso.

Goldie presiona sus pies en el suelo en su ansiedad por tocar la tierra, mientras pequeños brotes comienzan a surgir y se enredan entre los dedos de sus pies.

—No entiendo…

Liyana exclama y se lleva las manos a la boca.

—Oh, no.

Goldie se vuelve hacia ella.

—¿Qué?

Pero Liyana no quita los ojos de Scarlet.

—Las cartas, lo vi… El Diablo…, un espíritu malévolo, las sombras…

El orgullo ilumina el rostro de Scarlet. Goldie mira de una hermana a otra.

—¿Qué demonios está pasando?

—Cuando… cuando resucitamos a Leo —dice Liyana—. Nosotras lo liberamos.

Por un momento, Goldie no entiende; luego recuerda que el rencor y la venganza esperan en las sombras. Espíritus oscuros que persisten, una presencia maligna que dejó el creador derrotado de Everwhere. Despacio, Scarlet comienza a aplaudir.

—Bien hecho, hermana. Empezaba a preguntarme si alguna de ustedes iba a lograr comprenderlo…

—Pero no… Pero ¿cómo? —dice Goldie— ¿Cómo sucedió?

La luna inamovible ilumina a Scarlet como si estuviera bajo el foco de un teatro, la niebla se arremolina a su alrededor como si fuera humo. Goldie y Liyana observan cómo su hermana comienza a dar zancadas en lentos y meditados círculos, mientras contempla a su alrededor. A medida que camina, sus dedos chispean. Cuando Scarlet se detiene ante el árbol y extiende la mano para acariciar la suave corteza, y en particular la constelación de pequeñas lunas menguantes y estrellas marcadas a lo largo del tronco, Goldie se adelanta.

—No lo toques. —Todavía no entiende lo que le pasó a su hermana, pero puede sentir la maldad que se apodera del aire—. O…

—Puedo quemarte, si quieres —Scarlet presiona su mejilla contra el tronco y susurra hacia Leo, como si Goldie no hubiera dicho una palabra—. Puedo sacarte de tu miseria. Solo tienes que pedirlo…

Las ramas de Leo tiemblan como si una brisa las atravesara, aunque el aire está quieto.

—*Haz lo que quieras conmigo, pero no le hagas daño.*

—¡Oh, sí!

El profundo estruendo de la risa de Scarlet estremece los árboles y sacude el suelo.

—Pero esta sería de lejos la mejor manera de herirla, ¿no crees? Verte quemarte hasta las raíces sería más doloroso que cualquier muerte que yo pueda conjurar.

Goldie avanza hacia Scarlet, pero Liyana la sujeta y tira de ella hacia atrás. El grito de Goldie se entrelaza con las ramas retorcidas de Leo. En respuesta, un cuervo grazna.

—Oh, son tan ridículas —dice Scarlet—. No lo quemaré, aunque Dios sabe que se lo merece, aunque solo sea por ser tan insufriblemente galante.

—¡Detente! —grita Goldie.

Otra sonrisa de éxtasis se extiende por el hermoso rostro de Scarlet mientras se vuelve hacia su hermana. Es desconcertante, aún, lo radiante que se ve. Goldie no está segura de que la coexistencia de la belleza y la maldad sea difícil de aceptar. Busca en los ojos negros de Scarlet un destello de afecto o hermandad, pero no ve nada más que su propio reflejo.

—Sería un error no temerme —dice Scarlet—. Yo podría, si lo deseara, quemarte viva antes de que me veas levantar un dedo para hacerlo.

—Puedes intentarlo. —Ante las palabras de Liyana, las nubes de lluvia se acumulan tan densas y espesas que parece que el cielo desciende mientras la oscuridad se acerca. Con un gran trueno, las nubes se abren para arrojar torrentes de agua.

La hermana-sombra se ríe, su estruendosa carcajada hace que la boca de Scarlet dibuje una mueca.

—¡Oh, eso es demasiado vano! Tú crees que estoy aquí solo para matarlos a ellos dos —señala con la cabeza en dirección a Goldie y el árbol—. No, sus muertes serán un placer accidental. Vine a quemar Everwhere. Detonación total. Aniquilación. Obliteración.

—*Imposible*. —Con una sola palabra, Liyana y Goldie comparten el mismo pensamiento, pero su sorpresa y el miedo las hacen guardar silencio. La lluvia cesa.

—Oh, eso es lo que piensan —dice Scarlet—. Pero están equivocadas. Este lugar —abre sus manos en un falso abrazo— no es indestructible. Por supuesto, las sombras por sí solas no podemos manejarlo, por lo que decidí unir fuerzas con tu querida hermana.

—Pero… —tartamudea Goldie— entonces te aniquilarás a ti también, seas lo que seas.

Su hermana-sombra lanza un suspiro desde las entrañas de la Tierra.

—Ah, sí… En verdad será un holocausto. —Una sonrisa contornea su exquisito rostro—. No habrá sobrevivientes, ni vivos ni muertos.

—Pero ¿por qué? —Liyana hace eco de Goldie—. ¿Por qué hacer esto si no vas a sobrevivir para verlo?

Scarlet frunce el ceño y niega despacio con la cabeza como si Liyana fuera la mayor de las tontas. En la pálida piel de su cuello y sus manos las venas comienzan a palpitar, su sangre es ahora color negro tinta.

—Me decepcionas, querida. La ignorancia te la perdono, pero no la ingenuidad. Cualquier conquistador que se precie se sacrifica por su causa. ¿Acaso no hace lo mismo un suicida? ¿Y qué hay de los soldados que luchan a pesar de saber que son inferiores en número? Asesinar por la propia supervivencia es cobardía. Morir por una causa es heroico, el mayor de los actos honorables.

Goldie y Liyana miran a la criatura con la boca abierta, la incredulidad las deja mudas, el horror aplasta sus corazones. Ninguna de las dos sabe cómo mantenerse en pie, cómo enfrentarse o responder a sentimientos tan viles e inicuos. Sin volverse, cada una toma la mano de la otra, sus dedos se entrelazan. Liyana tira de Goldie hacia atrás desde el borde, Goldie ancla a Liyana al suelo.

—*Pero ¿y ahora qué?*

—*No lo sé.*

Liyana mira a Goldie y se le ocurre una idea.

—*¿Mami Wata?*

Goldie asiente.

—¡Ah, sí! —la sombra se ríe y Scarlet aplaude—. ¡Qué plan tan divertido! Un exorcismo, me encanta. Es muy erótico, ¿no les parece? Que se metan así contigo.

Los ojos de Goldie se dirigen a Liyana, que le devuelve la mirada. No pueden compartir sus pensamientos sin ser escuchadas, no pueden formular planes secretos más elaborados. Entonces, ¿qué más podrían intentar?

—Vamos, el tiempo corre y tengo cosas que hacer, mundos que destruir. —Scarlet-sombra abre sus brazos y camina hacia atrás, se detiene justo al lado del tronco de Leo—. Tengan cuidado —dice—. No quiero acabar atrapada en un árbol. Sería muy desafortunado y me vería obligada a castigarlas de la peor forma.

Vuelve a sonreír, contaminando la pobre cara de Scarlet. Goldie espera que la sombra se equivoque al descartarlas tan a la ligera, que su monstruosa arrogancia sea su perdición. La historia, después de todo, está sembrada de cadáveres de aquellos que se creían invencibles. Teddy le había contado algunas anécdotas, y para tranquilizarse, las recita ahora en silencio: Calígula, César, Atila... Como si esos locos y terribles fantasmas pudieran reducir a su enemigo o engrosar sus filas. «La batalla de Morgarten». La voz de Teddy resuena en el oído de Goldie: «1 500 soldados suizos vencieron a un ejército austriaco de 8 000. La batalla de Salamina...».

Sin esperar, Liyana comienza a murmurar, invoca su hechizo.

—¡Sujétala fuerte! —le grita Goldie a Leo, esperando que él se mueva más rápido que Scarlet.

Al instante, las dos ramas más bajas y gruesas de Leo se extienden para envolver la cintura de Scarlet. Tiran de ella rápido y fuerte contra su tronco. En el mismo momento, Goldie arranca gruesas cuerdas de hiedra del suelo para atar sus brazos y piernas. Así, la fija al árbol.

—¡Vaya, vaya! —La sombra examina sus grilletes—. Esto es acogedor, ¿verdad?

—*Mami Wata* —la corta Liyana—. *Mami Wata muna rokonka don...*

Por una fracción de segundo la sombra se levanta del cuerpo de Scarlet, así que la envuelve una espesa niebla oscura y, por un momento, ven su cara de nuevo, como era antes, hasta que la sombra se hunde de nuevo en su cuerpo.

Animada por la esperanza, Goldie se une al conjuro de Liyana y cantan juntas:

—*Mami Wata muna rokonka don taimakawa wajen raba wadannan rayuka biyu. Muna rokon ku don taimakawa wajen fitar da magungunan, a sake dawo da mazaunin jiki zuwa jikinta da kuma kawar da duk masu fadar.*

—Un parásito, ¿lo soy? —Los labios de Scarlet se entintan tanto como sus ojos—. ¿No se les pudo haber ocurrido una metáfora más adecuada? Un íncubo, quizás. O súcubo. Este último evoca al chupasangre, ¿no?

Es interrumpida por un repentino grito que golpea el aire mientras la cara de Scarlet se contorsiona en el paroxismo del dolor. Goldie se queda boquiabierta ante su hermana que se retuerce.

—¡No! —le grita Liyana—. No te detengas.

—*Muna rokon ku don taimakawa wajen fitar da magungunan...*

El grito de Scarlet atraviesa a las hermanas, la fuerza del sonido las hace retroceder. La miran horrorizadas. ¿Podrá sobrevivir a esto? ¿Saldrá ilesa? Pero no detienen su canto.

—*Mami Wata muna rokonka don taimakawa wajen raba wadannan rayuka biyu.*

Hay un cambio repentino en el grito, como si Scarlet estuviera convulsionando no con dolor, sino con satisfacción: suspira, gime, tiembla con grandes olas de placer. Luego, se ríe. Su risa es un profundo y tremendo estruendo que sacude a Leo y le arranca ramitas, hace llover sus pedazos sobre las hermanas como una pestilencia. Luego, se ríe como si pasara algo divertido, como si apreciara un chiste mediocre.

—Yo no… —Liyana se interrumpe—. ¿Qué…?

—Se burla de nosotras —dice Goldie—. No le hemos hecho nada.

—Oh, queridas… —La sombra sonríe—. No se pongan así. Enfurruñarse es tan impropio. De todos modos, deberían estar orgullosas de su esfuerzo. Para ser el primer exorcismo no estuvo nada mal, sentí una o dos punzadas. Estoy segura de que con unos días más de canto la extracción hubiera sido inminente.

—Mierda —escupe Liyana—. Mierda, mierda, mierda.

—Tranquila, querida. —Su voz está tensa como un cable, lista para romperse—. No nos dejemos llevar. Ahora es mi turno.

—¿Qué vas a hacerme? —grita Liyana—. ¡No puedo imaginar qué es peor que ser quemada viva!

La sonrisa maliciosa de nuevo.

—Entonces tienes una imaginación muy pobre.

Liyana abre la boca, pero al hacerlo cae al suelo. Goldie la mira horrorizada, mientras Liyana grita; se lleva las manos a las sienes, se arranca el cabello, su cara se transforma en una máscara de tal horror que Goldie queda paralizada.

—¡No! ¡Nya, no! ¡No lo hagas! —El grito de Liyana atraviesa el aire como un rayo—. ¡Koko, Koko, para! —Liyana se araña la cara, provoca riachuelos de sangre en sus mejillas—. ¡Por favor, no, no, no!

Al ver la tortura de su hermana, Goldie se siente tan furiosa que todo el miedo y la precaución se van por la borda. Se acerca a Scarlet, su hermana-sombra, con las manos extendidas; al instante, vides de hiedra se enredan alrededor de la garganta de la criatura. Goldie aprieta tan rápido que la estrangula antes de que sea consciente de lo que está haciendo. Tira de las lianas cada vez más fuerte. A medida que la sangre drena de la cara de Scarlet, su cabeza cae hacia adelante como si le hubieran roto el cuello…

Incapaz de continuar, Goldie deja caer sus manos a los lados y las lianas se aflojan.

Despacio, Scarlet levanta la cabeza, abre la boca, chasquea su mandíbula de lado a lado.

—¡Ouch!

Fija sus grandes ojos negros en Goldie.

—Para alguien tan inteligente, me sorprende que no te hayas dado cuenta antes.

Goldie cae de rodillas, derrotada. Pero, al menos, Liyana está en silencio ahora.

—Qué enigma —la risa punza como estática a través del claro—. Cómo matarme sin hacerme daño: parece un rompecabezas irresoluble, ¿no crees?

En el suelo, Liyana se queja. Goldie corre hacia ella, apoya sus manos en las mejillas de su hermana para que la sangre se absorba y los arañazos comiencen a sellarse.

—No podemos arriesgarnos a dañar a esta preciosidad, ¿verdad? —La sonrisa de la sombra atraviesa las mejillas de Scarlet, como si acabara de abrirlas con un cuchillo—. Y por si acaso pensabas sacrificar a tu adorable hermana…, deberías saber que extinguir su cuerpo no extinguirá mi espíritu. Se necesitará mucho más que eso. Así que, queridas, si no pueden exorcizarme y tampoco extinguirme, ¿qué proponen hacer?

En las ramas de Leo, un cuervo grazna. Una, dos, tres veces.

Un segundo después, alas negras baten el aire, ahora repleto de graznidos agudos. Por un momento, el cielo está más oscuro que nunca, cualquier rayo de luz lunar ha sido bloqueado por las nubes de cuervos. Cientos, miles de garras extendidas y picos puntiagudos. Y antes de que Leo le hable en su mente, Goldie levanta a Liyana, la arrastra lejos, tropieza mientras él suplica: «*Corre hacia las sombras, ¡escóndete!*».

Liyana jadea mientras corren, pero no tiene aliento para preguntar, así como Goldie no tiene aliento para responder. Corren sobre el musgo y la piedra, a través de cortinas de hojas, pasan por troncos caídos, sobre rocas, hacia la oscuridad. Pero, antes de entrar en la oscuridad, Liyana se retira.

—No. —Tira de la mano de Goldie—. No podemos.

Esta es la oscuridad sobre la que les han advertido desde la infancia. Saben demasiado bien la imposibilidad de resistirse al veneno del rencor y la venganza. Basta con ver a Scarlet para entender los peligros de la posesión. Unos segundos de escuchar aquellos susurros las volverán locas, las dejarán mudas, las despojarán de toda la fuerza y habilidad que alguna vez tuvieron.

—Confía en mí —Goldie tira de su hermana—. Por favor.

Están apenas a unos centímetros de las sombras, sus pies invaden la resbaladiza oscuridad de tinta. Juntas se adentran en la maleza.

—¿Cómo vamos a sobrevivir a esto? —Liyana siente que las sombras la arañan, su tacto es más pegajoso de lo que había imaginado. Es como caminar en melaza, excepto que las sombras se deslizan como aceite por toda su piel mientras camina.

—No lo sé —admite Goldie—. Pero Leo no nos abandonará. Bea debe tener un plan.

—Eso espero, mierda —murmura Liyana.

Porque ya puede escuchar el coro creciente, las palabras insidiosas que quieren entrometerse en sus cerebros, retorcer y desgarrar, deshacer todo lo que han creído correcto y verdadero, hasta volverlas primero malévolas, luego demoniacas…

—Creo que ella… —Goldie se interrumpe, grita y retrocede.

De repente, las criaturas las han rodeado, con sus dedos alargados y sus rostros retorcidos y hundidos. Miran a las hermanas con ojos huecos, sus huesos traquetean invitando a la locura, la destrucción y la desesperación.

Liyana y Goldie corren.

Atraviesan la oscuridad, dan la vuelta, avanzan, se deslizan, apenas evaden el agarre de las sombras. El tiempo se desliza de nuevo hacia los lados, se estira y se dobla, se eleva y cae, de modo que podrían haber sido engullidas por la maleza unos rápidos minutos o una docena de lentas horas.

—*Fuera, ahora.*

Ante las palabras de Bea, Liyana toma la mano de Goldie y tira de ella.

—*A la izquierda. A la derecha. Hacia adelante. ¡Sí!*

A partir de las instrucciones de Bea, corren hacia la tenue luz. Por fin emergen, con los cuerpos manchados de suciedad, pero las mentes misericordiosamente intactas. Liyana y Goldie se desploman en el suelo, jadean, presionan sus rostros contra el musgo, toman entre sus manos las lianas de hiedra serpenteante, se sujetan con fuerza a la tierra, lloran de miedo, de conmoción y de alivio.

A lo lejos, se oye la llamada de un cuervo.

—*Ya están aquí.*

Fluyen como salmones, ferozmente decididas a llegar a su destino. Son raíces aceleradas que se retuercen por el suelo, pisando siempre hacia adelante. Cientos de hermanas corren, saltan, vuelan hacia la arena, siguen el llamado que las conduce al lugar donde deben reunirse. Liyana y Goldie se deslizan entre la multitud, son llevadas por olas nerviosas. La algarabía ondula a través del siempre cambiante grupo, que avanza decidido, aterrorizado, ferviente…

Cuando llegan al claro, el silencio cae como una manta.

Su hermana-sombra está de pie junto al tronco de Leo, marca con distracción cicatrices frescas en la madera, elabora patrones de círculos concéntricos, como si apagara uno tras otro cigarros para desecharlos. Los gritos de Goldie se abren paso entre el enjambre de mujeres y niñas y se precipita hacia delante, antes de que unos brazos la sujeten y la hagan retroceder.

—*Espera. Hay que hacerlo como una misma, juntas. No puedes derrotarla sola.*

La sombra se vuelve hacia la multitud, dibuja una sonrisa maliciosa en el rostro de Scarlet, une las manos como si estuviera celebrando.

—Bueno, a decir verdad, no esperaba una participación tan maravillosa —exclama con falsa alegría—. ¿Qué he hecho yo para merecer una bienvenida tan calurosa? Me siento como una reina en su coronación.

—No estamos aquí para saludarte —escupe Goldie—. Estamos aquí para derrotarte.

—Para separarte —murmura Liyana— de nuestra hermana.

Al oír esto, la multitud se anima y, por primera vez en mucho tiempo, Goldie se siente inmersa en una sensación de camaradería y pertenencia. Mira a Liyana, que asiente con la cabeza mientras se toman de la mano. Arriba, Bea dirige la reunión.

—*Todas tómense de las manos. Unan su fuerza, dóblenla, tripliquenla y amplíenla más allá de toda medida.*

Al instante, cada hermana toma la mano de la que está a su lado: las hermanas de fuego, tierra, aire y agua se unen para controlar los elementos en la punta de sus dedos. Las chispas llenan el aire, hay grietas de luz en el cielo, las raíces se mueven bajo la tierra y los vientos azotan el claro.

—Así que esto es lo que quieren, ¿verdad? —Las chispas brotan en las yemas de los dedos de Scarlet—. Bueno, si quieren una masacre en vez de una coronación, entonces ¡una masacre tendrán!

Las llamas se encienden en los pies de Scarlet y suben hasta rodearla. Goldie y todas las hijas de la tierra levantan sus manos y un bosquecillo de robles comienza a temblar. Arrancan sus raíces del suelo, son como monstruosas arañas blancas que escapan de un prematuro entierro y comienzan a tambalearse hacia adelante, un ejército de figuras grotescas que hacen temblar el suelo a su paso. Las hermanas del aire atraen la fuerza de los vientos para formar una lluvia feroz que apague el fuego de Scarlet y, aunque ella se repone una y otra vez, las llamas nunca tienen la oportunidad de elevarse.

Mientras tanto, Scarlet libera arcos flamígeros desde sus palmas que se encuentran con los arcos de fuego de sus hermanas. Las colisiones ardientes explotan con tal fuerza que las hojas de todos los árboles del claro se encienden como yesca, y llueve ceniza caliente que quema a las hermanas de abajo. En el enfrentamiento, docenas de hermanas comienzan a tropezar y caer. Se retuercen y presionan sus sienes, tiradas en el suelo, con la cabeza echada hacia atrás y la boca abierta como si fueran lobos aullando.

—¿Qué está pasando? —grita Liyana—. ¿Qué está pasando?

Se encuentra con miradas vacías y aterrorizadas, al mismo tiempo que ve a más hermanas caer. Goldie, lejos de Liyana, quiere correr hacia Leo para refugiarse en sus ramas, para asegurarse de que no se queme, pero mira al cielo en busca de Bea.

—¡Ayuda! —grita—. ¿Qué pasa? ¿Qué…?

Entonces Goldie cae. Una espesa niebla gris llena su mente, su cuerpo se siente pesado como el plomo, los pensamientos envenenados cobran fuerza y comienzan a girar en espiral, la arrastran a una vorágine de desesperación. No puede seguir, solo quiere morir.

—*¡Detente!* —Otra voz atraviesa la oscuridad, aparece un destello en la niebla—. *Expulsa todo pensamiento de tu mente, no escuches a las sombras, no dudes de tu fuerza.*

Mientras el fuego arde y el suelo tiembla, algunas hermanas comienzan a levantarse y a ponerse de pie de nuevo. Goldie se sujeta a una raíz de árbol y se aferra a ella con fuerza. La voz de Bea se abre paso entre las sombras, como una trompeta brillante por encima de los violines:

—*¡Eres magnífica, gloriosa, poderosa, más allá de toda medida! ¡Ahora, levántate y lucha!*

Mientras Goldie lucha por arrastrarse desde el suelo, ve a Liyana de pie por encima de ella, que le extiende la mano para levantarla. En el momento en que se incorpora, Goldie es empujada por una bola de fuego que se estrella contra el musgo y las piedras, justo en el sitio donde ella estaba hace unos minutos. Las llamas se elevan y arden hasta que Liyana extiende sus dedos para extinguirlas. Entonces, unida a todas las hermanas de agua que aún se mantienen en pie, se vuelve hacia la luna y aúlla al ritmo de los grandes truenos que retumban en el cielo. Segundos después, las nubes se abren para empapar el claro con una lluvia torrencial.

Scarlet-sombra gira sus manos, lanza bolas de fuego a los árboles. Pero la lluvia es demasiado fuerte y cada una se extingue en una bocanada de humo. Ella lanza una y otra vez arcos de fuego que salen de sus manos y se lanzan al aire solo para ser apagados.

Goldie mira a Leo, al ejército que la rodea. Sujeta a tres hermanas de la tierra, forma un círculo apresurado, canaliza sus energías colectivas hacia Leo. Un momento después, sus raíces se desprenden del suelo y comienza a alejarse del claro hacia la seguridad del río. Pase lo que pase esta noche, Goldie no puede, no lo verá arder.

Las hermanas de la tierra, que ahora están de pie, entonan un canto que atrae a los árboles restantes, los agrupan alrededor de Scarlet para atrapar el espeso humo dentro de sus ramas. Las venas de tinta de la sombra ondulan bajo su piel a punto de romperse y, en su rabia impotente, la sombra se prende fuego. Ahora Scarlet es una imponente columna de fuego con llamas que lamen y escupen, se elevan por encima de los árboles.

—¡Aguanta, Scar, aguanta! —grita Goldie, y llama a todas las hermanas de la tierra, que levantan sus brazos, lanzan cuerdas de hiedra para anudarlas alrededor de los troncos de los árboles, los atan mientras se inclinan y cierran un dosel de ramas empapadas por la lluvia sobre el fuego. La lluvia se hace más intensa, los vientos azotan los árboles. Incitan, provocan, se burlan de la sombra.

La explosión es tremenda. Nuclear. Un apocalipsis de fuego. En una sola onda de choque de las llamas, los árboles se borran y la tierra se abre: un abismo gigantesco arrastra todo a su paso. Todas las hermanas huyen o vuelan para alejarse del agujero negro que se expande con rapidez. Sus gritos son absorbidos por la estruendosa cascada de tierra y piedra que desciende y se lleva consigo raíces arrancadas y árboles que caen en su centro.

Hasta que, por fin, todo queda en silencio.

Despacio, todas las hermanas se levantan. Tiemblan empapadas por la lluvia y el frío, las lágrimas, la sangre y la suciedad. Están roncas de tanto gritar y mudas por la conmoción. Al fin, se levantan y examinan lo que han hecho.

El grito de Scarlet es suave, tan suave que no lo oyen, sino que lo sienten. Al mismo tiempo, todas las hermanas se agolpan alrededor del borde del cráter y miran la sangrienta mezcla de rocas y árboles, partes de cuerpos y tierra. Con rapidez, Goldie, junto con todas las demás hermanas de la tierra, trenza ondulantes lianas de hiedra para formar una cuerda y la dejan caer en la oscuridad.

—¡Toma la cuerda! —grita Goldie—. Es segura.

Y cuando sienten un tirón de peso, levantan despacio hacia arriba.

Tras emerger de la oscuridad, Scarlet está demacrada, desolada y lastimada. Parece como si la hubieran torturado, como si le hubieran arrancado la cordura; su corazón aún late, pero apenas está viva.

Se arrastra hasta los brazos de Liyana y de Goldie. En un abrazo impenetrable y suave; poco a poco, los huesos rotos se recuperan, las heridas se suavizan y se sellan, las cicatrices se desvanecen. Y a medida que su cuerpo vuelve, poco a poco, lo hace su mente. De vez en cuando, un espasmo de terror recorre la cara de Scarlet, como la estática en una pantalla de televisión. A veces grita. Hasta que, por fin, se queda en silencio y en calma.

Mientras Goldie y Liyana atienden a Scarlet, otras hermanas trabajan para curar y salvar las vidas que pueden salvar. Cuando todo está hecho, las hermanas de la tierra se unen para cerrar el abismo y aplanar el suelo. Atan un manto apretado de musgo que se extiende sobre la tierra, una hoja de piel fresca en la superficie de Everwhere. Cubren la tumba de las pocas hermanas que se perdieron en la lucha. Pasa mucho tiempo antes de que las hermanas comiencen a dispersarse. Vagan de dos en dos o de tres en tres, sin necesidad de hablar o de despedirse. Saben que pronto volverán a verse de nuevo, porque ahora están juntas.

Cuando Scarlet por fin es capaz de sentarse, flanqueada por Liyana y Goldie, todas ven la delgada línea de sangre que baja por la pierna de Scarlet. Se miran, contienen la respiración, hasta que Scarlet deja escapar un profundo suspiro y empieza a llorar. Sus hermanas toman sus manos y susurran consuelos. Pero, para su sorpresa y la de ella, no son lágrimas de dolor, sino de alivio.

En las ramas de Leo, el cuervo se posa, a la espera.

Goldie

Goldie se aprieta contra el tronco de Leo, se aferra a él como la primera vez, como si hubiera pasado un siglo desde que lo viera por última vez. No necesita hablar, lo cual es una suerte, ya que no puede formar frases, porque él puede oír sus pensamientos y sentir su pulso.

Cuando Goldie encuentra la fuerza y la voluntad, se sube a las ramas inferiores de Leo y se sienta mientras él envuelve ramas más pequeñas alrededor de su cuerpo.

—*Está bien, ya pasó.*

Goldie asiente.

—*Te quiero.*

Goldie asiente de nuevo.

—Yo también… —Intenta repetir sus palabras, pero se da cuenta de que todavía no puede hablar.

—*No sabía que podía caminar, y debo decir que prefiero una vista lateral.*

Él intenta hacerla sonreír, pero tampoco puede hacerlo.

El silencio se extiende entre ellos, y cuando por fin Goldie hace su declaración, lo hace en un volumen tan bajo que espera que las palabras se pierdan en el viento.

—Voy a dejarte ir.

—*¿Qué? Yo no...*

—Sé que eres infeliz —susurra Goldie—. Sé que preferirías ser libre.

—*No, por supuesto que no. Soy feliz. Te quiero.*

—Oh, Leo, querido, lo sé —Goldie descansa su cabeza en las ramas—. Pero estás atrapado aquí y yo no viviré para siempre. He sido egoísta. Así que...

—*No.* —La interrumpe con tanta fuerza que se estremece—. *¡No! Necesito quedarme contigo.*

Goldie duda. Si él hubiera dicho «quiero» en vez de «necesito», ella habría dudado más.

—Está bien. —Se le escapa un sollozo—. Estaré bien.

—*No te creo. Lo dices para que te deje. Pero sé lo que pasó antes, sé lo que mi muerte te hizo a ti. No dejaré que ocurra de nuevo.*

—Lo prometo —dice Goldie—. Después de esto, volveré y viviré y haré todas las cosas...

—*No quiero que solo vivas, quiero que seas feliz.*

—¿Y cómo puedo ser feliz —Goldie deja caer unas lágrimas— al saber que tú no lo eres?

Un suspiro hace temblar sus ramas.

—*Soy feliz. Soy feliz siempre que estás aquí conmigo.*

—¿Y cuando no estoy? —Goldie sacude la cabeza, todavía intenta deshacerse de las lágrimas que se acumulan—. Estarás aquí para siempre, durante siglos después de mi muerte. Y si no te libero pronto, estarás atrapado en este árbol por la eternidad.

—*No la eternidad.*

—No —admite Goldie—. Pero sí lo suficiente, hasta que el sol por fin implosione y este universo colapse, y la Tierra y el resto del mundo se conviertan en nada. Entonces serás libre por fin.

Y como no puede negarlo, Leo guarda silencio.

—Estarás conmigo durante sesenta años más o menos —dice Goldie—. Después estarás atrapado durante cien vidas.

—*Un intercambio que haré con gusto.*

—Dices eso porque me amas, pero no te dejaré sufrir así.

—*Pero no podré hablarte, no como lo hace Bea, tú no escucharás mi voz.*

—Estarás aquí —dice Goldie, haciendo acopio de fuerzas—. Yo te escucharé.

—*No en palabras…*

—Lo sé. —Goldie presiona una palma contra su tronco—. Pero recordaré todo lo que nos hemos dicho, cada palabra.

—*Ni el tacto. Nunca más…*

Goldie escucha la grieta en su voz mientras vacila. Y ella no puede responder a esto, no puede convencerlo de que estará bien, incluso sabiendo que no volverá a sentir su tacto.

El silencio se extiende entre ellos una vez más hasta que Leo se da cuenta de que Goldie no será la primera en hablar, no dirá nada hasta que él dé su consentimiento.

—*Está bien. Pero, espera. Espera hasta el último momento; deja que te abrace hasta entonces.*

Goldie asiente. Así que se sienta en sus ramas y se deja abrazar y sostener mientras pasan las horas, hasta que sabe que no debe esperar más, hasta que sabe que es el momento.

Entonces, ella baja de sus ramas.

—*Te quiero.*

—Te quiero.

«Adiós» es lo que viene después. Ella espera que él lo diga, pero no lo hace.

Goldie abre la boca, pero se da cuenta de que tampoco puede; su garganta está ahogada por las lágrimas, sus ojos empañados por ellas. Desea tocarlo una vez más, una última vez, pero no lo hace. Si lo hiciera, no podría soltarlo nunca. En vez de eso, lo mira, lo respira, lo ama.

Entonces, por fin, deja ir a Leo.

Es fácil soltarlo. No necesita palabras, no necesita misericordia, ya que todavía no puede hablar. Todo lo que hace es retorcer y desenredar sus dedos, fijar su atención y concentrarse. Hasta que, poco a poco, las cicatrices del árbol comienzan a palpitar con vida. Los círculos se desenrollan y estiran para adquirir el aspecto de una serpiente blanca y brillante con escamas que forman un mosaico de lunas menguantes y estrellas. Con un movimiento de su cola, la serpiente se desliza desde el árbol hasta el suelo: el alma de Leo vuelve a la tierra.

Goldie junta sus manos, tan cerca que no puede ver una pizca de luz de luna entre ellas. Luego, despacio, las separa. Al hacerlo, el roble empieza a resquebrajarse para revelar una luz brillante en su interior. Las ramas del árbol se astillan hasta que, con un estallido, se dispersan en miles de fragmentos, como pétalos soplados por la brisa. Al fin, las raíces se desprenden del suelo, grandes nudos salen del fondo de la tierra y terminan de arrancar el árbol.

La luz liberada es tan brillante y nítida que parece que el sol irrumpió de repente en el mundo. Por un momento, Goldie está cegada. No puede ver el espíritu de Leo elevarse hacia el cielo, ascender para sentarse entre las estrellas. Tras un parpadeo, la luz se ha ido.

—Te quiero —susurra.

Pero sigue sin poder despedirse.

6 de noviembre

Goldie

Goldie no sabe cuánto tiempo pasó antes de que por fin pudiera irse. Le pareció un año, una década. Se fue, frenada por la desgana y el arrepentimiento, caminando por encima del musgo blanqueado y la piedra, a lo largo de los ríos sinuosos, bajo los árboles silvestres, con los brazos alrededor de las costillas. Se sujetó a sí misma para contener el vacío que sentía por dentro. Y cuando por fin regresó a la Tierra, dejó su huella en el aire. Sabía que su parte más esencial se había quedado atrás; que su corazón permanecería siempre en Everwhere.

Liyana

Liyana tardó mucho tiempo en dejar de temblar como una gacela que acaba de escapar de un león. Kumiko se quedó para cuidarla, aunque eso le causaría problemas y un serio retraso en su redacción, lo que provocaría, sin duda, la ira del doctor Skinner. La sostuvo durante el resto de la noche, susurrando palabras tranquilizadoras y acariciando su cuerpo tembloroso.

Por la mañana, cuando por fin Liyana pudo dormir, aunque de forma irregular, Kumiko se levantó y fue a comprar mangos, bayas y uvas. A su regreso, preparó el desayuno: fruta en rodajas, yogur y granola casera. Luego volvió a meterse en la cama con un ejemplar de la *Historia Eclesiástica* y esperó a que Liyana despertara.

—Todavía estás aquí —dice Liyana, antes incluso de abrir los ojos.

Kumiko cierra su libro.

—Por supuesto, ¿qué pensabas?

—Pensaba… —Liyana esboza una sonrisa somnolienta—. Pensaba que no puedo esperar a despertarme contigo todos los días.

Kumiko se inclina para besarla.

—¿Tienes hambre? Preparé el desayuno —mira su reloj—, o más bien, el almuerzo.

—Eres un ángel.

—¿Estás…? —Kumiko pone una mano suavemente en la mejilla de Liyana—. ¿Estás bien? No sé qué pasó anoche, pero has estado muy mal desde entonces. Nunca te había visto así. Fue bastante aterrador.

Liyana cierra los ojos y exhala despacio, como si soplara humo.

—Fue, yo…

—No —interrumpe Kumiko—. No hace falta que me cuentes nada, no hasta que estés preparada.

Así que se sientan juntas un rato sin hablar. Liyana mordisquea rodajas de fresa y Kumiko lee, pero de vez en cuando mira de reojo a su amada.

Por fin, Liyana deja su cuenco en el suelo y se acuesta en la cama.

—¿Tienes un lápiz a la mano? ¿Y papel?

Kumiko la mira por encima de su libro.

—Tengo pluma y papel, ¿te sirven?

Liyana asiente.

—Soñé con una historia; tengo que escribirla. —Habla distraída, como si las palabras no fueran del todo suyas—. Creo que es uno de los cuentos de Goldie, pero… debe haber venido a ella y quiso escribirlo, pero no pudo todavía… Así que se quedó en sus pensamientos y yo lo escuché.

Cuando Liyana se retira, Kumiko debe contenerse para no volver a preguntar lo que pasó anoche, ya que ahora también está preocupada por Goldie.

—De acuerdo —dice Kumiko, se desliza fuera de la cama y deja la *Historia Eclesiástica* sobre la mesa de noche en vez de la libreta y la pluma, que le entrega a Liyana. Luego, lo piensa mejor y le pasa también el libro—. Utiliza esto para apoyarte y cuando hayas terminado quizá me lo puedas leer.

El Tap-Tap

Había una vez una niña que creció siguiendo instrucciones todo el tiempo. Todo el mundo le decía lo que debía hacer. Sus profesores le decían qué materias estudiar, sus amigos le decían cómo vestirse y cómo comportarse, sus padres le dijeron qué carrera seguir, con quién casarse, cómo vivir su vida.

A medida que la niña creció, se formó una niebla a su alrededor, creada por el aliento de todos los que le decían o le gritaban estas instrucciones. La niebla pronto se hizo tan espesa que no podía ver más allá o dentro de ella. La niebla amortiguaba su corazón y nublaba su mente, de modo que su propia voluntad se perdía.

A veces, la chica sentía una agitación en su interior, como si su corazón, que latía con fuerza, fuera un dedo que golpeara sus costillas y tratara de llamar su atención. Era un golpecito suave y solo lo sentía en momentos incómodos, así que no le daba importancia. En su lugar, la chica escuchó las voces más fuertes, las de su padre y su madre: el primero insistía en que fuera sensata, la segunda insistía en que estuviera segura.

Como mujer, se casó con el primer hombre sensato que se lo pidió. Y a pesar de que el día de su boda el tap-tap rasgueaba con tanta violencia sus costillas que casi la hace desmayarse, la mujer se las arregló para sonreír y decir «Acepto». Se presentó a una serie de trabajos y tomó el más seguro que le ofrecieron, aunque le temblaba

274

la mano cuando el tap- tap resonaba en su pecho como una cacofonía de gritos.

La mujer iba a trabajar todos los días y volvía a casa todas las noches, y poco a poco el tap-tap se hizo más y más tenue, hasta que un día dejó de oírlo.

Durante muchos años, la mujer vivió así, entre la niebla, sin saber nunca a qué dirección se dirigía, pero siguió su camino. Se acostaba en la cama con su marido y comía con él, aunque tenían poco que decirse. Tuvo hijos y los crio. Fue ascendida. Corrió maratones, no porque los disfrutara, sino para mantenerse sana. Se fue de vacaciones a hacer *camping*. Asistió a las reuniones de la Asociación de Padres de Alumnos. Hizo todo lo que debía hacer. Cuando sus hijos le preguntaban qué hacer en determinadas situaciones, la mujer solo podía decirles lo mismo que le dijeron a ella: que debían ser sensatos y mantenerse a salvo.

Una noche, la mujer soñó que jugaba al escondite con sus hijas. Se metía debajo de la cama, se escondía en la oscuridad y las escuchaba gritar su nombre, hasta que sus gritos se convirtieron en chillidos y de repente ella estaba atrapada en una caja bajo tierra, arañando la madera. Gritó, pero estaba enterrada en lo más profundo y nadie oía sus gritos.

El sueño fue tan aterrador que, al despertar, la mujer no pudo salir de la cama, tan solo pudo quedarse acobardada bajo las sábanas. Permaneció así durante días, luego semanas. Su marido llamó a la doctora de la familia, y en cuanto la doctora vio a la mujer supo lo que ocurría.

—Sufres una enfermedad que no puedo curar —dijo.

—¿Qué es? —La mujer se sujetó a las sábanas—. ¿Qué me pasa?

La doctora se cruzó de brazos.

—Estás poseída por un demonio —dijo. La mujer la miró fijamente, horrorizada.

—No te preocupes. —La doctora levantó una mano—. La situación no es tan desesperada como parece. No puedo curar la enfermedad, pero tú puedes curarte.

La mujer exhaló y la doctora se sentó.

«Déjame contarte una historia que mi *yaya* me contó una vez y que explicará tu malestar. Hace muchos años, cuando los dioses habitaban el Monte Olimpo, Hera, esposa de Zeus, estaba aburrida de tanto esperar que su marido volviera a casa de su última aventura, así que un día decidió engendrar un compañero que la consolara y entretuviera. Se pinchó el dedo, dejó caer una gota de sangre dorada al suelo, luego le añadió un poco de su saliva y la insufló de vida. De esta esencia pura de vida creció una criatura que Hera llamó *lumini*. El *lumini* resultó estar dotado del don de ser capaz de crear cualquier cosa de la nada, incluidos otros como él mismo. Esto mantuvo a Hera entretenida, pero también significó que pronto miles de *lumini* revoloteaban por todo el Monte Olimpo. Después de un tiempo, los *lumini* crecieron, se aburrieron y le rogaron a Hera que los dejara bajar a la Tierra y usar sus poderes de creación en un nuevo lienzo. Por fin, Hera consintió, permitió a cada *lumini* entrar en el espíritu de un bebé recién nacido al momento de su primer aliento. A medida que el bebé crecía, el *lumini* actuaba como una luz que guiaba al individuo hacia su única fuente de puro placer.

»Ahora bien, si el individuo sigue la guía de su *lumini*, entonces ambos son felices, pero si el individuo ignora a su *lumini* y escucha en su lugar las indicaciones de los demás, y comienza a desviarse de su curso, entonces el *lumini* se desconcierta. Si el individuo ignora a su *lumini* durante mucho tiempo, este se enoja y se vuelve cada vez más malévolo, hasta que se transforma en un demonio y se dedica a reprender a la persona que vino a alimentar, y la atormenta hasta el fin de sus días».

La mujer se desplomó, pues ahora comprendía por qué se sentía tan desesperada.

—Pero hay esperanza —dijo la doctora—. Porque un *lumini* siempre puede volver a su forma original. Si empiezas a escuchar, entonces tu *lumini* empezará a dirigirte de nuevo.

Los ojos de la mujer se abrieron de par en par.

—Pero ¿cómo?

La doctora sonrió.

—Bueno, no puedes reavivar a tu *lumini* debajo de las sábanas. Tienes que salir al mundo, descubrir algunas de sus infinitas posibilidades, para que puedas darle un empujón…

—Pero ¿a dónde debo ir? —interrumpió la mujer, con un poco de pánico—. ¿Qué debo hacer?

—No creo que importe por dónde empieces; si vas en la dirección equivocada, tu *lumini* puede empujarte en la dirección correcta. Solo tienes que empezar a explorar. Los *lumini* son criaturas juguetonas, les gusta la música y el baile, la buena comida, la naturaleza, los animales, los niños…, son buenos lugares para empezar a despertarlos. Pero lo que más le gusta a un *lumini* es aprender; esa es la forma más rápida de descubrir la fuente de tu propio deleite. Puede que te dirija a ser jardinera, doctora, bailarina, poeta, pintora, escultora, profesora, enfermera… Tendrás que esperar y ver.

Durante unos instantes, la mujer se quedó pensativa.

Luego, de repente, se deshizo de las sábanas, se deslizó fuera de la cama y cruzó la habitación. Como le llevaría algún tiempo encontrar su camino, ya no quería perder más.

La historia fluye tan rápido que los dedos de Liyana no pueden seguir el ritmo de sus pensamientos. La página, cuando termina, es un desastre de garabatos. Despacio, lee todo de nuevo, y cuando termina se lo lee a Kumiko.

—Es triste —dice Kumiko—. Triste, pero también feliz. ¿Crees que es para alguien?

—No estoy segura —Liyana dobla el papel por la mitad—. Sí, creo que es para Scarlet.

Kumiko asiente, resiste de nuevo el impulso de preguntar qué pasó anoche.

—Podrías volver a Cambridge mañana y dárselo. Si todavía está con Goldie…

—Sí —dice Liyana con la voz distante de nuevo—. Debería ir. Necesitará que la cuiden; las dos lo haremos.

Kumiko la mira.

—¿Y quién te cuidará a ti?

Liyana se encoge de hombros.

—Estoy bien.

—Puedes quedarte conmigo.

—¿Estás segura?

—Por supuesto.

—Pero no quiero…

Kumiko toca con su mano la mejilla de Liyana y se inclina hacia delante hasta que sus narices se tocan.

—Lo último que serías para mí es una carga.

Liyana sonríe.

—Muy bien entonces, como tú quieras.

Kumiko la besa y susurra:

—Yo también te amo.

Scarlet

Durante una noche y un día, Scarlet duerme y sueña. Sueña con olvidar el pasado, con perdonar lo que hizo, con aceptar lo que pasó y entender que no fue su culpa. Sueña con dejar de ver algunas de las cosas que vio y dejar de sentir algunas cosas que siente. Sueña con separarse por completo de las sombras y calentarse con la luz de su propio fuego interno. Sueña con recuperar las partes de sí misma que había perdido y con limpiar las partes de sí misma que estaban corruptas. Sueña con desligarse de lo que fue para respirar de nuevo. Hasta que, segundo a segundo, minuto a minuto, hora a hora, Scarlet se reconstruye con mucho cuidado.

Cuando por fin Scarlet despierta, vuelve a ser ella misma y también alguien completamente nueva.

12 de noviembre

Goldie

Durante los siete días siguientes a esa noche, Goldie duerme como si la hubieran drogado. Cuando despierta, siente el choque desesperado de quien es arrastrado desde las profundidades de una exuberante oscuridad hacia una cruel luz que lo obliga a entrecerrar los ojos. Al incorporarse, se siente tan lenta como si nunca hubiera dormido. A medida que los días y las noches pasan, despacio, a regañadientes, Goldie se da cuenta, aunque no está segura de si es un sueño o la realidad, de que Teddy se sienta junto a su cama, sostiene su mano, limpia su frente, susurra palabras bondadosas, consuelos y súplicas: «Por favor, háblame. Por favor, abre los ojos, siéntate. Por favor, vuelve...».

Al final de la semana, aunque Goldie apenas ha abandonado la cama, mordisquea de vez en cuando rebanadas de pan tostado ligeramente quemadas y untadas con demasiada mantequilla, y empieza a hablar con su hermano. Él, por suerte, hace tiempo que llamó al hotel para decirles que ella tiene gripe. Goldie deja que le tome la mano y le dedica una débil sonrisa cada vez que la mira.

Sin embargo, cada vez que Goldie duerme sueña con Leo. Se ha dado cuenta de que sin él no quiere volver a Everwhere. Así que ha decidido que nunca volverá.

—¿No te gustó?

—¿Qué? No, sí, claro que me gustó.

—Pero…

—Estoy llorando —dice Scarlet— porque la historia es muy triste y porque… —Se limpia los ojos—. Porque podría haber vivido toda mi vida ignorando ese tap-tap…

Liyana cruza la mesa para tomar la mano de su hermana. Están sentadas en la esquina de Fitzbillies, con dos tazas de café frías y dos rollos Chelsea sin tocar.

—No lo harías —dice Liyana—. No te hubiéramos dejado.

Scarlet resopla y se encoge de hombros.

—Quizá no habrías podido impedirlo. Quiero decir, intentaste hablarme de él, y…

Su mirada cae sobre su estómago.

—¿Cuándo es la cita?

—A las dos y diez.

Liyana suelta la mano de Scarlet, pero se inclina hacia delante, baja su voz a un susurro.

—¿Segura que no quieres que vaya contigo?

Scarlet niega con la cabeza.

—Estaré bien, es solo para confirmar el… estado de las cosas. Estoy segura de que sucederá de forma natural; no tendré que ir al hospital para un legrado ni nada por el estilo.

—Eso es bueno —dice Liyana, porque piensa que prefiere no ver el interior de un hospital de nuevo, si puede evitarlo—. Eso es muy bueno.

—Es un alivio.

—¿No estás triste?

—No —Scarlet toma una pasa pegajosa del rollo Chelsea—. Quiero decir, no mucho. A veces pienso que debería estar triste, ¿sabes? Pero eso es culpa, no…

—No tienes nada por lo que sentirte culpable —Liyana la interrumpe—. Nada en absoluto. En todo caso, es la gente que sigue procreando la que debería sentirse culpable. Lo último que necesita este mundo es una población en constante expansión.

Scarlet mastica la pasa.

—Sí, sí, supongo que tienes razón.

Se queda callada.

—Goldie debería publicar esas historias o algo. Y… —señala con la cabeza los intrincados dibujos que se curvan a lo largo de los márgenes de la página— tú deberías ilustrarlas.

La risa amarga de Liyana llama la atención de varios clientes. Tose y finge tomar un sorbo de café frío.

—Lo dices como si fuera fácil —murmura Liyana—. Koko siempre nos pide que hagamos lo mismo, pero he investigado y el mercado de los cuentos es lamentable, en especial el de los ilustrados. Y antes de que preguntes, la demanda de novelas gráficas no es mucho mejor.

Scarlet lo considera.

—Entonces, ¿por qué no los publicas tú misma? Quiero decir, Goldie podría escribir y tú podrías dibujar, y luego conseguir imprimirlos y venderlos por su cuenta.

—Sería muy caro.

—Entonces, encuentra otro trabajo y con eso puedes financiarlo.

—Nadie los compraría.

—¿Cómo sabes?

Liyana guarda silencio. La verdad es que, aunque se resiste a admitirlo, tiene miedo. Miedo al fracaso, a la vergüenza, a la humillación. De intentar algo en público y fracasar.

—No estoy de acuerdo. No es un fracaso, es un primer paso. Incluso si no vendieran ni uno, solo es humillante si tú lo ves así —dice Scarlet—. Yo lo llamaría valiente.

Liyana le dedica a Scarlet una sonrisa irónica.

—Me has leído la mente.

—No tengo que ser psíquica para hacer eso —Scarlet sonríe de vuelta—. Soy tu hermana, sé lo que estás pensando.

Scarlet

—Bueno, tengo buenas noticias. —Detrás de su escritorio, la doctora se inclina hacia delante—. El traumatismo que sufriste no rompió la bolsa, ni arrancó la placenta de la pared del útero, que es lo que se teme en estos casos. Así que está todo bien y veo todas las probabilidades de que se pueda llevar el feto a término.

Scarlet jala un hilo suelto de su falda sin levantar la vista, espera a que las palabras de la doctora se asienten.

—Lo siento. ¿No es lo que querías oír?

Scarlet mira hacia arriba.

—No, yo… no es lo que esperaba. Pensé… Cuando sangré, asumí que eso significaba…

—Las hemorragias tempranas no son infrecuentes. —El rostro de la doctora es impasible—. Eso no significa necesariamente que el embarazo haya terminado.

Scarlet vuelve a tirar del hilo.

—Y si…

La doctora mira la pantalla de su computadora.

—¿Sí?

—Si… si eso era lo que quería —dice Scarlet, sin levantar la vista—. ¿Cómo podría…? ¿Qué tendría que hacer?

La doctora asiente.

—Bueno, llevas… ¿qué dijimos? —Vuelve a mirar la pantalla—. Menos de diez semanas. Así que será un procedimiento bastante simple, anestesia local… Podrías experimentar algo de dolor, sangrado excesivo después, pero no debería ser peor que un periodo abundante. Además, no durará mucho. Nada que no se pueda curar con un poco de Ibuprofeno y unos días en cama.

Scarlet lo considera. Está agradecida por la respuesta de la doctora, por la charla sobre lo sencillo y rápido, lo normal que será el asunto. Scarlet quiere sentirse normal de nuevo: ligera, sin cargas ni agobios. No está preparada para este evento gigantesco. Quiere ser joven y despreocupada un tiempo más, quiere empezar a vivir la vida que se perdió en estos pasados tres años. Quiere hacer algo por sí misma: el precioso y singular yo que descuidó durante tanto tiempo, volver a la universidad, cultivar su mente y encender su espíritu, sentirse inspirada y emocionada de nuevo. Scarlet se da cuenta, mientras piensa todo esto, de que la doctora habla de nuevo. Parpadea, vuelve su mirada al rostro de la doctora.

—¿Quieres que programe la intervención?

Scarlet piensa, por un momento, en Eli y en el potencial de un bebé; un bebé que una vez pensó que deseaba tanto. Con qué facilidad el corazón puede engañar a la mente. O...

La doctora permanece impasible.

—¿Te gustaría tener más tiempo para pensarlo?

«¿Necesito tiempo para pensarlo?», se pregunta Scarlet. Quizá debería, ¿no sería lo más sensato? Pero no, para qué fingir. Scarlet sabe lo que quiere, no tiene dudas. Al salir de la consulta con la doctora y entrar en la sala de espera, Scarlet mira a una mujer que acuna a un recién nacido. Los brazos de la madre envuelven a su hijo, pero —Scarlet no lo habría notado antes— su cara está cansada, sus ojos vidriosos miran a la distancia con absoluto agotamiento, cercano a la desesperación. «Quizás algún día», piensa Scarlet, «pero no por mucho tiempo todavía». Y entonces sigue su camino, con alivio en su pecho, junto con una tímida sensación de algo que se acerca a la felicidad.

Everwhere

Esta noche, una docena de hermanas se reúne. La charla nerviosa y excitada se eleva y cae entre ellas. Se habla de recientes acontecimientos trascendentales, se da forma a las idas y venidas de cada frase. Al final, se hace el silencio, los recuerdos se desvanecen y la conversación se agota. Ellas forman un círculo y esperan.

Cuando las nubes se separan y la luna inamovible ilumina el claro, Bea en forma de cuervo se posa en la rama de un abedul plateado.

Gaia es la primera en hablar.

—¿Se unirá Goldie a nosotros?

—*Espero que sí.*

—¿Cuándo?

—*Dale tiempo.*

–¿Y Liyana y Scarlet?

—*Pronto.* —Bea se lanza al suelo—. *Pronto, espero.*

13 de noviembre

Liyana

Liyana se levantó a las seis de la mañana, hora en la que puede estar segura de que los estudiantes de la residencia de Kumiko no la molestarán en la cocina compartida mientras vuelca una taza de té llena de azúcar en polvo en una cacerola. Enciende el fuego, toma una larga cuchara de madera y remueve el azúcar. Mientras lo hace, Liyana escucha el eco de la voz de la tía Sisi: «Despacio al principio; cuando se derrita, más rápido. No dejes que se queme». Cuando el azúcar se convierte en jarabe, Liyana sujeta la bolsa de cacahuates y vuelca el contenido en la cacerola. Algunos se derraman y caen al suelo como un reguero de granizo.

«Rápido. Remueve como si hubieras enloquecido. Más rápido, más rápido».

Con vigor, Liyana golpea la cuchara contra los lados de la cacerola, imagina que escucha la risa de Sisi: *«Muy bien, niña, ya la has castigado lo suficiente».*

Levanta la sartén del fuego, vuelca la pegajosa mezcla de cacahuates en la bandeja y la palmea con la cuchara. Una vez hecho esto, mira con desconfianza la bandeja.

«¿Estás segura, tía Sisi?», pregunta Liyana, aunque sabe que no obtendrá respuesta. «No se parece mucho a un pastel».

Tras encogerse de hombros, pone la tetera a hervir, recupera la taza de té, la limpia y deja caer una bolsita de té Earl Grey. La tía Sisi dijo que el tipo de té no importaba, pero Liyana decidió que un tipo de té más sofisticado sin duda era mejor. Abre el congelador, saca una ramita de menta de la bolsa de plástico sellada y la pone encima de la bolsita de té. Cuando Liyana vierte el agua hirviendo en la taza, un aroma agudo y fresco la transporta de inmediato a su sueño de Ghana y al lago Volta, cuando un mostrador de cocina, en esa extraña magia de los sueños, se había materializado a la orilla del lago donde Sisi le mostró lo que tenía que hacer.

«No vaciles demasiado o el pastel se endurecerá antes de que puedas cortarlo».

«¡Maldita sea!». Después de buscar un cuchillo en el cajón, Liyana corta con rapidez la tarta Nkatie y pone tres trozos en un plato de porcelana. Lleva el té y el pastel a la pequeña mesa de la cocina, saca una silla y se sienta. Después, toma la hoja de menta del agua turbia, la mete en su boca y mastica.

Al examinar los trozos de pastel, Liyana elige el más grande y toma un gran bocado. Mastica muy rápido mientras recuerda las instrucciones de su tía: «Los muertos no pueden comer la tarta Nkatie por mucho que quieran, así que tú debes hacerlo por ellos».

Al terminar el trozo, Liyana fija su atención en la taza de té y en el girar ascendente del vapor.

—*Ina godiya da albarka ga Mami Wata, kuna iya inganta sadarwa a yau* —murmura, y decide que será mejor decirlo dos veces para tener suerte, así que repite—: *Ina godiya da albarka ga Mami Wata, kuna iya inganta sadarwa a yau.*

Entonces, al igual que la tía Sisi en el sueño, Liyana se sienta en la silla y se cruza de brazos, mantiene la mirada fija en la taza. Cuando el vapor no toma ninguna forma más que la propia, Liyana toma un segundo trozo de tarta Nkatie y mastica pensativa, esperanzada. Tiene la imagen de su tía en mente, murmura un deseo y una oración.

Nada.

—Por favor —murmura Liyana—. Por favor, te extraño mucho.

Nada.

—¡Por favor!

Cuando otra espiral de vapor sale de la taza, para su asombro Liyana descubre que puede descifrar signos en las formas, como si el vapor fuera un semáforo y ella estuviera familiarizada con el juego de luces.

Liyana sonríe.

—*Sannu, Dagã.*

En respuesta, un único hilo de vapor se eleva como si quisiera tocar la tira de luz fluorescente.

—Yo también me alegro de verte —dice Liyana, todavía sorprendida y encantada.

El hilo se eleva aún más, se extiende ahora desde la taza hasta el techo. Queda suspendido en el aire, se hace más largo y grueso antes de volver a caer en la taza.

—¿De verdad estás bien, Nya?

Dos espirales de vapor se elevan despacio desde la taza, se separan y luego se entrelazan como serpientes que se abrazan.

—¿Ya no sufres?

Las espirales se evaporan y por un momento el aire se queda quieto, la superficie del té se calma. Luego, una bocanada de vapor se eleva como una nube y flota en el aire.

Liyana suspira.

—No lo entiendo.

Durante unos minutos el aire vuelve a ser claro y el vapor del té no toma forma. Sin saber qué más hacer, Liyana toma el tercer trozo de tarta Nkatie y, cuando empieza a sentir náuseas por haber ingerido tanto azúcar, lo mordisquea con timidez mientras espera. Teme que su tía haya desaparecido, que haya terminado la conversación como solía hacer en la vida, expresando su desaprobación por medio del silencio. Pero justo cuando Liyana piensa que el té ya debe estar frío, justo cuando está a punto de descartar el resto del pastel pegajoso y empujar su silla bajo la mesa, otro hilo de vapor se eleva, luego se hunde en la mesa y se extiende para envolverse en la muñeca izquierda de Liyana como una pulsera.

En vida, Nya Chiweshe rara vez abrazaba a su sobrina. Liyana podría contar el número de veces que lo hizo con los dedos de una mano, así que la extraordinaria sensación de hundirse en los brazos de su tía, la solidez de la seguridad y la comodidad, sigue fuerte en su memoria. Y ahora, con el cálido contacto del vapor, vuelve a sentirla. Exactamente igual.

Estoy orgullosa de ti, mi querida hija, muy orgullosa.

Las lágrimas llenan los ojos de Liyana. Nunca había usado esas palabras: Liyana siempre fue su «sobrina» y la tía nunca expresó su orgullo, por muy altos que fueran los logros de Liyana.

—Gracias, *Dagã.* —Liyana observa cómo la pulsera de vapor se diluye y se evapora despacio, y con ella la sensación de ser sostenida. Vuelve a centrar su atención en la taza de té, por si Nya dijera algo más. Espera y espera.

Pero ahora no es más que una taza de té fría.

Goldie
Es Teddy quien abre la puerta.

—¿Cómo está? —pregunta Liyana.

—Mejor —dice Teddy—. Pero todavía no puedo sacarla del sofá.

Liyana piensa en su tía.

—No te preocupes. —Le dedica una sonrisa alentadora—. El sofá está bien, es mucho mejor que la cama.

—Sí, supongo —Teddy se encoge de hombros—. Excepto que el sofá es su cama.

—Claro, por supuesto —Liyana maldice en silencio para sí misma—. Lo olvidé.

—De todos modos, entra. Quizá puedas arrastrarla fuera o algo —Teddy suspira—. Ella dice que nunca piensa volver a Everwhere.

Liyana se posa en el borde del sofá, todavía con su abrigo puesto y con el bolso a sus pies. Mira a su hermana, que está oculta en el rincón, con las piernas recogidas hasta la barbilla, medio escondida por un edredón.

—¿Estás comiendo? —Goldie no dice nada.

—Has bajado de peso —dice Liyana—. Estás flaca y pálida.

Teddy, que está de pie en la cocina junto a la tetera donde hierve el agua, levanta la voz.

—Apenas come.

—Está bien —murmura Goldie—. Es que no me siento bien.

—Tienes que comer algo —dice Liyana—. Saldré a comprarte unos rollos Chelsea.

Goldie frunce el ceño.

—¿O tal vez puedas venir conmigo? Scarlet está haciendo un turno de prueba en Fitzbillies hoy —dice Liyana—. Podríamos pasar a saludarla.

Goldie no dice nada.

—Muy bien, entonces… —Liyana cruza y descruza las piernas, luego tose. Mira a Teddy—. ¿Hace calor aquí, o soy yo?

Liyana se quita el abrigo y el suéter y se pasa la manga por la frente.

—Bueno, voy a buscar los rollos yo misma entonces, en un rato. Pero, además, te traje esto.

Liyana mete la mano en su bolso, saca una carpeta y, después de abrirla, saca un dibujo que coloca sobre las rodillas de Goldie.

—Lo dibujé para ti. Pensé que tal vez podrías escribir una historia para acompañarlo.

—Yo no escribo las historias así. —La voz de Goldie es pesada, abrumadora—. Yo no las creo, vienen ya hechas.

—Lo sé —dice Liyana—. Pero tal vez podrías, si lo intentaras.

Goldie no dice nada, pero no aparta la mirada de la imagen.

Scarlet

—Lleva dos rollos Chelsea a la mesa seis.

Scarlet asiente.

—Los acabo de llevar.

—Un café con leche y un *flat white* para la mesa tres.

—También lo hice.

—Dos chocolates calientes para…

—Mesa trece —termina Scarlet—. Hecho.

—¡Guau! —La bonita chica con los elaborados y exquisitos tatuajes que cubren la mayor parte de su piel visible, que Scarlet ahora sabe que se llama Cat, la mira con asombro—. Eres la mejor. La mayoría de los turnos de prueba son una pesadilla de cafés quemados, pasteles caídos y pedidos olvidados, pero tú tienes un talento natural.

Scarlet le dedica a Cat una modesta sonrisa.

—Gracias.

En su descanso de diez minutos para fumar, Scarlet está en el patio y revisa su teléfono. El olor a humo de los Marlboro Light de Cat todavía persiste en el aire y convoca el recuerdo de los gritos de Eli. Scarlet se sacude para librarse de aquellos sonidos violentos y discordantes, y vuelve a centrarse en la pantalla.

El aire es frío, y aunque son las tres y media de la tarde, está casi oscuro. Scarlet odia noviembre. El otoño ahora es invierno, nublado y húmedo; las hojas crujientes en cada acera están empapadas bajo el constante chisporroteo de la lluvia. La noche parece tragarse el día antes de que haya empezado de verdad.

Scarlet piensa, como lo hace todos los días de noviembre, en Herman Melville que, en un pasaje particular de *Moby Dick*, parecía expresar sus sentimientos sobre la pérdida del otoño y la llegada del invierno mejor que nadie: «Cada vez que me sorprendo con un semblante triste; cada vez que en mi alma hay un noviembre húmedo y lluvioso; cada vez que me encuentro deteniéndome sin querer ante las tiendas de ataúdes; y en particular, cada vez que la hipocondría me domina de tal modo que hace falta un fuerte principio moral para impedirme salir a la calle con toda la intención de derribar metódicamente el sombrero a los transeúntes, entonces entiendo que es hora de hacerme a la mar tan pronto como pueda».

Ella sonríe, porque eso siempre la hace sonreír, y piensa en quitarle los sombreros a la gente, suponiendo que todavía los usen. Se detiene para preguntarse si el instinto de la sombra perdura en ella, pero cree que no, ya que, aparte de ese extraño impulso travieso, Scarlet se siente más ella misma que en muchos años. Por fin recuperó el corazón que le entregó tontamente a Eli; pronto recuperará su cuerpo, y en septiembre recuperará su mente.

La idea de volver a la universidad le parece terrible y estimulante. Tendrá varios años más que los demás estudiantes, y ya no tiene idea de cómo escribir un ensayo o aprobar un examen. La probabilidad de fracasar miserablemente en todo es alta. Pero la idea de volver a aprender, estimular su cerebro con nueva información, discutir sobre política, intentar resolver ecuaciones químicas y criticar *Guerra y paz*, llena a Scarlet con tal entusiasmo que apenas puede soportar la espera, que pasen los próximos diez meses y todo comience.

Cuando suena el temporizador, Scarlet vuelve a meter el teléfono en el bolsillo, se lleva una mano caliente al pecho para sentir su corazón, y vuelve a entrar en Fitzbillies.

14 de noviembre

Goldie se despierta con brusquedad a las 3:33 de la madrugada. No está aletargada como si hubiera despertado del sueño demasiado pronto, sino que se ve brillante y despierta como si acabara de disfrutar diez deliciosas horas de sueño profundo. Sentada, con el edredón a un lado, Goldie ve el dibujo de Liyana en la mesa de noche y, junto a él, un cuaderno y un lápiz.

Durante un largo rato no se mueve ni mira hacia otro lado. Y entonces, por fin, toma el cuaderno y presiona el lápiz sobre la hoja en blanco. No siente una historia que exige ser contada, no escucha el grito de las sensaciones en su mente, el insistente tirón del lápiz sobre la página. Aun así, Goldie mira el dibujo y empieza a escribir. No sabe lo que hace ni a dónde va y, sin embargo, para su sorpresa, no le da miedo, sino que le emociona.

El niño congelado en el hielo

Había una vez un niño que vivía feliz con su madre y su padre hasta que, en un temible invierno cuando tenía ocho años, su padre contrajo una enfermedad y murió. Su madre, consumida por el dolor, ya no hablaba y solo vagaba por la casa durante la noche, como un fantasma. El niño intentaba hablar con su madre, pero ella no podía oírle. Intentó abrazarla, pero ella no podía devolverle el abrazo. En el funeral de su padre, el niño empezó a llorar y no podía parar. Entonces, el sacerdote se sentó a su lado.

292

—Deja de hacer eso —le dijo—. Debes ser valiente, ahora eres el hombre de la casa, tu madre necesita que seas fuerte.

El niño sorbió sus mocos, se limpió la nariz con la manga y asintió con la cabeza. No entendía del todo, pero sabía que era importante y debía hacerlo si quería salvar a su madre.

Esa noche, aunque trató de ser fuerte, el niño no pudo evitar las lágrimas. Temeroso de molestar a su madre, el niño dejó su cama y su casa y se fue a esconder al bosque. Allí se sentó y lloró. El aire era tan frío que sus lágrimas se convirtieron en hielo y cayeron al suelo como una lluvia helada. El niño lloró tan fuerte y por tanto tiempo que despertó a la bruja del bosque, que dormía en el tronco de un árbol cercano. Al principio, la bruja se enfadó, pero cuando escuchó la historia del niño, se apiadó de él.

—No puedo traer a tu padre de vuelta —dijo la bruja—. Porque ninguna magia puede hacer eso. Pero puedo quitarte el dolor.

—Sí, por favor —suplicó el niño.

—Pero tendrá un precio —le advirtió ella.

—Por favor —dijo el niño—. Lo pagaré.

No preguntó cuál era, ni le importó. Pagaría cualquier precio para no sentir ese dolor.

—Muy bien —dijo la bruja.

Y lanzó su hechizo. Al mismo tiempo, el niño sintió que sus lágrimas se secaban y su corazón, que hasta ese momento estaba en carne viva, dejó de latir, se congeló como el suelo bajo sus pies. Su mente se envolvió en una niebla como la bruma de la mañana, y empezó a olvidar.

—Esta noche tu desesperación será enterrada en lo profundo —dijo la bruja—. Y cuando despiertes serás tan fuerte y robusto como un roble antiguo.

—Gracias— susurró el niño—. Me has salvado la vida.

—He suspendido tu vida —dijo la bruja—. Porque ya no sentirás la pena, pero tampoco sentirás la alegría, porque no pueden existir solas. Y ninguna persona, ni siquiera tú mismo, será capaz de tocar tu corazón o de conocer tu mente.

El chico asintió, aunque en realidad apenas escuchó la advertencia de la bruja, pues ya el hielo misericordioso se había extendido y era tan frío como el aire del invierno.

Los años pasaron y el niño creció. Cuidó de su madre, trabajó duro y se convirtió en un hombre rico, respetado por todos a su alrededor. Conoció a muchas mujeres, pero no amó a ninguna. Vivía solo, sin más compañía que el dolor sordo de la soledad, que llevaba consigo a todas partes. Cuando después de todo, su madre murió, él no lloró.

Un día, por casualidad, el niño, ya canoso y más viejo que su padre, caminaba por el bosque detrás de su casa. Se encontró con la bruja sentada en el tronco de su árbol favorito, pero aunque no había sido tocada por los años, no la reconoció.

—¿Cómo estás? —le preguntó ella.

—Estoy bien —dijo él, y siguió su camino.

—¿Estás seguro?

Se quedó en silencio.

—Parece que no —dijo la bruja—. Entonces, ¿te gustaría conocer la felicidad de nuevo, aunque eso signifique que también conocerás la tristeza?

Ella observó mientras él, que nunca conoció la felicidad y no podía recordar el dolor, consideraba esta pregunta. «Soy fuerte», pensó, «e inteligente. Puedo soportar cualquier cosa que me lance una anciana». Por fin, asintió.

—Muy bien, entonces —dijo la bruja— voy a deshacer el hechizo.

Él esperó.

—Primero debo advertirte —dijo ella—. El dolor será muy grande, pero podrás soportarlo. Quizá temas que te destruya, pero no lo hará.

Él empezó a sudar, aunque era un día fresco de primavera. Pero prefirió fingir y se encogió de hombros.

Y así, la bruja descongeló el hielo del corazón del chico y despejó la niebla de su mente. El dolor llegó como un rayo, lo derribó como un hacha derriba un árbol. Cayó de rodillas y aulló como un lobo mutilado. Gritó con una desesperación que inundó su corazón. Los recuerdos se agolparon en su mente. Lloró y lloró, suplicó a la bruja que le quitara el dolor.

La bruja no respondió, sino que lo tomó en sus brazos, aunque él era mucho más pesado que ella, y lo abrazó con fuerza.

—Recuerda —le dijo—. No te destruirá. Solo si lo sientes pasará y por fin estarás en paz. Eso es lo que te salvará.

Y así se quedó el niño. Durante horas, días, semanas, estuvo acurrucado en el regazo de la bruja, llorando. Lloró tan fuerte que las flores de primavera crecieron a sus pies. Hasta que, por fin, un día se detuvo. Levantó la cabeza, se limpió los ojos y esbozó una sonrisa. Era la primera sonrisa verdadera desde que su padre había muerto. Cuando se puso de pie, dio sus primeros pasos vacilantes como hombre, un hombre cuyo corazón, tras sentir su dolor, podía ahora llenarse de alegría.

Después de una gran cantidad de apuntes, muchas tachaduras y reescritura, Goldie terminó. Y tras haberla leído apenas una vez, no tiene ninguna duda de para quién era esta historia.

15 de noviembre

Goldie

Después de enseñarle el cuento a su hermana, Goldie se queda callada durante mucho tiempo; tanto, que Liyana piensa que podría haberse quedado dormida. Tiene la barbilla apoyada en las rodillas y los ojos cerrados. Sin embargo, Liyana espera.

—Yo… —Goldie levanta la cabeza—. No quiero decir adiós. Y si nunca vuelvo, puedo fingir que todavía está allí.

—Oh, cariño —Liyana desliza un brazo sobre los hombros de su hermana—. No tienes que decir adiós, nunca tienes que decir adiós. —Con suavidad, acaricia los rizos de su cabello rubio—. Pero… creo que necesitas, algún día, volver a ese mundo y vivir de nuevo.

Goldie suspira.

—No estoy predicando —dice Liyana—. Sé que lo harías mejor que yo. Pero estaba pensando que tal vez…

Goldie levanta la vista.

—¿Qué?

—Quizá podrías leer tus historias a nuestras hermanas.

Goldie se vuelve hacia Liyana, con el ceño fruncido.

—¿En Everwhere?

—Sí. —Liyana le suelta la mano—. Por supuesto que iría contigo, y Scarlet también. Creo que… —Liyana junta sus dedos en su regazo— Creo que deberíamos volver y unirnos a ellas de nuevo. Podríamos ser útiles, ser parte de algo significativo.

En su rodilla izquierda, Goldie traza las líneas del estampado rojo de su pijama.

—No creo que sea útil para nadie en este momento.

Liyana toma la mano de Goldie.

—Te subestimas.

Goldie sacude la cabeza.

—Por favor. No puedo.

—Sí puedes.

—No puedo.

—No lo sabes. —Liyana aprieta la mano de su hermana—. No hasta que lo intentes.

Liyana

Cuando Goldie se duerme, Liyana retoma su historia y empieza a dibujar…

El regreso

Everwhere

Goldie es tan ligera, tan sensible, tiene tan expuestas todas las terminaciones nerviosas y las heridas tan abiertas, que todo lo siente de forma excesiva, como si lo viera a través de un microscopio, como si lo oyera a través de un megáfono. El chasquido de una rama bajo el pie es el crujido de un trueno. El batir de las alas de un cuervo es la ráfaga de un vendaval, la sangre que corre por sus venas es el rugido de los rápidos del río sobre las rocas.

Por un momento, Goldie deja de caminar.

Un nuevo ruido. Uno que no reconoce. Hace la cabeza de lado y cierra los ojos para oírlo mejor: tun-tun, tun-tun. Frunce el ceño. Su propio corazón es lento y ruidoso: el sordo ruido de un bombo. Este ritmo es rápido y suave: el tap-tap de un tambor que redobla. Justo como…

Pero no, es imposible.

El latido del corazón de Goldie se acelera, hasta que los dos tambores laten como uno solo. Recuerda entonces cómo estuvieron juntos: nada los separaba, él dentro de ella y ella dentro de él, dos líquidos vertidos en un solo vaso que se funden en un solo ser.

«¿Será que…?» Goldie apenas se atreve a tener esperanza. «¿Puede ser en verdad posible?».

En ese momento, escucha las risas de sus hermanas. La de Liyana es una lluvia repentina; la de Scarlet, el crujido de las ramas, y la de Bea, el viento que azota las hojas.

—¿*Cuándo vas a empezar a creer en lo imposible, hermana?*

Goldie sonríe.

—*Ya sabes lo que les digo.*

—¿A quiénes?

—*A nuestras hermanas menores.*

—¿Qué?

—*Escucha los susurros que hablan de cosas desconocidas. Busca en las señales que apuntan en direcciones invisibles a posibilidades inimaginadas.*

Goldie coloca la mano sobre su vientre.

Espera.

Tap-tap, tap-tap.

Una sonrisa encantada y asombrada se extiende despacio por su cara.

Tiene sus latidos.

La contadora de historias

Everwhere

Goldie tarda semanas en encontrar el valor necesario, incluso se echa para atrás varias veces. Es gracias a la labor de convencimiento de Liyana y Scarlet, junto con el sabio empuje de las ramas del bosque, que por fin llega al claro donde sus hermanas están reunidas.

Hay casi un centenar de mujeres y niñas, sentadas en filas concéntricas en una herradura alrededor de un tronco aserrado, sobre el que se posa un cuervo.

Goldie empuja a través de cortinas de hojas de sauce y pisa una alfombra acolchada de musgo. Por fin, entra al claro. Todas las hermanas se callan y el cuervo salta del tronco a una piedra cercana.

—*¡Oh, el alboroto! Cualquiera pensaría que te pedimos hacer un* strip tease, *no leer una historia.*

En respuesta, Goldie murmura maldiciones inaudibles y, con un aire de resentimiento, se sienta. Después de un momento para calmar sus rápidos latidos y limpiarse la frente, Goldie saca un papel arrugado de su bolsillo. Luego, sin mirar a la multitud, comienza a leer…

El bosque prohibido

Había una vez una mujer que esperaba en vano un hijo. Entonces, un día, dio a luz a una niña. Cuando tuvo a la niña en sus brazos, deseó que la niña no sufriera ningún dolor mientras ella viviera. Era

300

tan intenso y feroz el amor de la madre por su hija, que el deseo se convirtió en un encantamiento. Un encanto protector cayó sobre la cabaña, y mientras la niña no se alejara más allá de la puerta al final del jardín, estaría a salvo.

La niña, con una madre que la adoraba y sin nada que la molestara, pasó sus días en perfecta felicidad. Se sentaba al calor de la chimenea mientras se horneaba el pan, recogía ramilletes de flores silvestres y se dormía cada noche acurrucada en los brazos de su madre. Los años pasaron, y cuanto más crecía, la niña más se alejaba de las rodillas de su madre y más deseaba descubrir lo que había fuera de la puerta.

—Debes quedarte aquí —decía su madre—. Quédate aquí y siempre serás feliz.

Durante años, la niña obedeció a su madre, hasta que empezó a inquietarse.

—Quiero explorar el mundo —dijo—. Quiero ir al bosque.

—No —dijo su madre—. Aquí estás a salvo, el bosque está lleno de peligros.

Y así, por no molestar a su madre ni arriesgar su vida, la niña se quedó. Pero empezó a notar que su relación con el bosque estaba llena de soledad y nostalgia. Así que, cada noche, mientras su madre dormía, la niña se arrastraba hasta el fondo del jardín y contemplaba el pueblo, los campos y el bosque, y se preguntaba qué aventuras podría encontrar ahí. Ansiaba abrir la puerta y salir, pero cada noche volvía a la seguridad de los brazos de su madre.

Una noche, una anciana estaba de pie al otro lado de la puerta.

—¿Qué te pasa, niña? —le preguntó.

—Quiero salir de esta casa —dijo la niña—. Pero tengo miedo de los peligros y no quiero perder mi seguridad ni mi felicidad.

La anciana negó con la cabeza.

—No tienes verdadera seguridad aquí, ni verdadera felicidad. Estás bajo un hechizo protector. Solo si te enfrentas al bosque y aprendes lo que hay dentro conocerás la verdadera felicidad.

La niña temblaba de miedo, pero también sabía que si pasaba el resto de sus días sin salir más allá del jardín tendría una vida a medias. Con gran temor, abrió la puerta. Cuando llegaron al límite del bosque, la anciana se preparó para partir.

—¿No vas a venir conmigo? —preguntó la chica—. No puedo ir sola al bosque.

—He pasado por el bosque muchas veces —dijo la anciana—. No necesito volver, y tú no necesitas que te acompañe. —Se inclinó hacia el suelo y recogió una pequeña piedra negra y lisa—. Llévate esto en mi lugar.

—¿Está encantada? —La niña tomó la piedra—. ¿Me protegerá?

—No, es solo una piedra. Pero te servirá para recordar que nada en el bosque tiene la fuerza para destruirte —dijo la anciana—. Tú eres más fuerte que todo lo que encuentres ahí dentro.

La niña se despidió de la anciana y le dio las gracias y, con la piedra apretada en su puño, se adentró en la oscuridad del bosque. Una vez dentro, la niña se preguntó qué temía, pues el bosque pronto se expandió en hermosos claros llenos de flores silvestres y hongos blancos que brillaban a la luz de la luna.

Entonces, llegó a un claro en cuyo centro había un lago. La luz de la luna brillaba en la superficie y, como era una cálida noche de verano, la niña decidió darse un chapuzón en el agua fresca. Se quitó la ropa y, sin dejar de sujetar la piedra, chapoteó de cabeza en el agua. Al cabo de unos instantes, la muchacha sintió una profunda melancolía en su interior y comenzó a llorar. Lloró y lloró, y cuando pensó que ya no tenía más lágrimas, siguió llorando. Temía nunca dejar de llorar, disolverse en el agua y desaparecer. Intentó nadar hasta la orilla, pero las cañas se enredaban en sus tobillos y tiraban de ella hacia abajo, mientras las olas se estrellaban sobre su cabeza. Sintió que se ahogaba, se agitó. Pero mientras su garganta se llenaba de agua, recordó lo que la anciana le dijo y se aferró a la piedra con fuerza.

«No puede destruirme», pensó. «Soy más fuerte que este dolor».

Despacio, las cañas desenvolvieron sus tobillos y se liberó. La niña lloró las últimas lágrimas mientras nadaba. El agua la sostuvo hasta que llegó a la orilla. La niña notó, mientras se vestía, que sentía como si hubiera sido purificada. Estaba limpia de todo sentimiento, sumergida en una infinita tranquilidad.

Poco después, la niña llegó a un claro rodeado de antiguos árboles silvestres que se estaban quemando. Cuando vio el fuego, echó a correr. No importaba hacia dónde corriera o la dirección que tomara, siempre volvía al claro. Después de un rato, supo que tendría que atravesarlo o permanecería en el bosque por el resto de sus días. Entonces, se dio cuenta de que los árboles no estaban en llamas. Aunque parecía que el fuego lamía sus troncos y envolvía sus ramas, la madera no se quemaba ni ennegrecía. Así que la niña entró en el claro de fuego y se situó en el centro de sus llamas. Mientras el fuego la devoraba, la muchacha sintió un murmullo dentro de su pecho y temió ser consumida. Pero ella, al igual que la piedra, no se quemó.

«No puede destruirme», pensó. «Soy más fuerte que esta rabia».

Mientras la niña seguía su camino, sintió como si un pequeño fuego se hubiera quedado en su interior, latente hasta que tuviera que surgir de nuevo, como si estuviera iluminada desde dentro. El último claro era más pequeño que los demás; la muchacha tuvo que escurrirse entre ramas apretadas y arbustos espinosos para pasar. En el interior, los árboles estaban tan apretados que su dosel de hojas bloqueaba la luz de la luna. La niña sintió el peso de los árboles, las ramas de dedos finos que se acercaban para arrancarle el cabello, desgarrarle la ropa, arañarle la piel, hasta que empezaron a envolver su cuerpo, quitándole el aliento. Se aferró a su piedra.

«No puede destruirme», pensó. «Soy más fuerte que este miedo».

Con su último aliento, la niña lanzó un grito tan fuerte que tuvo la fuerza de un rayo, astilló cada rama y la liberó. Cuando dejó atrás el claro, la niña sintió que todas las sombras que la acechaban, reales e imaginarias, desaparecieron, y parpadeó ante la luz. Al salir al campo, la luna se había desvanecido tras el sol naciente. Miró hacia atrás y supo que cuando volviera al bosque las lágrimas no la ahogarían, el fuego no la consumiría y el miedo no la envolvería. Un campo de flores silvestres se extendía ante ella y sintió que podía alcanzar el cielo, levantar el sol en una copa y tragarse su luz.

Había soportado el bosque y había sobrevivido.

Después de que todas las hermanas se han dispersado, Goldie se queda en el claro con el cuervo posado en una piedra cercana.

—*Ya ves, no es tan malo como pensabas.*

Goldie se encoge de hombros.

—*De hecho, si no te conociera mejor, diría que incluso lo disfrutaste, justo hacia el final, solo un poco.*

—De acuerdo. —Goldie mira a su hermana—. No seas tan presumida.

—*Es una suerte que no me importe lo que nadie piense de mí.*

—Eso dices tú. —Sobre su rodilla, Goldie alisa el papel arrugado—. Pero creo que eres menos impenetrable de lo que dices.

—*Quizás.* —El cuervo eriza las plumas—. *Entonces, ¿lo harás de nuevo pronto?*

Goldie le dirige a su hermana una sonrisa renuente.

—Quizás.

—*¿Qué vas a escribir después?*

Goldie vuelve a encogerse de hombros.

—No sé, pensaba intentar con un poema.

—*Entonces, te dejaré con ello.*

Mientras su hermana se levanta de la piedra y se eleva en el aire, Goldie saca un lápiz de su bolsillo y comienza a escribir un poema para todas las hermanas Grimm. Porque, aunque su sangre es especial y sus cuerpos son fuertes, ella sabe que sus corazones son tan frágiles como el de cualquiera. Una vez terminado, Goldie comienza otra historia, como un recordatorio para Scarlet y para advertir a otras hermanas para que no sucumban ante un destino similar.

Barba Azul

Había una vez una hermosa niña de piel azul. Todos los hombres del reino querían casarse con ella. Cuando estuvo dispuesta a tomar un marido, consultó a una mujer sabia que vivía en el bosque.

—Hay dos tipos de maridos —le dijo la bruja—. Los que están seguros y asentados, y los que siempre quieren correr y nunca se conforman. Asegúrate de conocer la diferencia entre ambos.

—¿Y cómo lo sabré?

—Lo sentirás —dijo la anciana—. Todos los hombres hacen promesas, pero cuando estés con alguien que las cumple lo sabrás. La compañía del hombre que huye es una especie de refugio solitario. Parece fuerte como cualquier otro, pero es inestable en su centro y pronto será arrebatado por los vientos.

—Pero ¿y si…? —A la niña le preocupaba no ser capaz de distinguir entre los dos tipos de maridos—. ¿Cómo puedes estar segura?

—Cuando conozcas la verdad de ti misma —dijo la bruja—, conocerás la verdad oculta de los demás. Sentirás a los que son como tú y a los que no lo son.

—¿Y cómo lo hago? —preguntó la niña—. ¿Cómo puedo conocerme a mí misma?

—Ah. —La bruja sonrió—. Bueno, eso requiere valor. Debes estar dispuesta a sentarte en silencio, a cultivar la quietud y la soledad. Debes estar dispuesta a conocerte a ti misma, y la mayoría de las personas tiene miedo de lo que encontrará. Sé valiente y serás recompensada con el conocimiento más valioso de todos, aquel que determinará todo lo demás.

La niña de piel azul escuchó a la anciana y asintió. No estaba segura de saber la verdad de sí misma, ni de tener el valor de averiguarla, pero aun así quería casarse. Intentó esperar, sentarse consigo misma en silencio y cultivar la soledad, pero pronto la invadió la impaciencia. Y en lugar de eso, ideó una prueba para conocer la valía de los posibles maridos.

Así, la chica de piel azul puso a prueba a cada pretendiente en cuanto a fuerza, agilidad y destreza, hasta que, por fin, repleta de impaciencia, hizo su elección. Él era guapo, con la barba de un azul glorioso que complementaba su piel a la perfección. También era amable y parecía tan preparado como cualquier hombre. Ella le dijo a su pretendiente que solo requería una cosa de él: fidelidad. Él nunca debía amar, hablar, ni poner los ojos en otra mujer. Su pretendiente, seguro de que la chica de piel azul era la más bella de todo el reino, aceptó de inmediato. Complacida, la chica de piel azul se dispuso a darle a su esposo todo lo que pudiera desear para hacerlo feliz. Mantenía su cama caliente y su barriga llena. Su marido era feliz, el hombre más feliz de cualquier reino. Tenía todo lo que su corazón deseaba: amor y riquezas.

Pero con el paso del tiempo, se volvió inquieto. Comenzó a pensar que, aunque nunca las había visto, tal vez había en el mundo mujeres más hermosas, con ojos aún más profundos y piel aún más azul. Lo invadió la curiosidad hasta que no pudo hacer otra cosa que tratar de descubrir la verdad. Y así, una noche, salió para averiguarla por sí mismo.

El marido buscó y buscó. Sabía que debía volver antes del amanecer para que su encantadora esposa no descubriera su traición. Y sin embargo, esas pocas horas no duraron el tiempo suficiente para ver a todas las chicas de todos los reinos dormidas en sus camas. Cuando el sol comenzó a iluminar el cielo, el marido vaciló. Debía regresar, o su esposa lo sabría. Y sin embargo, no podía.

Pasaron tres semanas hasta que por fin regresó.

Su mujer lo esperaba.

—Bien —dijo ella—. ¿La has encontrado?

—¿A quién? —dijo él, mientras desmontaba de su caballo.

—Una mujer más bella que yo —dijo ella.

Él trató de negarlo. Dijo que había pasado el tiempo luchando contra dragones y librando guerras. Pero, bajo el resplandor de su mirada, no pudo mentir. Así que negó con la cabeza.

—No —dijo—. No la encontré.

La chica de piel azul asintió.

—Te dije que no lo harías.

Dio un paso hacia ella.

—Ahora estoy listo para volver a casa —dijo—. Ahora sé la verdad.

—No —dijo ella—. No puedes. Rompiste tu voto y ahora estás desterrado.

Él suplicó. Rogó con palabras de amor y de remordimiento, palabras que trajeron el sol desde detrás de las nubes e hicieron que las flores surgieran en los jardines. Cuando por fin se quedó callado, la chica de piel azul lo pensó por un momento y sacudió la cabeza.

—Vete —le ordenó—. Ve y pasa el resto de tu vida buscando lo que nunca encontrarás.

Después de eso, la chica de piel azul se volvió paciente. Comenzó a cultivar la vida de quietud, silencio y soledad que la bruja le recomendó. Los años pasaron mientras descubría la multitud de verdades que se escondían en su interior y, al hacerlo, pudo saber, en cuanto se sentaba con otra persona, si esta tenía el valor de conocerse a sí misma o si seguía huyendo. La chica de piel azul se hizo amiga del primer tipo de personas. A las del segundo tipo, las dejó irse. Y entonces se dedicó a estar consigo misma, que era, según descubrió, el mejor lugar para estar.

Agradecimientos

Como esta novela es una secuela, debo volver a dar las gracias a las mismas personas, a quienes, después de haber dedicado palabras tan emocionales en la primera obra, y sin querer avergonzar esta vez a nadie con un exceso de sentimentalismo, ofreceré mi gratitud de una manera terriblemente británica. Así pues, mi más profundo gracias (de nuevo) a: Simon Taylor, Beci Kelly, Tom Hill, Lilly Cox (por primera vez), Elizabeth Dobson y Vivien Thompson. También a Frances Rutherford y Ed Wilson. Gracias a Viv por mantener todo hasta la onceava hora y a todos los que en las redes sociales se lanzaron a ayudarme con el latín. Gracias a Laurie (agente extraordinaria) y a su genial prima Lily, Paige, Janelle, Anita, Dave, Alan, Siren. Y en especial a Victoria Jones.

Gracias a Alastair Meikle por las fenomenales ilustraciones y a Naz Ekin Yilmaz por el maravilloso mapa. Y al Gato de la vida real por traerme interminables chocolates calientes y rollos Chelsea.

Gracias, como siempre, a esos queridos amigos que hacen lo que los escritores necesitamos y apreciamos tanto: preguntar por la última novela, ofrecerse a leer los primeros borradores, leer y decir cosas bonitas sobre el libro publicado, asistir a presentaciones y eventos, y comprar copias adicionales (inesperadas y probablemente para sus propios amigos). Me doy cuenta de todo esto y me siento profundamente conmovida y agradecida por ello. Gracias, todos ustedes tienen mi corazón: Virginie (por escuchar y amar tan profundamente); Al Jago (por su excesiva amabilidad), Ash (guardián de la flama); Emily (especialmente esta vez por leerme y animarme cuando más lo necesitaba); Ova (por preguntar tan a menudo y por preocuparse tanto); Ruth (mi hada de la repostería); Sarah W (por promocionar generosamente); Anita (por hacerme reír siempre); Natalie (la estudiante más encantadora y ahora amiga); Steve (por aquel día en el café y muchos otros posteriores); Natasha (espero que te guste tu cameo); Tanya y Ella (familia y amigos); Katrin (hermoso arte y hermosa sonrisa); Naz y Laurence (que me han enseñado tanto); Kelly Jo (por endilgar tantas copias de mis libros a los incautos); Amanda (mi compañera bruja); Alice R (amo y extraño nuestras charlas librescas); Dave (por todas las donas); Jo (por pedir el próximo libro y, por supuesto, por los pasteles); Amy (por estar allí y tener un aspecto fabuloso); Clara (extraño tus entregas de pasteles y a ti); Ella (una artista extraordinaria); Rachel (por sus amables y alentadoras palabras); Emma (espero con ansias nuestra próxima tarta de cereza); Steve (por todas las postales); Gemma y Thierry (por no perderse nunca un acontecimiento); Alex G (contenta de que MM&C te haya traído a mi vida); Helen (por estar siempre en contacto y leer todos los libros); Miriam (por lo mismo); Al P (doblemente); Lizzie (otro rollo pegajoso pronto, por favor); Roopali (tu última nota me emocionó); Kristina (has viajado lejos, pero nunca eres olvidada); Barn (siempre tarde, pero siempre ahí); Vin (por las visitas y los excelentes consejos), y Tony (sé que no son para ti, pero no te has rendido conmigo). Todos han sido, y siguen siendo, generosos, encantadores e increíbles. ¡Gracias!

Y, por supuesto, a mi hermosa y brillante familia, que hace todo lo anterior y más, sin los cuales mi vida sería mucho más pequeña y tenue: Artur, Oscar y Raffy, mamá y papá, Jack y Mattie, Idilia, Christine, Fátima y Manuel.